献给公安基层一线
献给我的警察兄弟

警察兄弟

边宪华 —— 著

南京师范大学出版社
NANJING NORMAL UNIVERSITY PRESS

图书在版编目(CIP)数据

警察兄弟 / 边宪华著. — 南京：南京师范大学出版社，2020.11

(女警手记)

ISBN 978-7-5651-4498-1

Ⅰ. ①警… Ⅱ. ①边… Ⅲ. ①纪实文学－中国－当代 Ⅳ. ①I25

中国版本图书馆 CIP 数据核字(2020)第 199716 号

丛 书 名	女警手记
书 名	警察兄弟
作 者	边宪华
策划编辑	王雅琼　郑海燕
责任编辑	王雅琼
出版发行	南京师范大学出版社
地 址	江苏省南京市玄武区后宰门西村 9 号(邮编：210016)
电 话	(025)83598919(总编办)　83598412(营销部)　83373872(邮购部)
网 址	http://press.njnu.edu.cn
电子信箱	nspzbb@njnu.edu.cn
照 排	南京开卷文化传媒有限公司
印 刷	江苏扬中印刷有限公司
开 本	787 毫米×960 毫米　1/16
印 张	19.75
字 数	278 千
版 次	2020 年 11 月第 1 版　2020 年 11 月第 1 次印刷
书 号	ISBN 978-7-5651-4498-1
定 价	48.00 元

出 版 人　张志刚

南京师大版图书若有印装问题请与销售商调换

版权所有　侵犯必究

自 序
为什么我的眼里常含泪水

汽车疾驰在高速公路上。车厢里，一身警服的他依然威武帅气，只是这次他"睡"了，永远不再醒来。娇小瘦弱的妻子紧紧搂抱着他，身上披着他的警用棉衣。1200公里，16小时车程，她就这样静静地陪着他，贪婪地嗅着他残存的气息。

他是一位刑警，36岁，本命年这一年，倒在了追逃路上。每每想起类似这样的许多个场景，我总是泪流满面……

人这一生，无论长短，寻常或不寻常，总有最难忘、最牵挂的人和事。而我最难忘的，是那32年的警察生涯；最牵挂的，是那些曾经风雨同舟的警察兄弟。

1982年2月，我从江苏公安专科学校（现江苏警官学院）毕业，成为无锡公安大家庭的一员。一报到，我便被安排在公安宣传岗位上，一待就是整整32年。公安宣传并不仅仅是宣传公安工作、宣传各个警种，更重要的是宣传具体的人、具体的事。用当下的话简单来说，就是讲警察故事。讲故事，说起来简单，想要讲好却并不容易，不但要有深厚的文字功底，敏锐的观察能力，更要有真情实感。只有真正从思想上、行动上深入基层，从感情上、生活上融入警营，才能写出真实而又有血有肉、有情有义的人物和故事来。

我谨记领导教诲，认真拜师学艺，试着去靠近、去深入、去融合。为了掌握真实的第一手资料,体验警营的甜酸苦辣,挖掘民警工作中、生活里的高光时刻,我曾跟着刑警去蹲守,跟着交警去站岗,跟着社区民警去走访……围捕持枪歹徒、处置劫持人质案的现场,抗击洪水、雪灾的实战,都是我融入一线、走进民警内心、捕捉闪光点的绝佳时机。积沙成塔,集腋成裘,讲故事的本领在磨砺中不断提升,与兄弟们的感情也在交心中不断加深。慢慢地,警察兄弟们把我当成了他们的代言人(事实上,我也的确担任过无锡公安10余年的新闻发言人)。他们的喜悦、幸福、成果会跟我分享,纠结、苦闷、烦恼也会找我分担。再慢慢地,我便成了他们的"大姐"。我想,这里面固然有年龄的因素,但更多的还是兄弟们对我的认可和信任。

在我看来,和平年代,公安队伍是牺牲最多、奉献最大的一支队伍;承平盛世,很难找到比警察更硬核、更有魅力的职业,很难找到比这个群体更有凝聚力、更有荣誉感的团队。如果说一开始当警察是为了解决"饭碗"抑或是出于好奇的话,那么后来,我则是心甘情愿、无怨无悔。能够几十年如一日地做一件事,我完全是被这支队伍特殊的基因和精神传承所折服,被兄弟们忠诚正直、无私奉献的品格,热爱百姓、热爱生活的情怀,年复一年、负重前行的坚韧所震撼。以至退休离岗了,我也依然心心念念记挂着他们。

"为什么我的眼里常含泪水,因为我对这土地爱得深沉。"这是诗人艾青对祖国最真挚的告白。而我的眼里常含泪水,是因为我对公安大家庭爱得深沉,这也是我对警察兄弟们最真挚的告白。

我的泪水,是为警察兄弟的英勇大义而流。他们危险时刻挺得出,紧急关头冲得上。他,当歹徒欲抛掷自制爆炸物伤害无辜群众时,毅然用血肉之躯阻止了惨案的发生。他,眼看工程车坠入污水河,司机被困驾驶室,不顾脚部有伤,纵身跳入河中,冒着工程车随时可能下沉倒扣的危险,敲碎驾驶室窗玻璃,拽出垂危司机。这个世界从来不缺危险,只是有人舍生忘死,把危险挡住了。

我的泪水,是为警察兄弟的执着坚守而流。不管压力有多大,环境多艰苦,他们始终坚韧不拔,矢志不移。他,常年与命案逃犯博弈,用一颗执着的心,使孙悟空的火眼金睛从梦幻变成了现实。但凡被他"惦记"上的命案逃犯,哪怕逃到天涯海角也枉然。6年抓回15个命案逃犯的纪录,便是他创下的。他,放着大医院病区主任不干,偏偏迷上戒毒警,只为拯救那一个个在毒渊里挣扎的灵魂。即使重度中风导致偏瘫,他仍"痴心"不改,"钢铁侠"般崛起。他们用行动为"坚守"一词做出最生动的诠释。

我的泪水,是为警察兄弟的爱与善良而流。这世上,没有人能够永生,但爱和善良,却能让人重生。他们,父子两代社区警,接力照拂一对植物人父子长达10年。植物人父亲一朝醒来,愁云笼罩多年的家庭传出笑声,这对警察父子脸上也露出了笑容。因一出生便父母双亡,大妈活到50岁还不知户口本长啥样。她,"80后"女警,"互联网+脚底板"形成证据链。大半辈子没住过旅馆、乘过飞机的"黑户"手捧崭新的户口本、身份证,泪水顿作倾盆雨。爱与善良,是人性中最蓬勃的种子,薪火相传,生生不息,形成最温暖的轮回。

我的泪水,是为警察兄弟的难以两全而流。他,一名便衣警察同时也是一位父亲,为跟踪一个特大盗窃犯罪团伙,整整40天没有回家。那晚,团伙被一网打尽,他终于回家睡了个囫囵觉。早上,幼小的女儿见床上多了个胡子拉碴的大男人,大惊:"爸爸,你怎么又到我家来啦?"爸爸内疚地把女儿紧紧搂进怀里,眼泪止不住地往下掉。他们,没日没夜地干,纵使家里困难重重也绝不耽误工作。女儿重病缠身,父亲在追逃路上;妻子弥留之际,丈夫在凶案现场;中秋除夕,万家团圆举杯相邀,他们巡逻在大街小巷,只为百姓的平安幸福。他们亏欠亲人太多,但却从未亏欠使命。

我的泪水,是为警察兄弟的英年早逝而流。2019年清明,蒙蒙细雨中,我又一次来到城西烈士陵园,凝视着陈列橱里那张年轻阳光的面孔,泪水潸然而下。他是一名交警,牺牲在2002年5月24日。那天他上早晚班,下午4点,他把上二年级的儿子从学校接回家后,就去一个路口疏通交通,这一去,却再也没有回来。一个无良司机驾车从他身上碾过,夺走了他的生命。那一年,他才33岁,他的儿子无法接受:"爸爸,我跟你说再见的呀!"他们中有的在追捕犯罪嫌疑人的过程中壮烈牺牲,有的在制止违法行为时献出生命,还有的因劳累过度、积劳成疾倒在岗位上。在我国平均寿命达到76岁的今天,这些因公牺牲的民警平均年龄仅43.5岁。悲哉!痛哉!他们也是普普通通的人,也想过平平常常的日子,柴米油盐,三餐四季。可罪犯在那里,总要有人去抓;人民的安全,总要有人去维护。

就是这样一群勇敢坚强、平凡可爱、令人感动的警察兄弟,以永不磨灭的初心与使命,用责任和担当谱写出一曲曲或高亢或平缓的赞歌。社会因他们而平安,百姓因他们而安居。他们的故事接地气、有温度,叩动着你我的心弦,激励着人们前行。

11月9日,一个平凡而又不平凡的日子。早上,睁开双眼,点开微信,"生日快乐"的祝福流星雨般在手机屏幕上滑落,这是警察兄弟们发来的祝福。每个人都有生日,不是秘密也不稀奇,但退休数年还有这么多人记着,我再一次眼含泪水。这是幸福的泪水。

可歌可泣的警营,我永远的心灵栖息地;温暖可爱的警察兄弟,我一生的牵挂!

目 录

自序　为什么我的眼里常含泪水 / 001

第一章　刑警兄弟　神探是怎样炼成的

昆哥：不曾辜负经手的每宗案子 / 003

老戴：两枚烟蒂珍藏了 23 年 / 016

徐斌：死磕 8 年"绝不放过你" / 023

吴德平：用解剖刀破译死亡密码 / 034

补记　刑警的后脑勺 / 046

第二章　百姓兄弟　我拿什么奉献给你

老周父子：他俩和他俩 / 051

杨亦旺：一个红包一片情 / 056

孙解和：解忧促和寸草心 / 065

盛群：15 年挽救 21 条生命 / 071

徐明：帅出天际的空中使者 / 081

补记　"我知道他们是我的亲人" / 089

第三章　便衣兄弟　枯叶蝶振翅如此美丽

阿标：便衣队来了个特种兵 / 093

阿虎："'现场实录'是个好办法" / 100

阿勇：警察也"玩"Cosplay / 106

吕锐："今天我不回家" / 113

补记　最美的风景 / 117

第四章　巾帼兄弟　谁说女子不如男

小珏：便衣队里的"铿锵玫瑰" / 121

谈璎：有一种"美丽"叫担当 / 128

徐蝶："假小子"的刑警梦 / 134

孙燕：燕子衔泥为谁忙 / 141

补记　双警家庭甘苦自知 / 150

第五章　铁骨兄弟　峥嵘岁月何惧风流

晓峰：手握利刃吓得毒贩尿了裤子 / 155

石头：身中三刀仍紧紧抱住歹徒 / 166

阿朱：煤气包点燃瞬间，他冲了上去 / 174

曾泉：5万颗子弹"喂"出来的狙击手 / 185

海波："拆弹专家"用生命保护生命 / 193

补记　"给我拍个小视频吧" / 201

第六章 丹心兄弟 你见过警察的眼泪吗

张文林:一个打不败的"钢铁侠" / 205

王峰:一个父亲的泣血两年 / 218

勇:一个刑警队长的泪 / 233

补记 从未后悔当警察 / 237

第七章 英烈兄弟 说再见为何不再见

刘伟:车轮无情碾过血肉之躯 / 241

王建峰:危急时刻,他牢牢钳住歹徒手腕 / 251

峰子:生命定格在追逃路上 / 257

倪军:走得悄无声息 / 267

补记 天堂里的兄弟,我想对你说 / 271

第八章 维和兄弟 蓝盔出征为了谁

鹰巢:雄鹰从这里起飞 / 277

东帝汶:每天都在经受考验 / 282

印尼:亲历"巴厘岛爆炸" / 289

海地:子弹从头顶飞过 / 293

补记 他注定属于世界和平 / 302

后 记 / 303

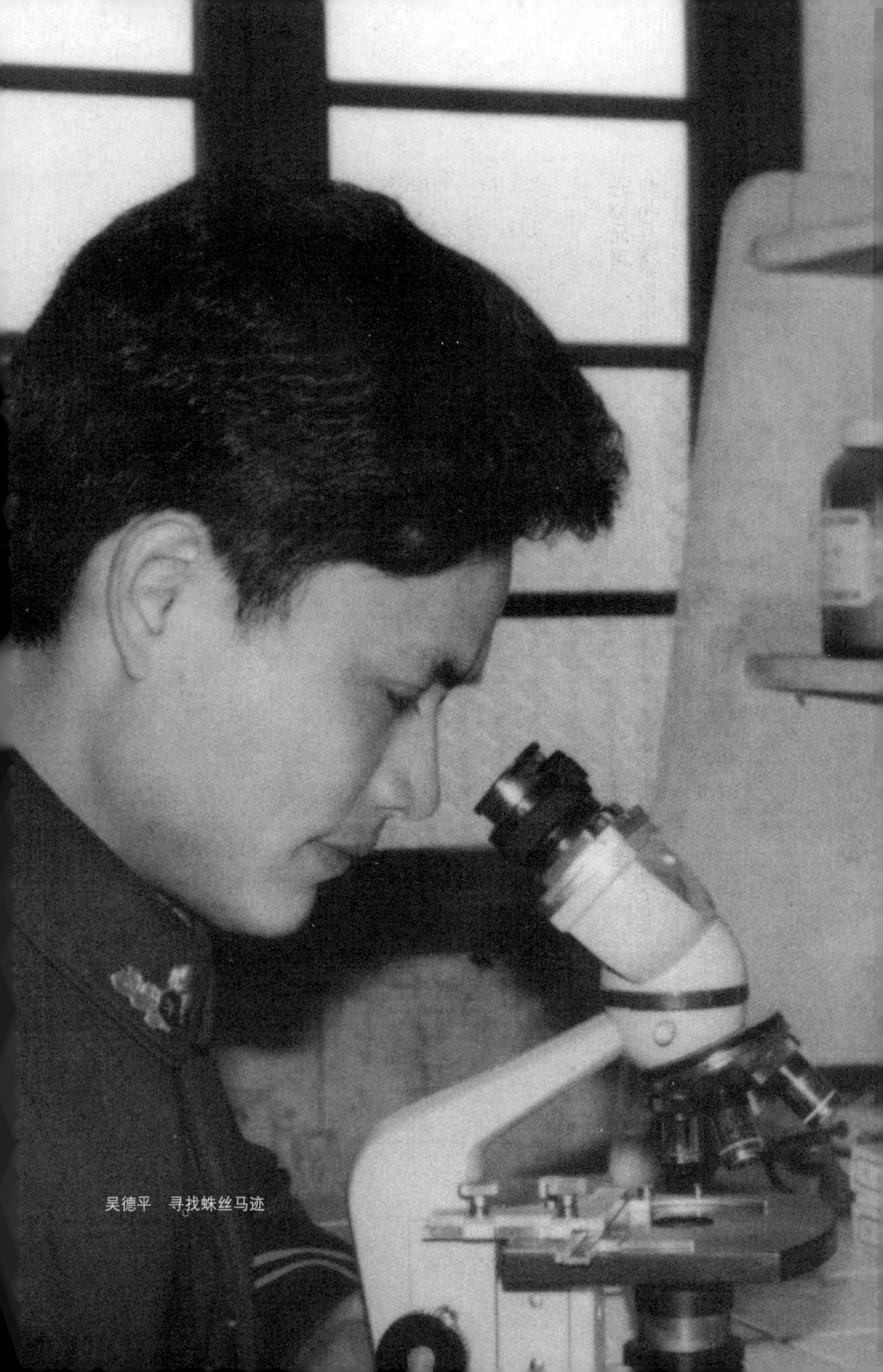

吴德平　寻找蛛丝马迹

刑警兄弟

神探是怎样炼成的

第一章

几乎每个刑警心中都有一桩最难忘的案子。他,凭着侦查员的感觉,挖出抢劫体彩店、杀害女店主的元凶;他,将在凶案现场提取到的两枚烟蒂珍藏23年,终于等来它们"开口说话"的那一天;他,与两名负案在逃疑凶死磕8年,终将他们收入网中,并创下8年追回15个命案逃犯的纪录;他,奔波在荒野丛林、医院停尸房,用解剖刀破译死亡密码。

神探,就是在这一宗宗刑案中炼成的。

警界有句老话,"没当过刑警,算不上真正的警察"。这话虽略有偏颇,却也有它的道理。相信大多数警察都曾有过刑警梦,我也不例外。警院毕业前,我也有过3个月实习刑警的经历,窃以为分配工作时会水到渠成。但梦想是梦想,现实是现实。我被安排到政工宣传部门,从此写不完的文章,讲不尽的警察故事,其中写得最多的还是刑警。当不成刑警,交交刑警朋友,写写刑警故事,也挺过瘾。要不是刑警兄弟,哪来《致命邂逅》和《诈骗档案》呢?

人们常常把破案高手誉为神探。说起神探,大家立马会想到柯南·道尔笔下的大侦探福尔摩斯,而电视剧《重案六组》,则打开了人们了解中国式神探的一扇窗。那现实生活中的神探是怎样的呢?

昆　哥：
不曾辜负经手的每宗案子

侦查员的感觉是靠案子磨出来的

"我认为，凶手是个彩票迷，单人作案，应该在附近有落脚点，可能是本地人，也可能是常住这一地区的外来人员。"案情分析会上，昆哥说出自己的判断。

"仅看了现场，调查走访还未开始，就这么肯定？"兄弟们投向这个新掌门人的目光有些怀疑。

昆哥不语，神情颇自信。昆哥大名高昆，无锡市公安局刑警支队一大队大队长。一大队是办大要案的，主要是命案，也就是电视剧里的"重案六组"。接手这个案子是 2010 年 10 月，昆哥进"重案六组"的第十三年，当大队长的第一个月。

血案发生在无锡惠山区杨市一家体育彩票店。

新中国的体育彩票伴随着改革开放的春风诞生，历经风雨，雨后春笋般在祖国大地蓬勃发展。截至 2010 年，无锡有 3000 余家体彩店。老洪夫妇的体彩店开在杨市老街上。夫妻俩家居邻镇，时年均 50 出头。1997 年，他们选址杨市经营家装建材。一晃两三年，装潢建材市场趋于饱和，夫妻俩及时转行，改换门庭，地板、瓷砖变成了彩票。

彩票店早 7 点开门，晚 9 点打烊，天天如此。这年头，期望一夜暴富、天上掉馅饼的大有人在,尽管彩票中大奖的概率为千万分之一,但在"风水轮流转,明年到我家"的心理驱使下,仍有许多人趋之若鹜。老洪夫妇的彩票店虽地势偏僻,门面不起眼,但购买彩票的人仍络绎不绝。2010年7月,小店招了个安徽的女帮工,叫阿彩。

老洪夫妇一日三餐在店里解决,晚上回邻镇家中住宿。且说2010年10月27日那天,晚饭后,老洪有事先行离店回家。晚6点到7点半是上班族购彩票的黄金时间,妻子黄丽留下守店。

老洪事情忙毕,已是晚上9点多,黄丽尚未回家,他有点奇怪,但并未在意。他打开电视机边看边等,不知不觉中央台晚间新闻都结束了,仍未等来妻子。老洪拨打妻子手机。奇怪,电话通了,无人说话。再打,已转为短信呼服务。这可是从来没有过的事,于是老洪骑电动车冲向彩票店。

彩票店大门紧闭,屋内漆黑一片,黄丽的电动车停在店门口老位置。"出事了!"老洪哆哆嗦嗦掏出钥匙开门,摸索着开灯,惊见妻子倒卧店堂中央,身下是一大片尚未凝固的血迹。

"阿丽,阿丽……"老洪踉跄上前,抱起妻子连声呼喊,可怜黄丽早已与他阴阳两隔。

深夜11点,手机铃声骤响。"案件来了!"多年刑警生涯,昆哥手机从来不关,在家也从不开静音或振动。半个小时后,他已和队友出现在十几公里外的现场。市、分局领导,属地分局刑警兄弟,派出所民警,哗啦啦来了几十号人。

技术人员忙着勘查现场,昆哥脚不挪步(怕破坏现场),双眼扫过现场:门窗完好,抽屉橱柜无翻动,桌椅位置正常,室内物品摆放整齐。他在脑子里做出初步判断:凶手是经常光顾彩票店的熟人,采用突袭的手法杀害了死者。动机是什么?为财?寻仇?还是另有图谋?

横祸天降,日日相伴的妻子骤然离去,老洪情绪失控,无法自持,在昆哥的抚慰下逐渐平静。

"每天营业款多少?"

"通常三四千元,好的时候四五千。"老洪突然想起,"阿丽用来装营业款的红色帆布包不见了"。经清点,失踪的有装营业款的红色帆布包、手机,还少了十几本彩票,有刮刮彩,也有其他的。当天的营业款,估摸5000元左右。

现场勘查结果证实,这是一起抢劫杀人案。技术人员在现场提取到一把沾血的刀、一个榔头。死者头部有钝器伤,颈部有扼痕,法医鉴定系颅脑损伤合并机械性窒息死亡。案发地无监控,暂时也未找到目击者。

命案侦破,兵贵神速。专案组连夜成立。

对抢劫杀人的案件性质,大家意见相同。专案组案情分析会还原了案发过程:晚9点多,黄丽将营业款、彩票装进红色帆布包,清扫店堂时,歹徒从背后偷袭了她,劫财杀人后关上店门隐入夜色。

刻画作案对象时,大家目光不约而同看向昆哥,这是掂分量的,新官上任嘛。在座的有资深刑警,也有刚入行的新警,而那些头头脑脑们,哪个不是从形形色色的案件、各种各样的现场上摸爬滚打过来的。昆哥倒不怯场,不紧不慢说出开头那番话。

"详细说说。"专案组领导鼓励昆哥。

"歹徒劫走营业款、彩票和手机,但死者颈部的项链、手上的戒指、口袋里的3000元现金没拿,现场没有翻动迹象,我感觉其作案时十分慌张且没有同伙,直奔装营业款和彩票的红色帆布包而去,得手后迅速逃离现场。"

"彩票店位置偏僻,如果不是住在附近、不熟悉的人,谁大晚上黑灯瞎火往小胡同里钻。我感觉流窜作案的可能性很小,歹徒应该是常居于杨市地区的人,可能还是彩票店的常客,是个彩票迷,抢那么多彩票,我感觉其梦想中大奖呢。"

虽然一口一个"我感觉",但绝不是凭空想象,有凭有据,逻辑性强。高昆说,侦查员的感觉很重要,他最崇拜新中国一代名探、闻名上海滩的端木宏峪。端木前辈办的案子几乎件件是经典,个个是传奇。上海印钞厂巨款被盗案,于双戈抢劫银行案……端木前辈有句话深深印刻在高昆心底:侦查员的感觉是靠案子磨出来的,你办过1000个案子,自然而然就会找到感觉。昆哥说这话的时候,已主侦或参与700多起现行命案的侦破,逐渐找到些感觉。

"思路蛮清晰,大家说说。"专案组领导很欣赏这位干将,性格直爽,言简意赅,办事利落。大伙儿你一言我一语,归纳到一点,觉得昆哥的感觉有道理。

办案民警兵分数路,以彩票店为中心,在直径1公里以内铺开地毯式排查。沿街店铺、村落农舍、安居房、出租户,逐家走、逐户访。10余天过去,毫无进展,大伙儿有点泄气。

"围绕与彩票店相关的人和物彻查到底,一定能找到凶手!"昆哥坚信自己的感觉。

与彩票店相关的人,一是直接关系人,死者黄丽的丈夫老洪。老洪夫妻感情深厚,无杀妻理由,且没有证据指向。二是帮工阿彩。阿彩憨厚老实,上午7点半上班,下午4点半走人,家庭关系简单,社交圈几无,几经查证,排除作案嫌疑。再有就是彩民了。找这些人真不容易,人员不固定,大多相互不认识,有两三天买次彩票的,也有十天半个月才买一次的,更有几个月光顾一次的。

第一个现身的彩民叫张民。张民系当地人,27日晚7点15分,他骑电动车来彩票店,当时店里六七个人,挺热闹的。8点半,各自散了。他离开时黄丽正动手关窗,收拾物品准备回家。余者悉数找到,印证了张民的说法。

河南来锡务工的阿奇提供了一个重要情况。阿奇租住杨市地区,是彩票店的常客。27日晚8点40分,他去彩票店兑奖,有张即开型体育彩票中了20元奖。他进店时,老板娘正在打扫卫生,店堂里有个二十三四岁、中等身材的男青年在研究墙上的体彩走势图。阿奇用中奖彩票兑换了两张彩票,离店时,那男青年还在。阿奇回家刮开彩票,其中一张中奖 5 元,便返店再次兑奖,可彩票店已关门。此时,是晚上 9 点 15 分。

必须尽快找到那个 9 点多还逗留在彩票店的男青年!那段时间,昆哥一直在想,凶手抢走彩票,说明他懂彩票,可能买彩票成瘾,手头缺钱,从而做出丧尽天良的事。

彩票店被劫的 10 余本即开型彩票,每本 30 张,面额 20 元。每张彩票都有编号,一旦中奖,就是钱。运气好,几十万大奖也是有可能的。当然,这种概率小之又小。

歹徒抢劫彩票,肯定想中奖获利,如果他现身兑奖,岂不人赃俱获。于是,昆哥来到市体彩中心求助。"全市 3000 余个体彩销售点,谁知道他会去哪个店兑奖?"工作人员一番话并没让他气馁,他向专案组领导提出"守株待兔"的建议。

一声命令,全警动员。3000 余个体彩店,一个不落,凡前来兑奖的,来一个查一个。

眼瞅又是七八天过去,兑奖人查了上万,凶手依然石沉大海。

"会不会方向错了?"侦查进度汇报会上,有人暗暗嘀咕,有人耷拉脑袋,有人说会不会是流窜作案。昆哥说:"我还是感觉凶手在现场附近有落脚点。兑奖人继续查,社区排查工作绝不能放松。"

"你的感觉也许是对的,细节上一定要到位。"专案组领导一锤定音。

随后发生的事使所有人兴奋。有个脑瓜不太灵光的半大男孩,这天晃荡至杨市某小区河边,见到一堆隆起的松土,一扒,竟扒出一个红色帆布包,打开一看,里面一捆捆全是"钱"。

"高大,快,快来,彩票……"来电话的是昆哥走访过的一家食品店店主。

"彩票? 彩票!"昆哥飞奔而去。原来,那拾包男孩钞票、彩票傻傻分不清,拎了包彩票去食品店购零食,被警惕的店主扣了下来。看到那个红色的帆布包,昆哥真想给捡包男孩一个大大的熊抱。包里,装的是死者的手机、充电器、十几叠刮刮彩，还有那把沾血的榔头。

红色帆布包的出现，让昆哥更坚定自己的感觉，凶手就在附近，也许就藏身××小区。

××小区距案发彩票店仅数百米，系拆迁安置区，有不少房屋出租。专案组集中力量主攻该小区。傍晚，昆哥他们敲开某单元601室的门。这套房子带阁楼，4个房间分别租住着4名外来务工人员，均系男性。3人在家，唯独住阁楼的王永不见人影，同室称其已十几天不归。王永房间墙上挂着体彩走势图，桌上凌乱摊着即开型体育彩票，有刮开的，也有未刮的，可见主人走得慌张。

阿奇指着王永的照片说，其正是10月27日晚在彩票店看到的那人。王永原在杨市一家企业上班，案发前一个月辞工，沉迷网吧和彩票，彩票店案发后敛踪。

王永，男，湖北黄梅人，在家排行老五，上有3个姐姐1个哥哥。大姐与父母留守老家，二姐在无锡，三姐在广东东莞，哥哥在安徽宿松，还有亲戚在福建、浙江等地。其二姐称，她11月初接到王永电话说外出旅游，从此断了音讯。

行到水穷处，坐看风云起。经DNA比对，彩票店血案嫌疑人正是王永。

专案组派出两个追捕组，昆哥带队去浙江、福建、广东；另一组赴湖北黄梅、安徽宿松等地。这一去半个月，行程万余公里。11月23日傍晚，正在福建宁德的昆哥接到信息：王永的大姐接到个神秘电话，让她汇钱到湖北宜昌。来电人可能是王永。

"走，去宜昌！"宁德到宜昌，1000多公里，昆哥和同伴轮换开车，第二天一早赶到目的地。在偌大的宜昌城奔波三昼夜，大海捞针般捞出王永的藏身地：宜昌火车站旁一家小旅馆。

11月26日晚8点，王永现身小旅馆，撞到枪口上。王永落网后，交代了因沉迷彩票，欠下一屁股债，铤而走险抢劫杀人的犯罪事实。

11月27日,王永押解到锡。此时,距彩票店案发整一个月。

此案没有离奇曲折、惊心动魄,但也劳心劳神、千辛万苦。

不辜负案子中的每一个细节

信息化时代,大数据、电子监控、网上追踪、人脸识别……破案越来越依赖高科技、智能化。别说开棺验尸、滴血认亲、蒸骨三验这些古代办案的手法早已过时,即便人海战术、地毯式排查、普遍撒网的现代侦查手段也逐渐远去。这是时代的进步。当今人财物大流动,哪一年不是几十起甚至上百起大要案。昆哥认为,科技越来越发达,破案水平越来越高,速度越来越快,但传统的东西不能丢。就像医生看病,CT、B超是好东西,但临床经验绝不可小觑。坚持传统往往能找到细枝末节,任何细节都有可能成为破案的突破口。

昆哥是1997年8月进的大案队。他在警官学院学的是公安管理,毕业时适逢大案队补充新鲜血液,大案队的头儿一眼就看上这个身材高大、浓眉大眼、浑身透着机灵劲的小伙子。是时,头儿在大案队干了二十几年,在全省刑侦战线颇有名气,昆哥拜师门下,人生拐了个小弯。

昆哥参与侦破的第一起命案,发生在露天菜场。一个菜贩因琐事与人发生争执,被人刺了一刀。那一刀刺得很深,直抵心脏,菜贩当街瘫倒。凶手在警察到来前逃离。家属呼天抢地,围观者七嘴八舌。昆哥掏出个小本子,把看到的、听到的一一记下了。

案件因果、现场证据、群众议论……案情分析会上,师傅让昆哥说说,他一五一十,条理清晰。

"这小子有悟性,是块可造之材。"师傅暗赞,嘴上却敲打,"说具体细节"。

"细节"二字,昆哥记在本上,刻在心里,付之行动。这些年来,但凡出现场,他都坚持直观地去思考和感受现场,尽可能地了解掌握与案件有关的所有信息，并留意每一个细微处。

2012年初秋，无锡西郊，某超市连锁店。上午8点，超市员工上班，惊愕地发现值班大叔惨遭劫杀。歹徒劫走营业款和香烟等财物。法医鉴定，值班大叔遇害时间为10小时前。

昆哥超市内外仔细转了一圈。超市四面封闭，门锁无损，人员进出一道门。难道是有人事先埋伏超市抑或是内部员工持钥匙"软入"？

调看邻家店铺监控录像，未见有人开门进入案发超市，倒是凌晨见有人从超市大门出来。监控拍摄距离远，人影模糊，依稀可辨是个男子。

案发超市难道没有监控？不是！前一夜8点，超市监控关了，无疑是歹徒所为。这是一个狡猾的对手。

"风过留痕，雁过留声，不信找不到蛛丝马迹！"昆哥分析，歹徒有可能趁白天人多时溜进超市，潜伏在哪个不为人注意的角落，夜深人静时窜出作恶。歹徒潜入时，超市监控开着，会不会摄下点什么呢？十几号人盯着超市五六个电子探头不同角度摄下的海量画面找啊找，没找出名堂。再说，有人进来时可能拍到，出去时恰好漏拍，还不排除死角拍不到。

"歹徒会不会事先藏在超市厕所里？"有个侦查员来了一句。此话提醒了昆哥，"有可能"。

厕所位于超市内拐角处，通向厕所的过道上方恰巧有个探头。调出画面一看，因为角度问题，摄下的全是人的下半身，画面充斥着穿着各式各样鞋子的脚。

"可不可以数脚呀？"昆哥盯着那些脚琢磨好长时间，想出这么个笨办法。

"数脚？"大家一愣，继而明白。

两昼夜，在几千双脚中，终于捕捉到一双穿黑色休闲鞋的脚。这双脚傍晚5点迈进厕所，直至超市闭门未见出来。回看超市大门口的监控，这双脚的主人进入视线。顺迹追踪，凶手浮出水面。

凶手归案后，怎么也想不通："你们是怎么找到我的？"作案那天傍晚，他隐身厕所,破坏监控,待夜深突袭值班大叔,逃离前不忘关闭大门。自以为天衣无缝,他压根没想逃。

"天不藏奸,你知道吗?"昆哥怼了他一句。

再说2008年那起手机店命案。

那年4月,城东一家手机店女店主遇害,凶手劫走13部手机。现场监控显示,案发前,有个男子半天内先后6次出入手机店,形迹可疑。

昆哥仔细研究监控视频,发现嫌疑人每次进店,不是与女店主搭讪,就是东张西望。有次,嫌疑人用柜台上的公用电话打了个电话。这个细节,让昆哥如获至宝。"彻底查明从店内拨出的所有电话。"

案发第三天,嫌疑人曝光。此人叫吴奎,安徽灵璧人,在无锡某厂打工。昆哥带人扑过去时,吴奎的租住地已人去屋空。此后,历经3个月风餐露宿、艰难曲折,他们最终在福建晋江将隐姓埋名的吴奎抓获。

用爱心陪伴这风雨人生

那天傍晚,某电器行收银员张全给家里打了个电话,说晚上有应酬,不回家吃晚饭了。然后,他便失踪了。时年26岁的张全是老张夫妇的独子,儿子不归,夫妻俩经历一天两夜煎熬,在焦灼中等来消息,儿子已变成城西阳山湖里一具尸体。

老张把抓获凶手的期待"种植"在大案队民警身上,可这期待一种六七年,一直没有长出芽。每每面对憔悴、失望的老张,昆哥这个硬汉的心禁不住阵阵抽搐。

其实,2008年案发不久,作恶者就已锁定:一对苟且男女,男的叫顾飞龙,女的叫方燕。这是昆哥和同伴不眠不休工作几昼夜得来的结果。利用张全沉尸阳山湖的时间差,两个作恶者逃离无锡,空气般蒸发了。时任大案队副大队长的昆哥从此踏上漫漫追凶路,他必须给老张一个交代。

每起命案背后,都有一个破碎的家庭,面对一幕幕横祸临头、生死离别的悲剧,高昆深感肩上责任重大。每次面对残酷的犯罪现场时,他都会感觉到一股股令人战栗的寒意。他并没有被这股寒意所裹挟,而是常常用普通人应有的爱心、关心,用心底的温暖,抚慰受害人和受害人的家庭。他说,作为一个与命案打交道的刑警,对百姓是否有感情,关键得看是否把被害人当家人,是否履行了责任。因此,当老张在儿子刚"走"那段时间频频来电询问追凶进度时,高昆承诺,他会主动向其通报案侦进度。从张全遇害到疑凶落网的7年里,高昆谨遵诺言,不知与老张通了多少回电话。逢年过节,还会拎着水果、生活用品上门看看、问问、说说。他追凶去过的地方、所作的努力,老张一清二楚。慢慢地,老张对这个与儿子差不多年龄的刑警竟萌生了亲情、依赖。

昆哥可算遇到了对手,他这边急得上天入地,那对"狗男女"倒藏得好,不显山不露水。

方燕在苏州读书时与同学顾飞龙一见钟情并同居,因怀孕被校方劝退。父母怒其不争,棒打鸳鸯,强行将其押回家乡无锡。方燕破罐子破摔,沦落到酒吧街坐台。顾飞龙也弃学混迹江湖,做传销,看赌场,最后因盗窃犯罪进了监狱。

方燕旧情难忘,2008年2月初,她联系上刚刑满释放的顾飞龙,再次同居。方燕仅有的一点积蓄不到半个月便见了底。

"去绑个老板弄点钱吧。"顾飞龙这一恶毒的提议,竟然得到方燕的响应,并提供了绑架对象:坐台时认识的某电器行杨老板。2月26日晚,杨老板应方燕之邀来到某酒吧,可来的不是他一人,而是一群。原来,那晚杨老板组织员工聚餐,接到方燕的邀约电话,一挥手把人全带来了,张全便是其中一员。方燕没辙,只得瞄准目标,左一杯右一杯,白的红的拼命给杨老板灌酒,却都被员工挡了去。更意外的是,杨老板接了个电话中途离场了。方燕傻了眼,心想一不做二不休,好歹弄一个。27日凌晨,她把酒醉的张全骗上顾飞龙事先租赁的面包车,途中,两人合伙杀害张全,劫走手机、现金500元及银行卡、身份证等物。趁天未亮,将张全沉尸阳山湖,随即乘火车逃离了无锡。

顾、方隐姓埋名,一逃数年,先后藏匿江西鹰潭、南昌,湖北宜昌,湖南长沙等地。他们屏蔽家人朋友,烧毁身份证、银行卡等所有证件,几乎无迹可寻。

网上追缉、DNA进库、同行协查、全国布控、敦促自首,这些年里,该做的都做了。昆哥坚信,只要功夫到家,定能守得云开见月明。

这一天终于到来。风平浪静六七年,自以为风头已过,2014年5月5日,两人故伎重施,在江西南昌以租房为名入室捆绑抢劫了房东。2015年2月,公安部DNA库提示:南昌警方在"2014.5.5"入室抢劫案现场提取的DNA,与无锡警方提供的"阳山湖沉尸案"提取的DNA一致。

循着南昌这条线,昆哥和同伴查明这对亡命鸳鸯使用过的假身份证达10余个,其中"李江"的身份最为频繁。依托"云搜索",李江藏匿地浮出水面:湖南长沙市所属长沙县星沙镇。

"云搜索"只是确定李江隐身区域和大致活动范围,具体行踪和落脚点,还得靠传统侦查手段。昆哥一行急驰长沙,外围排摸,秘密走访,便衣跟踪,确认方燕化名"徐桂芳",隐身星沙镇一家小饭馆端盘子。

3月6日凌晨3点,夜宵生意结束,徐桂芳回出租屋。候其开门,守伏多时的民警各自扑向目标。昆哥冲进里屋,把李江摁在被窝里。

"姓名?"

"李江。"

"徐桂芳。"

"到底叫什么?我们是无锡警察!"

"顾飞龙。"

"方燕。"

凌晨4点,江苏无锡,手机铃声惊醒了睡梦中的老张,一看来电号码,他预感自己等来了这一天,"是不是抓到了?"

"抓到了,抓到了!"话筒里传来昆哥兴奋的声音。

"儿啊,那两个坏人抓到了,你瞑目吧。"天明,老张去墓地把消息告诉了张全。

"老张,对不起啊,让您久等了。"追凶归来,昆哥再次来到张家。

"辛苦你们了,我从没怪过你们。坏人抓住了,我的心愿也就了了,快回去歇着吧。"看着疲惫不堪的昆哥,老张怪不落忍的。

刑警,特别是大案队的侦查员,长年累月满世界跑,各种挑战、危险无法预知。一次,昆哥到贵州山区执行追捕任务,飞机抵达已是夜半,机场距疑凶藏身地尚有百余里山路,为避免夜长梦多,昆哥决定连夜前往。当地司机夜里不敢跑山路,开多高价都摇头拒绝。昆哥自认驾驶技术不错,租了辆车自驾前往。夜,漆黑如墨,高昆双手紧握方向盘小心行驶在蜿蜒曲折的山路上,同伴个个心惊肉跳。"吱"一声,车子抛锚,好不容易鼓捣好,天边已泛出鱼肚白。一看,半个右前轮悬空在万丈深渊上,人人惊出一身冷汗。

追捕中遇到亡命之徒也是常有的事。有年冬天,昆哥率追捕组去东北追缉一名逃犯。冰天雪地,气温零下二十几度,眼瞅那小子钻进一个废弃厂房,昆哥徒手攀上四五米高的围墙,纵身跳进厂房,将那小子扑倒。昆哥在上,逃犯在下,一个拼命摁,一个拼命翻。这次如果逃掉了,再抓就更难了。就在昆哥体力快到极限时,同伴赶到。

经历种种危险,每次抓捕行动,昆哥都会反复思考,力求方案缜密点儿,装备带齐点儿,能智取就智取,必须保护好战友。当然,自己必须冲在最前面。

2015年初春,深夜,有个地痞为一点小事与人起争执,竟操菜刀把对方生生砍死了,随后藏身其父母住地,一幢老建筑的顶楼。

"兄弟们,带上盾牌、厚垫,出发!"昆哥带队执行围捕任务。抓个人,家常便饭,还要带盾牌、垫子,烦不烦啊。有人不理解,不过嘀咕归嘀咕,装备还是带齐了。

到达现场,昆哥楼前楼后仔细观察地形,确定抓捕方案:"两人去楼顶守着,防止其从阁楼窗户逃跑;两人在楼下铺好垫子,防止跳楼;其他人,拿好盾牌,跟我上!"

"阿姨,请开门,你家的电动车怎么在报警?"门缝一张,一队人马冲了进去。地痞闻声从房间窜出,挥舞菜刀乱砍。

昆哥和战友用盾牌组成屏障,把地痞逼到墙角,盾牌被砍得"砰砰"作响。僵持良久,地痞缴械投降。

"队里十几号兄弟,都有家有口的,我得为他们负责,一个不能少。"昆哥说。当大案队侦查员22年,擒凶制顽无数,凭着智慧和勇气,他竟没有负过伤。当然,这里的"伤"指大伤,磕磕碰碰、擦块皮啥的不算,他的队友兄弟也都平平安安的。若说是办案不力抑或是懦弱不前,那连续十几年命案侦破率保持在90%以上又从何谈起?最美警察、劳动模范、二等功……一堆亮灿灿的奖章,是对他的充分肯定。

2019年4月,昆哥提任治安警察支队副支队长,仍负责办案。他的从警之路还长,前方注定有蒺藜荆棘,有急难险阻,但有22年"重案六组"经历打底,相信他一定会走出新时代人民警察的新担当。

老 戴：
两枚烟蒂珍藏了23年

他在现场找到两枚可疑烟蒂

夏夜，天空布满星斗，暑热逐渐褪去，远处偶尔传来蛙鸣。夜已深，宜兴公安刑事技术室办公室依然透着灯光。那个戴着老花镜伏案凝思的，正是戴崇谊，大家亲切地叫他"老戴"。

这是2014年的一个普通的夜晚。办公桌上，摊满工作笔记、案卷材料，一只透明塑料袋里夹着两枚烟蒂。卷宗纸张发黄，烟蒂扁扁的，看上去有些年头了。

是年，老戴59岁，还有一年，他将"解甲归田"。干了一辈子刑事技术，面对的尽是发丝、掌纹、脚印、车痕……文件柜里那几十本笔记本，是数千宗刑事案件的鉴证实录，是一辈子的心血。

船到码头车到站。老戴抓紧时间清理参与侦办的案子，那两枚烟蒂，就这样再次出现。20余年里，他曾无数次面对它们。每次，都只能无奈地摇着头重新将它们封存；但每次，他都想，"总有一天它们会'开口说话'"。他期待着。

这两枚烟蒂，是22年前老戴在一起命案现场附近的农田里找到的。历经22个春秋，命案悬而未破，成为他心中久久挥之不去的阴影。他的刑警生涯因此略有遗憾。

此刻,夜深人静,面对两枚泛黄的烟蒂,记忆的闸门骤然打开。老戴的思绪穿越到20世纪90年代,那个难忘的凌晨。

那时,老戴还是小戴,三十七八岁,年富力强,意气风发。那天,是1992年7月7日。凌晨1点,老戴刚入睡,便被突兀的BP机"嘀嘀"声惊醒。那年代通信不发达,配BP机的不多,除了局领导,也就是老戴这些随时要出现场的人了。

"太华地区发生命案,速到局!"发来信息的是刑警大队长。老戴套上衣衫,骑上那辆老爷自行车往局里赶。

"又是现场。"老戴妻子嘟哝一声,翻个身继续睡。丈夫夜半出更,她早就习以为常,偶尔老戴连续四五天踩着点回家,她反而纳闷儿。

是时,宜兴市公安局坐落在宜城镇通贞观路上的文昌阁。待老戴拎着勘察包上车时,局领导、刑技人员一干人马均已入座。

汽车向40余公里外的太华乡飞驰而去。

太华乡位于宜兴市西南部,苏、浙、皖三省交界处,丘陵地带,村庄散落砺山盆地,煤、白泥、瓷土等矿山资源丰富。案发太华乡楼下村村民阿根家,报案的是阿根的亲家母宗阿姨。

山区民居零零落落,东一座西一幢。阿根家的二层楼距最近的村邻也有千余米,单门独户靠在小路边。夫妻俩50出头,老实本分,勤劳善良,过着日出而作、日落而息的生活,晚上靠女婿送的一台收录机打发日子。他们的独生女嫁给同村的宗家。

天有不测风云,人有旦夕祸福。1992年7月6日深夜,睡在二楼的阿根和老伴陈秀被楼下传来的异常响声惊动。老两口摸索着下楼察看,刚到堂屋便劈头遭遇一顿乱棍。阿根诈死躲过一劫,老伴躺在血泊中没了声息。歹徒隐进夜幕不见了,浑身是伤的阿根挣扎着爬到女婿家求救。

老戴他们抵达现场,已是7日凌晨3点多。阿根神情悲戚地呆坐在厨房的小板凳上。横祸突如其来,他无法接受。老戴最怕人流泪,他面色凝重,一言未发,戴上手套,进入凶杀现场。

案发现场系底楼堂屋,惨淡昏黄的灯光下,死者陈秀仰躺水泥地上。致命伤在头部,伤口的血已凝固。灰色的墙面上布满喷溅血迹,狭小的空间里弥漫着血腥味。老戴仔细提取血样。

在堂屋一张年历画上,老戴小心翼翼采下一枚血掌纹。现场再无其他有价值的痕迹。

现场周围会不会有啥收获呢?老戴的缜密、细致是出了名的。他以现场为中心,一米一米朝外拓展。沟坎、树林、河边、菜田……搜索到一块山芋地时,爬满沟坎的藤蔓下,一枚新鲜烟蒂赫然映入眼帘。老戴用镊子夹起:"大前门"。地头一个露天粪坑旁,又现一枚同类烟蒂。

老戴把两枚烟蒂封进物证袋,这一封就是20余年。

侦查搁浅,他珍藏了烟蒂

老戴"捡"起两枚烟蒂的时候,身为刑警的敏锐让他感到迟早有一天会派上用场,但他并不知道到底怎么能派上用场。就在案发前一年,"DNA指纹图谱"技术引入中国,公安部第二研究所开始运用这项技术做亲子鉴定、个体识别等。那时的老戴压根儿没听说过什么"DNA"。他只知道证据多多益善,不管有用无用。也许现在没用,但将来有一天就有用了。他的想法很朴素,"时代向前发展,科技日新月异,一切皆有可能,保存证据准没错"。

"坏人是两个男的,中等个子,二三十岁,像河南口音。"这是阿根所能提供的全部信息。事发突然,加之心有余悸,他提供的这些都是断断续续回忆出来的。至于相貌、衣着特征,黑灯瞎火的,压根儿没看清。

大规模的走访调查没有任何收获,现场偏僻,更深人静,无人目击。

太华山区多矿山,从事矿山作业人员大都来自河南、河北、安徽等地。专案组根据前期工作,把作案人员圈定为两人或两人以上结伙作案,作案者年龄在20—30岁之间,河南或邻近河南省份的人。办案民警在太华镇及周边十几个乡镇地毯式排查、搜索,先后采集5000余份指纹、掌纹。刑事技术室的灯光彻夜不息,5000余份指纹、掌纹,老戴一份份比对、核实,每天只睡两三个小时,脑子里全是指纹、掌纹,眼睛熬成"熊猫眼"。可比对结束,还是没找到想找的人。面对厚厚的资料和两枚烟蒂,老戴心有余而力不足,如何对得起老泪纵横的阿根啊?

因为缺乏线索,案子悬了起来。装有烟蒂的物证袋被老戴夹进笔记本,装进文件柜。资料越积越多,笔记本被挤到角落。后来,刑事技术室3次搬家,从通贞观路小平房搬到东山西路新办公大楼,又从综合大楼搬到刑侦楼,两枚烟蒂也跟着搬了3次。

"太华命案"始终搁在戴崇谊心头,想起便沉甸甸的。每当本地或外省(市)破获同类案件,他都要翻出来看看能否串并。案件破不了,老戴总觉得欠阿根一个交代,但凡去太华公干,他便会绕道去看看阿根。女儿劝阿根搬去同住,阿根不肯,他要守着老伴,老伴就安葬在家门前那片小树林里。老戴总是远远望着阿根孤单的背影,叹口气,然后默默离开。

一年又一年,在"小戴"向"老戴"演变的20余年里,老戴的刑事技术在一起起大案中历练得日臻完善,成长为江苏省公安战线闻名的刑侦技术专家。1995年的苏南商厦30余万黄金被盗案、苏南特大系列杀人案;1997年震惊苏、皖两省的特大投毒案;1999年江苏一号大案;2008年310万现金失窃案⋯⋯但凡大案现场,都有他忙碌的身影,而方寸技术室更是他捕捉疑犯的主战场。可令人遗憾的是,"太华命案"始终没有突破。

一晃,老戴朝60岁奔了。以前听到"光阴似箭"这个成语,总当成比喻,现在才发现,日子本来就过得这样快。退休在即,拿不下这桩案子,老戴不甘心哪。

"到底何时,这两枚烟蒂才能'说话'呢?"老戴点燃一支香烟。

命案发生那年,阿根正值壮年。他独自生活至今,黑发染霜,身板佝偻,步履蹒跚。老伴在时,他忙地里的活,老伴买汰烧。老伴走了,他舍不得满屋子老伴的味道,熬着一人吃饱全家不饿的孤苦日子。直至房屋拆迁,他才搬进镇上的安置房。在电视上看到警察破了陈年旧案,他会高兴很久。可他从不去公安局催问破案情况,他知道,警察也在努力,他相信,他等得到凶手落网的那一天。

科技助力,等来烟蒂"开口"

1200余里外的安徽亳州,两个作案歹徒也到了知天命之年。一个在家含饴弄孙,一个倒腾药材生意。

这两个歹徒,一个叫邹运,1966年出生;另一个叫谭文,1965年生人。两人均为安徽亳州市谯城区魏岗镇人,同镇不同村。两人曾在一个部队当过兵,算是战友,复员回乡务农,相继结婚生子。亳州比邻河南夏邑、鹿邑,口音偏向河南,怪不得阿根说是河南人。

当年,邹、谭两家经济条件都不咋地,结婚成家后更显窘迫。1992年7月初,两人寻思到浙江找战友谋份工作养家糊口。可在浙江找战友无着,身上的钱倒用完了。7月5日,两人蹭车到宜兴,傍晚来到另一战友家。宜兴战友家境亦不好,但人热情,留吃留住。两人不好意思,住了一宿告辞了。

7月6日,两人想撞运气找份工作,无奈运气不青睐他们,奔波一天无着落。夜幕降临,歇脚山芋地,挖几个山芋充饥,然后掏出仅剩的两支"大前门"点上。望着深邃的夜空,两人有点迷茫。

"外面的世界不好混,不如回家去。"

"一分钱没有,怎么回去?"

"那边有幢房子,先去找点吃的东西,巧的话还能搞些钱。"

"只能这样了。"

两人从山芋地转移至小树林蛰伏。临近子夜,他们从后院推门闯入,先到厨房找吃的,后至堂屋翻找值钱物件。响声惊到阿根夫妇。被抓住可是要坐牢的!两人瞬间恶从胆边生,分别持木棍、铁叉对阿根夫妇劈头盖脸猛击,见两人倒地不动,楼上楼下搜遍,劫得一块旧手表和一台老掉牙的收录机。

逃跑途中，手表换得15元现金，笨重的收录机扔进河浜。两人扒火车潜回亳州家中。那对老夫妻死没死，不得而知。木棍结实，铁叉锋利，记记击中要害，情况好不了。刚逃回家几个月里，两人天天心惊肉跳，神不守舍，看到穿制服的就躲，常常忍不住盯住自己双手看，那上面沾满鲜血，怎么洗也洗不掉。有时以为那只是个梦，自己从来没干过那伤天害理的事。可事实就是事实，心底那个结永远都在，只要想到就寝食难安，头发大把大把掉落，没几年，邹运就成了秃子。

山高路远，20余年，警察从未上过门。邹、谭以为风头早过，从此太平无事。邹运儿女长大成人，结婚生子，他先后当上爷爷、外公。谭文倒腾药材、土特产，日子一天比一天好起来。那罪恶的一幕，那欠下的人命，似乎已是前世事。

不是不报，时辰未到。他们不知道，不经意扔在山芋地里的两枚烟蒂，会被宜兴刑警戴崇谊当作宝贝似的藏着。

这20余年里，尤其是进入21世纪，信息化浪潮汹涌，所有命案无论是现行的，还是陈年积案，一律录入公安信息库，电脑打开，一目了然。情报信息中心、刑事科学技术室、图侦大队……一个个新机构应运而生。DNA鉴定技术更是发展迅猛。2000年后，STR技术(荧光标记多基因座STR复合扩增检测技术的简称)逐渐取代第一代DNA指纹图谱技术。

2014年9月，无锡市公安局引进最新的STR技术，一纸送检多年积压物证的通知飞向各级刑侦部门。

"这下有戏了！"老戴欣喜若狂，火速将两枚烟蒂送往无锡市公安刑事科学技术所。

原来老戴恶补了新技术、新知识，他了解到，从人们叼起香烟的那一刻起，烟头便被印上一串"生物密码"。这些信息来自附着在烟头表面的嘴唇上皮细胞。只要找到这串密码特定的数据节点，就可以大海捞针，捞出某一嫌疑人。

"科技世界真是神奇无比啊！"老戴有穿越的感觉。他给自己点了个赞,坚持就是胜利!

公安刑事科学技术所检测人员把烟蒂放入清水,滴入试剂,经过编码和电泳处理,电脑屏幕上便显示出一串 32 位数的数据,这便是 DNA 身份证号,一人一号,独一无二。

很快,这串从烟蒂上分析出的生物密码被输入计算机系统,在数据库里昼夜不停地自动比对。老戴满怀希望。

一天又一天,一月又一月,眼瞅着一年将过去,计算机毫无动静。

"难道要泡汤?"老戴不由得着急起来。

也许是时辰到了。2015 年 8 月底,年过五旬的邹运不顾家人劝阻,跑到江苏常熟应聘小区保安。按常规,当保安得先拍照片,后采集 DNA 信息。邹运拍了大头照,抽了血。抽就抽呗,一起应聘的都抽了,他也没在意。

奇迹出现了。2015 年 9 月初,刑科所的电脑响起提示音。屏幕上弹出一张照片和一段提示,此人"符合送检物证 DNA 特征"。照片上的人,男性,50 岁左右,秃顶,名叫邹运,安徽亳州人,现在常熟打工。

"比中啦,太好了!"得到信息,老戴第一时间报告领导,找出侦查卷宗,调出现场那枚血掌印。他很清楚,仅凭烟蒂上的 DNA,只能证明邹运曾在案发现场附近出现过,无法确定他就是疑凶。掌印才是铁证。

宜兴警方迅速组织精兵强将侦破这起陈年命案,专案组当然少不了老戴。他和同事驱车飞驰常熟,在当地警方配合下,以"之前的信息有误,需重新采集"为说辞,顺利采集到邹运的掌印。

"就是他!"老戴专注于一新一旧两个掌印,反复比对,做出"完全一致"的结论。

邹运突然离开了常熟。警察前来,不仅抽血,还捺指纹,按掌印,他隐隐觉得事情不对头,卷铺盖走人了。

铁证如山,逃也枉然。很快,邹运落入法网,接着,同案谭文就擒。

拿下这桩命案,老戴的从警生涯也算是圆满了。2015 年 12 月,老戴光荣退休。

徐　斌：
死磕 8 年"绝不放过你"

万家团圆时，他守伏在冰天雪地

河南农村，冬日，雪后，放眼望去，白茫茫一片。树上、屋檐下挂着晶莹透亮的冰凌。孩子们在雪地里堆雪人、打雪仗，尽情嬉戏。春节越来越近。春节是百姓一年生活中最重要的节日，家家户户忙着操办年事，杀猪宰羊、蒸馒头、贴对联、祭祖宗。过年了，每个人都想回家，远在他乡的游子更是期盼回家，可亡命天涯 8 年的韩勇、韩海会回家吗？

这一天，2008 年 2 月 1 日，离鼠年春节正月初一还有 6 天。

这一天，河南周口市下属沈丘县某镇某村来了一群特别的客人。一行七八人，据称是镇政府干部访贫问苦来了。村干部陪着，挨家走访。人群中，3 个精干的中青年，厚厚的羽绒服，大头棉皮鞋，一如本地人穿着。他们脸露笑容，手拎大米、色拉油，只是不怎么说话。这 3 人，便是江阴刑警徐斌和他的同伴，他们此行的目标是韩勇、韩海。

时近中午，走访队伍不经意驻足韩勇家门口。与左邻右舍忙年事的热闹红火相比，韩家显得冷冷清清。两间平房孤零零趴在村头，年久失修，外墙爬满藤萝，屋内光线昏暗，陈设简陋。

"村长，你怎么来了？"见这么多人上门，还有陌生人，韩父一惊。自从儿子韩勇闯祸失联，一家人在村里抬不起头来。在灶间忙活的韩母闻声而出,神情冷淡。

"过年了,镇上干部到村里慰问,顺路到你家看看。韩勇这小子回来了吗?这么多年,大过年的也不回,爷娘老子也不要了吗?"村长边说边进门,一行人跟进门。

"没回呀!家门不幸,出了个逆子。"韩父连连摇头。

"也没打个电话?"

"哪有。8年了,连媳妇死了都没回来,就当他没了吧,不说了。"韩父摇摇头,长叹一声。

趁村长与韩父韩母说话当口,徐斌他们屋里屋外转了一圈,未见异常。

"韩勇啥时回来吱个声啊,做错了事总是要面对的。好好向政府说清楚,争取宽大处理。"村长丢下一句话。

"那是,那是。"韩父、韩母红了双眼。他们也想儿子啊,可儿子去了哪里?真不知道。

一行人又来到同村韩海家,情况大同小异。

冰天雪地,徐斌与两个兄弟空守几天,眼瞧年三十都过了,看来"两韩"是铁了心不见爹娘了。

又是无功而返。算起来,这已经是第17次扑空了。徐斌有点沮丧,但并不气馁。"不言难,不放弃,不怕'两韩'不落网!"是啊,但凡被徐斌"惦记"上的疑凶,大抵是逃不掉的,要不,怎对得起兄弟们赐予他的"神捕"桂冠。

韩勇、韩海怎么就被徐斌盯上了呢?事情还得从头说起。

2000年3月,距沈丘千里、长江畔的江阴市,一起杀人抢劫案震惊民众,韩勇、韩海正是这起血案的重大嫌疑人。

时值壮年的夏海军系江苏泰兴人。泰兴、江阴隔江相望,两地经济发展的速度却不可同日而语。夏海军上要赡养父母,下要抚养幼小的儿子,生活压力不是一点点。1998年秋,他携妻儿过江到江阴开出租车,撑起一个家。

2000年3月24日,春寒料峭。夏海军在路上跑了一天,腰酸背疼。晚饭时,老婆看他疲惫至极,关切地劝他晚上别出去了。"挣点是点吧。"犹豫好一会儿,他还是决定出车,晚上生意好做,他不想放弃。离家前,他亲了亲儿子,"宝贝,在家乖点,等爸爸回来"。这一去,竟成永诀。

深夜11点,夏海军送客人到距江阴城二三十里的华士镇,归途,有人在昏黄路灯下招手。"时间太晚了。"迟疑仅仅一瞬间,现成的生意还是要做的。他放慢速度靠上去。

"去长寿镇。"3个男青年上车,一个坐副驾驶座,两个坐后排。

出租车行驶在寂静的旷野,车厢里气氛沉闷,静得能听到彼此的呼吸声。夏海军手握方向盘,心里七上八下。三四十分钟后,车子驶至长寿镇一个叫水池巷的地方。

道路狭窄,两边杂树丛生。"半夜三更怎么来这种地方?"夏海军疑惑间,后座上一人大喊:"停车!"他的胸口已被副驾驶座上那人用尖刀抵住。"你们干什么?"夏海军反应过来,"遇到歹徒了!"话音未落,刀尖已深深刺进左胸,他头一垂,歪倒在方向盘上。

歹徒劫走当天营业款300元和一部手机。夜色掩盖了罪恶。

天微明,早起劳作的村民被横在路中央的出租车挡道,继而发现已没有生命体征的夏海军。小村的宁静被打破,一辆辆警车风驰电掣般赶往水池巷。

在刑警队忙碌到凌晨1点,刚在值班床上睡下的徐斌被急促的电话铃声唤醒。

无论是在警察队伍,还是在男人世界,徐斌长得毫不起眼。中等个子,相貌普通,黑黑瘦瘦,寡言寡语。要说最有特色的,就数那双小眼睛了,聚光、深邃、犀利,似老鹰,更似利剑。徐斌的"神",不是巫术,会掐算,也不是小聪明,撞运气。他的"神",既归功于他的智商、情商,更取决于日积月累的经验和水滴石穿的基本功。有时,"迷"上一个逃犯,他会静坐几天,昼夜不分,那呆呆的神情,不知情的人,还以为他魔怔了呢。追捕神功,就是这样炼成的。

扯远了,回到2000年3月的那个现场。已有6年刑警历练的徐斌已然是队里骨干。保护现场,走访目击者,查证死者身份,他立马进入工作状态。在大伙努力下,案发当天,疑凶刘子文归案。现场勘查表明,凶手绝非一人。

审案前,徐斌拟了十几个问题,有无同伙、几个同伙、哪里人等等。刘子文系山东人,他交代在网吧结识两个河南人,其中一人绰号"老白",其他情况如姓名、租住地等均不清楚。3月24日,3人因欠费被网吧老板扫地出门,在街头游荡到深夜,身无分文,饥肠辘辘,动了劫财歹念。他们选择夜归的出租车司机为目标,无辜的夏海军成了他们的刀下亡魂。作案得手,他们连夜鼠窜,各奔东西。

有线索总比没有线索好。进入新千年,信息时代到来,现代警务活动越来越依赖网络,徐斌与时俱进,凭着特有的钻劲儿,熟练掌握了网上作战技能。他一连三昼夜鏖战互联网,埋首海量信息,寻踪觅迹,硬是挖出韩勇、韩海两名嫌疑人。

"找到啦,找到啦!"那天早上,徐斌出现在大队长办公室时,大队长吓了一跳。眼前的人双眼通红,胡子拉碴,面色青灰。真是个拼命三郎啊,大队长的眼眶湿润了。

信息表明,韩勇、韩海均为河南沈丘县人。时年,韩勇27岁,韩海年长1岁。两人同乡同村,来江阴打工三年。

徐斌和战友直扑"两韩"在华士镇的租住地。屋子乱得像鸡窝,床上被子卷成一团,桌上剩饭霉点斑斑,生活用品、衣物俱在。看来,两人没回租住地。

"会不会逃回河南家中?"2000年3月28日,徐斌一行驱车飞驰千里,扮成走村串巷的货郎进村侦查。不年不节,村里非常冷清,留守者老人、妇女、儿童居多,青壮男子大都外出打工了。徐斌他们村前转到村后,与村人七扯八拉闲聊,以"口渴求口水"进了"两韩"的家,没有发现"两韩"回家的迹象。韩勇新婚,新媳妇独守空房。韩海未婚,父母与其大哥一家生活。其时,家里和村人尚不知"两韩"在江阴闯下弥天大祸。村人眼里,两个孩子都挺本分的。两人此前也确实没做过违法的事。

徐斌是个有心人。他把村里的地形地貌、进村的大小道路印刻在脑子里,画成图标,一目了然。笔记本上密密麻麻记满"两韩"家人、亲戚、同学、朋友的姓名、住址……这个中原小村,以后不会少来。

女儿点亮生日蜡烛时,他飞驰在高速路上

"两韩"就这样人间蒸发。夏海军横祸丧生,家中顶梁柱坍塌,一家人的生活陷入困境。夏妻在江阴熬着,盼着警方早日破案,告慰屈死的丈夫。

表面冷峻、严肃的徐斌生性善良,内心柔软。看着夏家的窘境,非常揪心。在他的倡议下,刑警大队与夏家结成帮扶对子。徐斌不时上门送物送钱,帮一点是一点。

"两韩"被江苏省公安厅督捕并上网追缉,追捕"两韩"的重担自然落到徐斌肩上。

徐斌性格本来就闷,那段时间,更似闷葫芦。经验告诉他,对手是狡诈的,逃亡路上绝不会用真姓实名,而且轻易不会与家人联系。但家是个死结,亲情浓于水,即便是"见光死"的逃犯,也有家、有亲情。从古到今,概莫能外。一天、一个月、一年不联系,有可能;十年八年不联系,难说!何况,韩勇家有新婚妻子、父母,韩海有双亲兄弟。但凡他们与家中联系,必定留下蛛丝马迹。徐斌眉头一皱,计上心头:"死看死守,实时关注'两韩'家人、亲朋的动态。"

怎么关注?徐斌自有招数。每逢佳节,是漂泊在外的人们最思乡的时候。追捕"两韩"的8年里,徐斌的中秋、春节都是在沈丘度过的。他愧

对盼着他过团圆节的妻女、父母,但机会稍纵即逝,不能有丝毫松懈啊!

山高路远,光靠自己单枪匹马肯定跑不赢。徐斌在村里交了不少朋友,布下一个个"眼线"。互联网更大范围内的应用,也为他寻觅"两韩"提供了可能。可是,这"两韩"倒是耐得住,泡都不冒一个。

时间在忙碌的脚步中流逝,转眼已是 2004 年夏天。韩勇家里出了大事,他的妻子遭遇车祸,伤重不治,人没了。这下韩勇该回家了吧?

信息即时传到江阴,徐斌星夜赶往沈丘,在村里悄悄守了三天。进进出出办丧事的是死者娘家人和村邻,哪有韩勇的人影。韩妻的哥哥、姐姐哭得那个惨啊。天杀的韩勇,作下孽一逃了之,留下妹妹独守空房,既要侍奉公婆,又要种责任田,临了临了,丈夫还不给送终。韩勇的父母也是老泪纵横,凄凄惨惨,直至三天后韩妻发丧落葬,韩勇也没有现身。

"眼线"时有信息传来。河南、新疆、贵州、四川,一接到线索,徐斌就往外跑,哪次不是十天半个月的。泥石流、雪灾、洪水,什么没有经历过。至于家庭,他时常无法兼顾。

2005 年 8 月 21 日中午,已几天没回家的徐斌接到女儿潇潇的电话。

"爸爸,今天必须回家吃晚饭!"潇潇命令。

"遵命!"想起要陪女儿看场电影的承诺,徐斌有些内疚。傍晚,他破天荒早早往家赶,刚跨进楼道,手机响了,"有人在河南焦作看到一个人挺像韩海"。

"太好了!"徐斌返身就往单位跑,驱车与队友往焦作赶。途中,他给妻子打了个电话,至于潇潇,没顾上解释。

在人生地不熟的焦作城里转悠一个多星期,白瞎。返回江阴已是 9 月 2 日,升初二的潇潇开学了。是晚,妻子默默递给他一个日记本。这是潇潇的暑期日记。

8 月 21 日晚,潇潇在日记里写道:"爸爸,今天是您的生日,女儿买来蛋糕、面条、蜡烛,学着烧了您爱吃的排骨、西红柿炒蛋、青椒土豆丝,想在晚饭时给您一个惊喜,没想到还不及揭谜底,您的手机响了。听到您有力的脚步声,听到您接电话的声音,在窗口看到您匆匆离去的背影,那再熟悉不过的背影,我哭了。女儿多想陪您切蛋糕、吹蜡烛,看您和妈妈一起吃碗女儿下的生日面啊!您是刑警,我的偶像。女儿不怪您,真的,祝您生日快乐!"纸上有点点泪痕。

徐斌沉默,好久,好久。多懂事的孩子啊!徐斌恨不得扇自己一巴掌。他想,等将来有一天,一定要陪她们娘儿俩出去旅旅游,吃吃美食。可这一天是哪一天,他不知道,也许很快,也许很遥远。"两韩"不落网,他无法安心,他的脚步停不下来。刑警的工作性质使他注定要常年奔波在外,天南海北,城市乡村,风餐露宿。在追捕"两韩"期间,他还抓回13个命案逃犯,其中最长的逃了13年。

2006年5月31日,在河北遵化抓获潜逃7年的抢劫杀人疑犯叶功夫;2006年7月28日,在浙江平阳抓获杀妻后潜逃11年的崔成;2007年2月25日,在安徽芜湖抓获潜逃13年的杀人疑犯黄兵;2007年8月27日,协助黑龙江警方抓获命案逃犯韩华、苏飞;……

数字背后,几多辛苦,几多付出,只有徐斌自己清楚。

话说2008年春节又一次扑空,徐斌没有灰心。他坚信,水滴石穿,"两韩"落网是迟早的事。

机会终于降临。2008年5月中旬,一条重大线索通过电波跨越千里从河南新乡传到江阴:近期,韩勇的舅舅连连接到来自云南昭通的长途电话,电话打到村里小卖部,来电者是一个叫"周彪"的人。韩舅系新乡本地人,农民,年近70,从未出过远门,也未听说在云南有亲戚或朋友。对韩勇的关系人,徐斌可谓门儿清,没有哪个姓周。云南来电跟韩勇有关吗?

依托高科技,新的动向凸现:韩舅但凡接到云南电话,立马与沈丘的韩父通话。"周彪"是谁?是韩勇的朋友?或许就是韩勇本人。

云南东北部,距昆明680公里,云贵川三省交界处,有个永善县。永善县隶属云南昭通市,坐落于金沙江畔,境内重峦叠嶂,峰高谷深。溪洛渡镇位于永善县中部,县城所在地。中国第二大、世界第三大水电站,总装机 1260 万千瓦的溪洛渡水电站坐落于此，偏僻小镇因此名闻遐迩。

2008 年 5 月 29 日傍晚，溪洛渡镇老街区背街小巷，一幢破旧楼房的二楼，住进五六个外地汉子。这群人白天走街串巷打短工、收破烂儿，晚上安静地猫在屋里，死盯巷子对面那间小屋。调查证实，该处为周彪租住的小屋。

自"周彪"这条线索出现，徐斌预感"韩勇要现身了"。此时，徐斌已升任中队长。5 月 28 日，他率追捕组赴云南，在同行支持下，在海量信息中梳理出周彪的暂住信息，暂住地为永善县溪洛渡镇。

29 日下午，追捕组抵达溪洛渡镇。找到周彪登记的暂住地一看，心里凉了半截儿。租住地房门紧闭，空无一人。房东称，周彪租住不到一个月，话语不多，不怎么爱搭理人，也不见与人来往。这几天出门了，去了哪里，不知道。

"不会是听到风声溜了吧？"为避免打草惊蛇，徐斌没跟房东讲明来意，也未进门查看。他踮起脚尖隔窗观察，室内物品摆放显示，主人只是暂时外出。

"守！"徐斌决定。8 年艰辛才等到这么一个机会，不能轻易放弃。

沿着周彪的租住房转了好几圈，徐斌确定对面一幢二层小楼是最佳守候处，当晚便在小楼阁楼上安营扎寨。这一等就是 18 个昼夜。五六个大男人蜗居阁楼干瞪眼，扳着指头数日子。18 天里，没睡过一个囫囵觉，更不敢去饭店改善伙食、尝地方风味。县城太小，不能有半点疏忽。

一日三餐面包、馒头、方便面，倒胃口不说，营养也跟不上呀，加上水土不服，有的闹起肚子，有的感冒发烧，有的牙龈肿胀。徐斌虚火上升，鼻血直流。他给大伙儿打气，时不时来次精神会餐。"任务结束，我请你们吃大餐，红烧蹄髈、清蒸白鱼、老鸭煲，随便点。"

"灯亮了！"6 月 17 日晚 6 点多，负责守望的小刘兴奋地喊了起来。"真的？"大家兴奋地挤到窗口。可不是，周彪租住地透出灯光。徐斌"嘘"了一声，大伙儿安静下来。

"这人是韩勇吗?"徐斌虽未与韩勇照过面,但其面貌特征早已深刻脑子里:瘦高个,右手臂有道烫伤疤痕。对面灯影里晃动的分明是个胖子。徐斌有些疑惑。

"别急,再看看,抓错人不好。"徐斌说。18天都等了,不在乎这一刻。"听你的!"兄弟们佩服的就是他的沉稳、谨慎。

晚7点,胖子穿汗衫短裤出了门,徐斌他们不远不近,尾随而去。胖子进了巷口超市,直奔烟酒区。徐斌慢慢踱到其身边,拿起一瓶葡萄酒佯装看价格,眼睛则扫向胖子右手臂,一道伤疤赫然在目。脸型稍变,但五官特征正是韩勇无误。徐斌眼角一挑,头微点,队友心领神会。

超市人来人往,不宜抓捕。胖子拎了两瓶低档白酒来到结账处,徐斌随便拎瓶红酒紧随,结账、出门。胖子闪进离超市30余米处的小酒店,进入包厢。刚落座,包厢门被踢开,冲进五六个人。胖子傻呆,不知招惹了何方神圣。

"韩勇!"

胖子下意识"唉"了一声,手脚已失去自由。

"你们是谁,黑社会?"韩勇徒劳挣扎,包厢里其他人呈泥塑木雕状。

"江阴警察!为什么抓你,你知道的。"徐斌亮出警官证,韩勇放弃顽抗。

连夜,追捕组押着韩勇撤离溪洛渡镇。一路辗转,倒了4趟汽车,坐了30多个小时火车返回江阴。

一路上,韩勇絮絮叨叨,反复追问徐斌,"你是怎么找到我的?"他怎么也想不明白是哪儿露出了马脚。自2000年3月在江阴犯案,他改名"周彪",先后潜逃广东、福建、贵州、云南四省各地,每个地方都不长待,河南的家更不能回,也不敢打电话,老婆出车祸身故的事,还是后来舅舅告诉他的。2008年4月,他潜到溪洛渡镇,给一私企老板开车。逃亡路上,他无时不在想家、想老婆,但他知道警察不会放过他,他不敢冒险与家中联系。直至藏身永善,自忖这里山高路远,警察找不到他,便试着电话联系居住在河南新乡的舅舅。他没想到，江阴有个极认真的警察，近3000天里，始终"惦记"着他。

"我服了你了。"韩勇幽幽地说。

"你以为躲得了初一，就一定能躲过十五？"徐斌慢悠悠回了句，"韩海藏在哪？"

"我真不知道。当年我们在江阴城里分的手，从此再无联系。"韩勇惊诧，韩海比他还能逃？

疑凶落网时，他犹如见到久违的"恋人"

总结韩勇落网的经验，还是丢不开"亲情"的作用。一天，徐斌头脑风暴，"韩勇落网的消息已传遍村里，肯定会传到同村的韩海家，其家人会不会有异动？"

徐斌安排人悄悄进村打探，收获很大。

韩海的大哥原在江浙一带打工，自从韩海犯事，便辞工回家照顾父母。6月中旬，"韩勇被江阴警察抓了"的消息在村里传开，他一反常态，频频外出，一走就是一两天。他在天蒙蒙亮时离村，深更半夜返回，神神秘秘的。往深里一究，他每次去的都是同一个地方，山西翼城。

山西翼城距沈丘近百里，韩海家在那没亲没眷，也无关系人，唯一可能就是韩海藏身于此，徐斌推断。

2008年6月25日，徐斌的身影出现在这个晋南小城。奔波半个月，挖出一个知情者。知情者提供，韩海确实在翼城，开了家装潢公司。这段时间其戒备心特强，一改每晚上酒店、歌厅花天酒地的常态，工地、住地两点一线，见陌生人就避，随身还带有钢珠枪。

人有下落就好，至于怎么对付，徐斌自有办法。

7月10日，翼城城郊某酒店，装潢工程接近尾声，这天的活是给大厅铺地砖。酒店装潢工程由韩海承包，韩海每天必到施工现场督查质量。

抓捕时间定在这天上午。

上午9点,一辆摩托车驶来,在酒店门口刹车熄火,斜刺里冲出四五人将驾车人死死摁住。摘下头盔一看,嘿,韩海!摩托车尾箱躺着支子弹上膛的钢珠枪。大厅里工人们惊愕,他们的老板竟然是个杀人逃犯。

8年付出,8年坚守,不容易啊!

"说句毫不夸张的话,抓到韩海那一刻,犹如见到久违的'恋人',什么苦啊、累啊,全没了,只剩下兴奋。"事情过去若干年,徐斌聊起这些,一向喜怒不形于色的他依然兴奋异常。

"两韩"归案,夏海军被劫杀一案画上句号,徐斌的脚步仍未停下来。他竭尽自己所能,为夏家争取到两万元赔偿金。虽是杯水车薪,但也可解燃眉之急。这并不是徐斌的分内事,但他说,要对得起一个刑警的良心。见过太多暴戾、残忍,他的心却依然柔软、善良。

2011年,徐斌提任监管大队副大队长,刑警生涯藏进他的记忆深处。

吴德平：
用解剖刀破译死亡密码

金秋十月,晚 8 点多,美丽的宜兴笼罩在静谧的夜幕之中。值班室铃声大作:"铜峰境内发生交通事故,轧死一个老太!"交警队民警迅速出警。

"看得清清楚楚,先是一辆车撞倒老太,后面又来一辆车从老太身上碾过,好惨啊!"警车到现场后,两名目击者主动反映情况。

老太命绝,两个肇事司机惶恐至极,一个承认是他撞的,一个对碾过死者身躯供认不讳,都表态认罚赔偿。

事实似乎很清楚,交警忙着通知死者家属前来认尸。

"且慢!"一个戴着眼镜、文静秀气的小伙子上前阻拦。有交警认出,此人是刑警队法医吴德平,"交警队的事,法医来干什么?"

"死者头颈部的伤不像交通事故所致。"吴德平提出疑问。死者被运至法医解剖室。天明,鉴定报告出来,老太系被他人扼压颈部,淹溺窒息致死。

案情大白。老太系宜兴本地人,先天聋哑,丧失劳动能力,其丈夫渐生嫌弃厌恶之意。是夜,将其骗至野外,先扼颈,后将其头部揿入水沟致死,然后拖至马路中间制造交通事故。

交通事故瞬变凶杀案,人们不由得对这个"小法医"刮目相看。若干年后,吴德平对我说,这是他当法医办的第一起命案,还是"抢"来的。当时,他刚进公安局,那天,他恰巧值班,听说有交通事故,跟着去现场,就这样赶上了。

法医作家秦明这样说,"法医是一个特别艰苦的行业,凡是留下来的,都是真正热爱的。法医的工作状态是怎样的,只有法医自己知道"。1960年出生的吴德平从1981年踏上法医岗位,直至2020年退休。39年,他初心不改。

在公安机关,法医属于刑警范畴。一直以来,人们都对法医比较好奇,但大多数人是通过古装剧《大宋提刑官》、港剧《鉴证实录》等影视剧来了解这个群体的。世界法医学鼻祖、大宋提刑官宋慈抽丝剥茧为人洗雪沉冤,以古法验尸揭晓尸体隐藏的秘密,神奇而又神秘,令人钦佩;而《鉴证实录》中的女法医聂宝言手提法医箱,淡定自若地出现在各类案发现场,一次次与亡灵"对话",一次次破获犯罪密码,将一个个凶犯绳之以法,技艺高超,令人印象深刻。但其实,法医并不神秘。

初识吴德平,是1993年,江苏省公安厅评选全省"十大标兵民警",吴德平是候选人。领导派我去收集、整理他的事迹材料。虽然时常与刑警打交道,但与法医面对面却是头一回。事先,我恶补法医知识。赴宜途中,我在脑海里想象着吴德平的形象:冷峻、黑脸抑或粗犷、严肃。一见面,我却大跌眼镜。眼前的吴德平,大大的眼睛,白皙的皮肤,头发乌黑浓密、略卷,再配上近视眼镜、合体衣着,英俊帅气,走在街头不知能引来多少小姑娘的"注目礼",很难把他与法医——专门摆弄尸体的人联系起来。"真是可惜了。"我暗自嘀咕。

我压制住内心的想法,主动伸出右手。一丝惊喜从吴德平脸上掠过,他连忙伸出双手与我握手。据说,法医行规,不主动与人握手,吃饭不给人夹菜。我们是自家人,没这个忌讳。

那次,我在宜兴待了3天,随吴德平出现场,走进他的解剖室。听他描述一幕幕令人窒息、让人心碎、惊心动魄的场景;听他讲述一个个破译死亡密码,让冤魂得以申昭,让亡灵得以安息,让凶魔得以惩处的故事。采访越深入,我越了解法医的工作环境,医院、停尸房、荒野、丛林,甚至坟场,一天到晚接触的都是些或肢体不全、或怒目圆睁、或鲜血淋漓、或腐烂发臭的尸体。

"狱事莫重于大辟,大辟莫重于初情,初情莫重于检验。盖死生出入之权舆,幽枉屈伸之机括,于是乎决。"700多年前,宋慈在《洗冤集录》序言中如是说。意思是说,死刑历来是最重的刑罚,这种刑罚是由犯罪事实决定的,而犯罪事实必须经过检验才能认定。所以检验的结果往往是生死攸关的。只有经过检验才能查到死因和证据。

当今公安机关赋予法医的主要职责之一就是勘察各种凶杀命案现场,检验被谋杀或有被谋杀嫌疑的尸体,判明死亡原因、时间和性质,推断和认定致命致伤的凶器,分析犯罪手段和过程。

"我要让那些经过我们的努力'开口说话'的冤魂得以昭雪,让人间的正义对那些罪恶进行审判,这是法医工作者的神圣职责!"说起肩上这份沉甸甸的责任,吴德平眼睛发亮,血脉贲张。我顿悟他对法医事业的那种敬重、热爱和执着。

那次采访,收获满满,精彩故事不少,略选二三。

故事一:殉情还是谋杀?

李眉与丈夫阿荣又吵架了,为了鸡毛蒜皮的小事。但这次吵得很凶,超过之前任何一次。俗话说,夫妻吵架,床头吵床尾和。可李眉夫妻是吵一次冷一次,慢慢结成了冰。

"这日子没法过了!"怒气冲冲的李眉离家出走了,留下唉声叹气的阿荣和哭着喊着妈妈的女儿。

阿荣在镇上企业上班,老实、本分、顾家,没什么花头精。在李眉眼里,丈夫的优点全是缺点。窝囊废、笨蛋,这是她常挂在嘴边的话。李眉长得小巧秀气,心气特高。当年上中学时,她是公认的校花,暗恋她的男孩一大堆。无奈这一切随着高考的失利而成为过眼烟云。高中毕业不久,经人介绍,几乎没有什么前奏,李眉就嫁作他人妇。两个陌生人住到一个屋檐下,李眉向往的是浪漫、绚烂,而阿荣只想踏踏实实、平平稳稳。"三观"不同,摩擦在所难免。结婚10年,吵了10年,即使有了女儿,硝烟依旧。

李眉出走之后,随即住进宜兴高塍镇上的小旅馆,出入酒店歌厅,自由、潇洒、轻松。

"他"的出现,立马使李眉这么多年来的企盼、渴求、想象变成了现实。那晚,是闺蜜组织的酒聚,当他走进李眉视线,她的大脑"唰"地一闪,来电了。"眼前这男人长得帅、气质好、有风度,这不就是多次走进自己梦境的男人吗?"一整晚,李眉的视线都没离开过他。

这个令李眉一见钟情的男人叫周敏,是宜兴一家企业的职工。刚落座,他就感觉有双热辣辣的眼睛盯着他,定神一打量,是个韵味十足的少妇,不禁怦然心动。周敏年届四十,是个有妇之夫,妻儿住在另一个镇上,他独自住单位宿舍。

妾有情,郎有意。两人在酒桌上秋波暗送,眉目传情。酒局结束,便迫不及待开房"滚床单"去了。

好事不出门,坏事传千里。"李眉在外面有人了"的信息迅速传到阿荣耳朵里。听说老婆给自己戴了绿帽子,阿荣非常窝火,但想到年幼的女儿,善良的他选择了原谅,只要李眉肯回头,他可以既往不咎。他来到李眉娘家求助岳父母。

李眉父母感到颜面尽失,火冒三丈找到女儿,骂、劝、哭轮番轰炸,最后扔下一句话:"不跟这个男人了断,别想再跨进娘家门!"

干柴烈火燃过,李眉渐渐有了悔意,她有点想女儿了。周敏却正在兴头上,当李眉期期艾艾提出分手时,他想都没想,一口拒绝。

在家庭压力下,李眉再次向周敏提出"分手",态度决绝,毫无余地。

"分手,我考虑考虑。"周敏圆滑地退了一步。

"眉眉,我是真心爱你的,但我尊重你的选择,今晚我们再聚一次,从此不再见面。"几天后,周敏发出邀约。李眉不知是计,打扮一番,兴冲冲赴约去了。

这是一个春天的上午,宜兴城东某旅馆,上午10点半,清扫客房时间,服务员小英轻叩207房门,好久无人应答。小英以为房客外出了,用备用钥匙打开房门。

"快来人啊,出人命了!"客房内情景令人惊悚。女的仰面躺在床上,男的睡在其身旁,左手腕流着血,两人均唤之不醒。接到报警,吴德平和刑警队的兄弟们第一时间抵达现场。

这是一个标准间,一对男女挤在一张床上。女的早已气绝身亡,床头柜上有个装安眠药的空瓶,地板上药片零星散落。女子看似服用过量安眠药致死。吴德平查遍尸身,没有发现致命性损伤。翻开眼皮,眼结膜下有一个比针眼还小的出血点。这种出血点,中毒会有,窒息情况下也会出现。男的处于昏迷状态,尚有气息。左手腕有刀割伤,伤口不深。男子被送往医院抢救。

现场有份遗书,"生不能比翼双飞,死了做夫妻,共赴黄泉,同归于尽"。笔触流畅,用词恰当。说明书写者是在情绪比较稳定的状态下写的。

现场迹象基本可定性为"殉情自杀"。

这对男女正是周敏、李眉。李眉父母、丈夫闻知噩耗,大放悲声。周敏妻子拖着未成年的女儿赶来,惊闻丈夫出轨,闹出这么大动静,气愤不已,病房都未进便打道回府。

对这种桃色新闻,人们的第一反应是可耻、鄙视。都是有家有口的人,竟干出如此丑事,一时议论纷纷。

吴德平十分冷静,无论是"殉情自杀"的现场,还是外界议论,都没有影响到他。

夜深了,法医室里,吴德平正在解剖台前忙碌。根据法医学实践,但凡眼结膜下呈现出血点,约70%的人死于机械性窒息。人一旦死亡,肌肉失去张力,皮肤失去弹性,肢体变得僵硬,尸体受压部位的压痕便能长时间保留下来。

吴德平手中的解剖刀,在人体这座由 206 块骨骼、600 多块肌肉、五脏六腑、组织细胞、血管与神经所组成的"迷宫"中穿梭。4 个多小时后,终于在颈部肌肉层找到一片出血斑——这是扼压的痕迹。解剖刀不停地向纵深推进,心脏、肺部又发现出血反应。这些出血反应系外力压迫颈部导致机械性出血。深夜 11 点,吴德平郑重写下法医学鉴定书:他杀。死亡时间:案发当天上午 8 时左右。

"殉情"假象不攻自破。

刑警把周敏从医院"请"进公安局。周敏没有死成,当然,他也没想真死,那一刀割得不深。他仍沉浸在自导自演的殉情梦中,反复忏悔自己不该婚内出轨,贪恋女色,留下千古恨。

"别兜圈子了!"刑警出示了法医鉴定书,周敏顿时面如死灰,防线崩溃。

真相是李眉两次提出分手,周敏心有不甘。那天,他以"再聚一次"为由,把李眉骗进旅馆。是夜,周敏苦苦哀求"不要抛弃我"。李眉去意已定,表示"从此路人"。两人在纠缠、争吵中度过一夜。天明,李眉沉沉睡去。周敏杀心顿起,"你不跟我好,我也不让你过"。他用双手死死扼住李眉颈部,李眉挣扎了一会儿,身体便软了下去。他掏出预先准备的安眠药,捣碎兑水,强行灌下。随后写下殉情"遗书",挨李眉躺下,割腕放血。

周敏无论如何没有想到,吴德平用眼结膜下出血点这一尸体征象,揭露了他的罪恶。杀人偿命,周敏被判了死刑。

想起莎士比亚的话:"适当的疑惑,被称为智者的火炬,同时是搜查恶汉底蕴的探明灯。"

故事二:死者是谁?

张泽村离宜兴城 20 余里,山水相依,风景秀丽,村民们呼吸着充足的氧气,过着宁静、满足的生活。有一天,山村的平静被一宗沉尸案打破。

张泽村村民陈大牛忙时种地,闲时捕鱼。那年,秋收秋种结束,一早,他划小船来到村外小河,想捕些鱼虾给全家改善生活。网撒下去,死沉死沉。大牛满心喜悦地起网,却拖不动。船体大幅度倾斜,大牛一个趔趄,脚下用力站稳,才未栽入水中。

"网到大青鱼了?"大牛跳上岸,用力把网往岸边草丛里拖,使尽"洪荒之力"拖上岸。定睛一看,差点灵魂出窍——这哪是什么大鱼,分明是一具尸体。

"大清早捞到尸体,真是触霉头。"大牛赶紧划着小船逃离,连渔网也不要了。

"有人捕鱼捞出一个死人!"

消息很快传遍全村,村民无不惊骇。

当吴德平赶到现场时,当地派出所民警已拉起警戒线把现场保护起来。阵阵恶臭扑鼻,令人作呕。

尸身上下被两只蛇皮袋套着,背上绑着块100多公斤重的水泥块。剪开蛇皮袋,尸体高度腐烂,面目全非,尸身蠕动着成千上万条蛆虫,一副白骨尚完整。

1949年以来,宜兴还是首次遇到"沉尸案"。

一个个难解之谜摆在人们面前:死者是谁?是男是女?年龄、身高?何时、何地、何故被何人所害?

大约也就3个小时吧,吴德平初步搞清情况,死者系男性,50岁左右,身高1.70米,死亡时间为10个月前。尸骨完好,无中毒反应。

然而,这样的勘验结果对侦破案件来说是远远不够的。吴德平和同伴在法医室忙碌到第二天凌晨2点,一无所获。回到家,妻儿早已入梦,他自觉睡到书房。然而辗转反侧,难以入眠。他索性起床,一本本查阅法医学经典著作,反复研究人在死亡过程中的生理、病理现象。蓦地,一行文字跃入眼帘,"死者在被害过程中,由于呼吸循环系统功能障碍,血管内压增高,不但在心脏等内脏会有反应,而且在骨骼上也会有所反应"。这段文字如醍醐灌顶,令他茅塞顿开。他冲出家门,一头扎进解剖室。黎明前的黑暗里,放大镜在无名男尸上一寸寸移动。

"出血反应!"窗外渐渐发白,终于在男尸颅骨上发现一片淡得不能再淡的红色,吴德平高兴得叫了起来。颅骨出血反应一般在机械性窒息时才可能出现。

天亮,他把"死者是被他人捂住口鼻腔窒息致死"这一结论交给刑警队头儿。

"德平,辛苦了,快去补个觉。"头儿为有这样执着、负责、勤奋的法医而感到荣幸。

致死性质确定,还得让死者有名有姓才好破案呀。吴德平从死者的两颗假牙入手,跑遍宜兴所有具备镶牙设备的医院和诊所,硬是从数千个镶牙者中查出死者身份。

凶手芦花、安盘生很快归案。

死者汤大,殁年51岁,其所在村与张泽村隔河相望。汤大风流成性,曾因破坏他人家庭罪被判刑7年。刑满释放后仍恶习不改,不久,他便与有夫之妇芦花勾搭成奸。激情过后,芦花有所悔悟,不愿再与他来往。可汤大纠缠不休,引起芦花反感,发展到仇视。她向丈夫安盘生坦白了奸情,夫妇俩合谋杀人灭口,以绝后患。

一天傍晚,汤大瞅着安盘生出了门,厚着脸皮来找芦花"共度良宵"。芦花虚与委蛇,隐藏在暗处的安盘生冲进屋。夫妇俩合力用毛巾将汤大捂死。当晚,划船将尸体运至张泽村河道,绑上水泥板沉入河底。

"沉尸案"侦破,吴德平的笔记本上又多了一个成功案例。这样的笔记本,他有30多本,这是他的日积月累,更是智慧宝库啊。

故事三:扭打致死还是意外身故?

此案发生时吴德平已当法医10余年,在业界也已小有名气。

出事地点是一家工厂。厂里工人宋大山、徐二猛,三十四五岁年龄,同年进厂,同一车间工作,经常一起侃侃大山,喝喝酒什么的。要说差异,就是大山性格稍闷,有点轴,而二猛是个直筒子,想啥说啥,容易得罪人。不过,这并不妨碍他们成为朋友。

农历除夕临近,这天食堂改善伙食,红烧肉、炖蛋、素炒,外加排骨汤,两人自然又凑到一起。

"大山,怎么吊着张脸,谁惹你了?"刚坐下,二猛发现大山脸色不好,只顾闷头吃饭。

"别烦我,吃还堵不上你的嘴。"大山不知遇到什么郁闷事,开口便呛人。

"哎哎哎,这人,大家看看,狗咬吕洞宾,还不识好人心了。"

"你好人,谁知道?"大山这句话把二猛的炮仗点着了,两人当即翻脸。大庭广众下,两人吵得不可开交,扭打成一团。众人连忙拉架。

扭打中,大山突然口吐白沫,猝然倒地,没了声息。二猛一愣,继而俯下身猛摇大山,"大山,兄弟,你醒醒啊!你别吓唬我啊!"喊声中带着哭腔。

救护车飞驰而来,警车随之抵达。医生回天乏力,宣布大山死亡。

"我打死人了?我打死人了!大山被我打死了!"二猛惊恐万状,颤抖不止。

"二猛,你也忒狠了,对兄弟也下得了手!"工友指责声此起彼伏。徐二猛打死宋大山的消息,如晴空炸雷,迅速传遍工厂内外。警车载着二猛而去。

"一命抵一命!"人们情绪激愤,强烈要求警方严惩凶手。大山的家人亲属聚集在厂部讨要说法。打死人者偿命——这是古往今来人们的思维定式。舆论一边倒:"绝不能放过徐二猛。"

"如果宋大山确是徐二猛打死的,法律必将严惩!"警方态度明朗。

聪明的人听出此话的内涵来了,大山的死亡原因是此案关键。

在众口一词的"讨徐"声中,吴德平接受了验尸任务。他手中的解剖刀重如千斤。不可否认,"被害人"亲属及公众的激愤情绪多少会对办案人员产生影响,但感情不能代替事实。死者家属在等着,群众在看着,领导在盯着。吴德平在心中默念:"镇定,镇定,再镇定;清醒,清醒,再清醒。"

宋大山体表未见任何外部暴力作用的痕迹,那体内呢?吴德平先从头部着手,颅骨未见骨折。解剖刀向纵深推进,一团肉块严严实实堵住气管。正是这团肉块截断生命通道,要了大山的命。扭打中,因身体剧烈运动,引起大山胃内食物反流,进入气管,导致窒息。那块肉,正是当天中午食堂的红烧肉。

"死者因扭打引起体内反应造成意外窒息死亡,不属外力故意伤害致死。"吴德平郑重写下结论。

"不会有误吧?"看到结论,领导有点疑惑。

"不会错!"吴德平很自信。

公安局留置室里,二猛精神几近崩溃:"赶快枪毙我吧,我杀了大山,我对不起他。"

"意外死亡"的结论一经公开,立刻掀起轩然大波。据此结论,"凶手"二猛就不应负刑事责任了。大山明明是被二猛打死的呀,有那么多人亲眼目睹,怎么就成了"意外死亡"?人们想不通,也不想想通。一时舆论哗然。大山的家属亲友更是无法接受,愤怒地指责公安机关偏袒凶手。他们频频到上级公安机关上访,向最高检、最高法投寄控告信。

最高人民检察院责成江苏省人民检察院调查复验。调查组迅速抵达宜兴。来头这么大,吴德平顶得住吗?领导和同伴们为他捏着把汗。

"德平,来的不是大人物就是技术权威,你要慎而又慎,小心再小心,千万别拧着一个理儿。万一出洋相,以后怎么在这一行混啊。"要好同伴私下劝告。

"谢谢关心。我是这样想的,上面来复查是对工作的检验,也是对我技术的考核,这是好事。"吴德平很坦然。

"好事?说得倒轻巧,万一结论推翻,看你咋弄。"同伴摇头。

吴德平配合调查组走访目击者,调查当事人。目击者均称"大山是被二猛打死的"。二猛也承认自己是凶手。情况对吴德平很不利。当然,他出具的那份"意外死亡鉴定书"是复查的焦点。

调查组人员都是资深老法医,个个铁面无私,经验丰富,火眼金睛。他们的复审结论,是对吴德平那份鉴定的"终审裁决"。

法医室里,大山的遗体重新摆上解剖台。吴德平守在门外等候"判决"。

经过全面、反复、近乎挑剔的复检、论证,调查组郑重写出如下结论:"吴德平对宋大山死因的结论无论从医学理论、法律角度,还是从技术鉴定的熟练程度都是令人信服的,出具的法律证明和依据是完全具备法律效力的。"调查结论共62个字,字字千钧啊!那纸调查结论,吴德平珍藏至今。

此论既出,轩然大波平息。

非正常死亡总是充满了谜,而死者又无法开口向生者诉说。要想让死者"开口",让元凶伏法,让无辜者解脱,法医起着决定性作用。吴德平深知自己所做出的每一份鉴定都人命关天。作为一名法医,不仅要有精湛的业务水平,更要有敢于担当的精神。

那次采访结束,我对吴德平佩服得可谓五体投地,唯有努力让整理出的事迹材料呈现最佳效果来表达我的敬意。当年,他以高票当选"江苏省十大标兵民警",荣立一等功。

风风雨雨几十年,我与吴德平经常联系,分享他的成果,见证他的足迹。吴德平于1981年从镇江医学院毕业,被分配到宜兴市公安局,系该局第一任法医。截至退休,他先后鉴定刑事、治安案件2200余起,出具鉴定书11000多份,法医物证化验800余起,差错率为0。实战中,他积累了丰富的经验,并上升为理论,正式发表《颅骨缺损的鉴定》《尸蜡五例研究》

等法医学论文6篇。

最近一次见到吴德平,是2020年阳光明媚的初春。岁月不饶人,当年的英俊小伙,如今,一头浓密乌黑的卷发日渐稀疏,且夹杂缕缕白发,脸上虽有沧桑,但仍充满自信。

补记　刑警的后脑勺

有一位刑警兄弟死活不接受我的采访,在此姑且隐去他的姓名,就叫他老路吧。老路当了40年刑警,办了40年重案,什么样的现场没有去过,什么样的罪犯没有见过。我非常想写写老路的故事。在职时,他总是以"忙"来推托;退休了,他又称过去的就过去了,不想提。拿他没辙。

老路办案水平那叫一个高,再难啃、再顽固的案犯,遇到他,准没戏。有年冬夜,江西在锡打工的张生、张康兄弟俩闯进小烟酒店劫财,把守店老夫妻捅成一死一伤。两人自知死罪难逃,作案后亡命天涯。老路带着兄弟们忙活半年,跑了大半个中国,把张康逮获。张康唯恐把哥哥供出,老张家会断后,到案后来了个徐庶进曹营,缄口不言,还闹起绝食。中午,老路命人买来3碗热腾腾的面条。葱香扑鼻的面条上覆盖着油汪汪的红烧肉、黄澄澄的荷包蛋、碧绿绿的小青菜。一碗放在张康面前。老路和搭档一人一碗吃得那个香,嘴里不时发出吧唧声。张康吸着鼻子,肚里"咕咕"声不断。老路偷着乐:"看你能牛多久!"

"我说了吧,同案犯是我哥哥,那老头是我杀的……"张康熬不住了。

我向老路求证面条的故事,他轻描淡写:"这有什么好说的。"

常年行走在正义与邪恶之间,老路上班便是破案,睡着了梦里也还在抓坏人。40年刑侦路上接触太多的丑恶、阴暗、凶残,刑警的使命又不容他有丝毫的懈怠、放松。超负荷运转带来的后果是身心疲惫,神经衰弱,失眠多梦。回忆过往,他会莫名烦躁、焦虑。

前不久读到篇小说《刑警的后脑勺》,其中一段话道出刑警的甜酸苦辣:"当过刑警的人都知道,几乎所有成功和辉煌的背后,都隐藏着异乎寻常的艰辛和付出。刑警最得意的就是破案擒凶的瞬间。但山重水复的困苦,咬紧牙关的坚持,惊心动魄的较量,并没有随着破案后短暂的荣光而消失,而是不由自主地沉淀下来,成就了刑警的品质。常人只看见刑警光辉的一面,却少有人看到他们的后脑勺。"

盛群　污水河里救人

百姓兄弟

我拿什么奉献给你

第二章

他,把接力棒交给了儿子,父子两代警察接力照顾植物人父子,坚持10年初心不改;他,放着机关不蹲,硬要下基层去管老百姓的小事,一次次雪中送炭,暖到百姓心坎;他,凭着"诚、情、和"三字秘诀,六年化解处理来信来访2500余件,人称信访室里的"维和警察";他,一颗"警察之心"为社会、为百姓跳动,从事110接处警工作15年,"第一手救护"托起21条生命。

他们的故事平平淡淡,但同样感人肺腑。

"中国警察,多么亲切的称呼,永远是你身旁平安的祝福,自从穿上这身警服,我就牢记着为民服务,老百姓是咱的父母亲……"阎维文一首《中国警察》,唱出了人民警察为人民的无私情怀。我的兄弟们把百姓当作父母长辈、兄弟姐妹,甘愿付出所有。要问这是为什么,这是因为"我是你的一片绿叶,我的根在你的土地,这是绿叶对根的情意"。

老周父子：
他俩和他俩

一声春雷，春雨如期而至。轻纱样的雨雾笼罩，漫山遍野。温婉的春雨淅淅沥沥，唤醒大地。万物在春雨滋润下生机勃勃。

通往城北安镇胶西社区的村道上，驶来一辆摩托车，摩托车载着一老一少。这是一对父子，年长的是父亲周惠明，耳顺之年，一头白发，上穿条纹 T 恤，下着警察蓝裤子，精神头儿尚足。老周曾是社区民警，管辖胶西社区，刚刚退休。年轻的是儿子周晓华，三十五六岁，合体的警服上挂着三级警督警衔。周晓华当警察也 15 个年头了。如今，他子承父业，接任胶西社区民警。此前，他是一名治安警。

"老王，最近可好？"

"李阿姨，腿病好点了吧？"

……

一路，老周不时与居民寒暄，就像走在自家田头村巷。

"老周，到家里坐坐，喝口茶。"

"老周，好人哪，又去俞家看那爷俩了？这么些年，真难为你了。"

从 1980 年穿上警服到退休，33 年，老周在安镇派出所没挪过窝。走村串户、田间地头，天天与百姓打交道。不变的是他对居民的那份深情，变化的是居民对他的称呼，从"小周""周大哥"到"老周"。还有，一头浓密乌黑的头发变成稀疏白发。

周晓华从懂事起,就感觉父亲整天在忙。忙什么?年少的他并不清楚,只知道父亲总在忙别人的事,经常不着家。偶尔回家,便忙家里的责任田,收割、播种,这些事,母亲实在管不过来。长大后,他也当了警察,才明白父亲忙的是百姓的事,忙着为拌嘴的小夫妻调解,忙着为贫困家庭找生计,忙着为行动不便的老人领工资、交电费。总之,百姓的事他样样操心。

周晓华知道,胶西社区是父亲魂牵梦萦的地方,俞家父子更是父亲放不下的牵挂。社区的老老少少,一草一木,父亲是如此熟悉,如此眷恋。父亲做过的,也是他将要做的。

2013年1月,老周到了退休年龄。退休前夜,他把周晓华叫到跟前。3天前,周晓华接到调令,调任安镇派出所胶西社区民警。周晓华在派出所待过5年,上面千条线,到社区民警那都是一根针。酸甜苦辣,万般滋味他都尝过。政治处同志告诉他,重返派出所是他父亲老周建议的,分局领导很支持。他无话可说,但有些想不通。父亲在社区一辈子,没干够,还让他接着干。不解埋在心里。

是晚,父子促膝长谈到深夜。老周给儿子讲述了俞海如父子的情况。

安镇镇位于无锡东郊,2009年4月撤镇建街道,原胶西村改称胶西社区,老周调任该社区民警。一天,他入户调查来到俞家,眼前的情景令他一惊。

这是一幢建于20世纪70年代的两层小楼,外墙斑驳,昭示着岁月沧桑。底楼后面的房间,俨然一个重症病房。十几平米的屋子里,并排摆放着两张医疗床,分别躺着俞家男主人老俞和他儿子小俞。两人均呈植物人状态,眼神空洞,嘴角涎水绵延到颈部。小俞情况更严重些,四肢还不时抽搐。

"警察同志,这日子真没法过下去了。"女主人倪阿姨见老周上门,泪眼婆娑。

这本是一个幸福家庭,老两口加小两口,还有一个孙女,怡然自乐,平淡平安。天有不测风云,2004 年,小俞外出办事遭遇交通事故,颅脑重创。经医院抢救,命是保住了,人却再没醒来。小俞呼吸正常,但意识丧失,大小便失禁,吃喝拉撒全要人护理。那一年,小俞的女儿才 3 岁。年过六旬的老俞挑起养家糊口重担,每天早出晚归,辛苦维持老少三代五口之家。

然而,祸不单行。2008 年,老俞也被车撞了。一屋子躺着两个植物人,而且是家里的顶梁柱,婆媳俩欲哭无泪,日夜守护床前,端水倒尿,按摩翻身,期待奇迹发生。

俞家生活陷入困境,倪阿姨和儿媳、孙女过得很艰难,虽亲戚、村邻时有帮助,但对这个风雨飘摇的家庭来说,无异于杯水车薪。

"何时是个头啊,过一天算一天吧。"倪阿姨身心疲惫,刚过 60 的她,满头白发,皱纹爬满额头。

"老嫂子,真不容易,难为你了,我会尽力帮助你的。"在基层工作这么多年,病的、伤的、穷的,老周什么没见过,但俞家这样的,还真罕见。"一定要帮帮他们。"他在心里对自己说。他掏出印有派出所电话和自己手机号的警民联系卡递给倪阿姨。

"老俞,你躺得人久了,快醒来吧。我姓周,是新来的社区民警,论年龄你比我长,我就叫你老兄了。我会经常来看你,陪你说话的。"听倪阿姨说,老俞颅脑损伤程度要轻些,经常陪他说说话,也许能唤醒。

"申请补助金,发动爱心捐款,学会按摩方法……"回到派出所,老周在工作日志上记下俞家情况,制订了详细的帮扶计划。

从此,老周多了一份牵挂。但凡到社区,就要到俞家去看看、坐坐,陪父子俩"说会话",帮着翻翻身,做做按摩。有时,老周还把老俞从床上抱起来,用轮椅推到门口晒晒太阳,到地头看看风景。遇到下雪、暴雨、台风等异常气候,他总是打电话给倪阿姨提醒注意事项。2011 年夏天,受强热带风暴"米雷"影响,一时狂风大作,暴雨倾盆。老周冒着滂沱大雨骑自行车赶去村里,检查房屋、建筑工地、低洼地区。最后,他来到俞家,浑身上下已精湿。看到老俞一家太平无事，他才放下心。

2010年，倪阿姨的儿媳实在顶不住经济、心理上的双重压力，带着女儿改嫁走了。千斤重担压在倪阿姨一个人身上。一开始，倪阿姨对儿媳颇有微词，但慢慢也就想通了，儿子长睡不醒，你让人家怎么办，只是心疼孙女，想起就泪水涟涟。

为帮俞家渡过难关，老周跑社区、街道、民政"讨补助"，到企业"化缘"。他牵头在社区成立"爱心基金"，去一家家企业进行宣传。感于老周对百姓的赤诚，企业家纷纷出资献爱心，给俞家送去温暖。尽管老周家中也不宽裕，老伴患脑瘤，术后留下手脚不灵便的后遗症，他仍挤出钱资助俞家，不时送去水果、油米。过年时，还会送去贺岁红包。

倪阿姨想办个桶装纯净水代销点，挣些小钱。这是好事，要支持。老周帮助跑来证照，清出堆放场所，到处联系销路。一桶水赚1元钱，那也是钱啊。

2011年春节，大年初二，休假，老周在家招待亲朋。平时大家都忙，难得一聚。倪阿姨来电，说是上高二的孙女回家看爸爸和爷爷奶奶，说起居民身份证还未办，着急了。孩子虽随母去了外地，户口仍在安镇，下次再来，不知何时。

"倪阿姨，别着急，我马上来。"老周给亲朋道了声"对不起"，立马赶到派出所拿了相机赶往俞家，给孩子照了相，采集了信息。

"大过年的，添麻烦了。"倪阿姨过意不去，抓起花生、瓜子往老周口袋里塞。不久，身份证办妥，老周专程送到倪阿姨手中。

时间过得真快，老周到胶西社区4年了，到退休年龄了。听说老周要退休，社区居民都很不舍。最不舍的是倪阿姨，4年来，老周已成为俞家的依靠。老周也舍不得离开社区，离开纯朴、善良的居民，放不下俞家父子。于是，就有了"子承父业"的故事。

夜已深，周晓华却失眠了。父亲交给他的，何止是一个社区、一对父子，那是一颗全心全意、真情真意对待老百姓的滚烫的心啊！唯有做得更好,才对得起父亲,对得起一个老警察的重托。

周晓华刚去派出所报到,老周便带着他到俞家认门来了。倪阿姨喜出望外,连称:"贵人、贵人哪。"老俞激动地跷起大拇指,"好…好人!"在家人和老周的照顾下,两年前,老俞恢复了意识,虽四肢仍动弹不得,讲话也含混不清,但医生说已是奇迹,是亲情的力量使然。

接力棒交出去,老周终于可以在家陪陪老伴了。他说:"当了一辈子警察,对工作问心无愧,对得起社区里的老百姓,唯一对不起的是自己的老伴。"

老周家在农村,早年是合同制民警,1993年转为正式警。他白天黑夜忙百姓的事,妻子进了周家门,家里的事便全是她的了。妻子上侍奉公婆,下照顾孩子,还要忙地里的活。2000年,妻子无故晕倒,到医院一查,脑里长了个肿瘤。老天眷顾,手术很成功,只是手脚不灵便了。住院期间,老周尽心尽力,昼夜陪伴。老伴一出院,他又忙上社区里的事。他对老伴说的最多的一句话是:"等我退休后,好好陪你。"如今,他是家里的后勤部长,买汰烧,照顾老伴,接送孙女上学。他对儿子说:"做好你的事,家里有我呢。"

不过,老周还是放不下老俞父子,时常会不由自主跟儿子一起去俞家,就像走亲戚一样。

这天,听说老周父子俩要来,老俞一早就让倪阿姨把轮椅推到大门口,盼啊盼,终于看到,雨雾中,村道上,一辆熟悉的摩托车朝家的方向驶来,越驶越近……

进了门,老周父子就像到了自己家。放下水果,老周先进房间看望床上的小俞,然后陪老俞聊天,帮他活动四肢。老俞的腿有痛感了,这是好事。小周则帮着倪阿姨搬运纯净水,一车货卸完,已是满头大汗。

他俩和他俩,那么有缘又有情……

杨亦旺：
一个红包一片情

一说起红包，人们立马产生许多联想，而且大多是负面的。我这里要说的红包可是绝对的正能量，是我一个警察兄弟送给辖区居民的。红包背后，有着怎样的故事？

寒门学子圆了大学梦

春节快到了，空气里到处是"年"的味道，大街小巷人流如潮，男女老少个个脸上洋溢着欢快的笑容。无锡盛岸二村居民老王更是喜上眉梢，他在上海读大学的女儿兰兰放寒假回来了。

"学校里伙食好不好？好像长胖了。"半年多未见，兰兰妈拉着兰兰问东问西，在厨房里忙进忙出。

"要说能进心仪的大学，多亏杨警官，兰兰，你可永远要记得杨警官啊。"老王关照兰兰。

"老王，给你拜早年来啦！兰兰回来啦，喏，这是叔叔给你的红包。"说曹操，曹操到。一家人正念叨杨警官，杨警官便来了。一进门，他从口袋里掏出个"一帆风顺"的红包递给兰兰，里面装着5张百元大钞。

"叔叔，这我可不能收，去年我上学时就给您添大麻烦了。"兰兰连忙推辞。

"孩子，这是叔叔给你的压岁钱，一定要收下。"

"谢谢叔叔!"兰兰噙着泪收下了。

老王一家说的杨警官,是盛岸二村社区民警杨亦旺。

老王在无锡一家企业上班,单位效益不景气,每月收入有限。其妻没有正式工作,断断续续打零工挣点钱,且身体羸弱,常年服药。兰兰是他们的独生女儿,心肝宝贝。兰兰聪明伶俐,从小就表现出很强的艺术天赋,喜欢涂啊画的,蛮像回事的。从幼儿园到高中,老师一致评价,"这是棵好苗子"。尽管日子紧巴巴的,再紧也不能紧孩子。夫妻俩早出晚归,想法子靠双手多挣些钱,从牙缝里挤出钱给兰兰学画画。懂事的兰兰知道父母不易,学习非常刻苦、努力。

"社区里来了个姓杨的警官,人挺和气的,一家家走访呢。"那年,一个消息在盛岸二村居民中传开。杨亦旺那时才 33 岁,当警察第 10 个年头。他警校毕业后被分配至警卫处,这是个令人羡慕的部门。后来,他主动要求下基层,当过刑警、干过法制。这次,他主动申请到派出所。

"警察那么忙,不可能每户人家都走到的。"老王也听说社区换了民警,没怎么放在心上。几天后,杨警官上门来了。

"您好,我是盛岸二村新来的社区民警杨亦旺。这是我的警民联系卡,上面有我的电话号码,24 小时开机。"老王记得杨警官上门那天是周五,晚上,一家人刚吃过晚饭。杨警官笑呵呵的。老王找出个玻璃杯,用抹布抹了下,倒来杯白开水。杨警官双手接过喝了一口。这个细节让老王心里一暖,"自家人"。

那天,杨亦旺与老王夫妻聊了很多,都是杂七杂八的家常事,聊得最多的是兰兰考美院的事。兰兰正上高一,杨亦旺鼓励她一定要朝着自己设定的目标努力,叔叔会帮她。兰兰连连点头。

这次入户调查,老王家的境况杨亦旺是看在眼里,记在心里。

那时,公安机关正开展"春风行动"。"春风行动"的内容是公安民警与贫困家庭、正在服刑人员的未成年子女、鳏寡孤独、无人照料的老人结对帮扶。杨亦旺一口气与辖区 5 户困难群众、孤寡老人结了对。老王家就是其中一户,他们从此多了个警察亲眷。

在爱的阳光沐浴下,兰兰像向日葵般茁壮成长。高中三年,她成绩优异,高考中夺得高分,中国美术学院建筑设计系向她伸出"橄榄枝"。这所大学可了不得,是首批国家"双一流"世界一流学科建设高校,没有点实力,是考不上的。

捧着录取通知书,老王一家人高兴、兴奋、激动。消息在社区传开,邻居们纷纷上门祝贺。热闹过去,夜已深,兰兰进入甜美的梦乡,新的生活向她张开翅膀;老王夫妻却愁上心头,难以入睡,"高额的学费怎么办?"

夫妻俩翻出存折,上面的数字少得可怜。找亲朋好友借,大家都过得不宽余,一圈借下来,尚有4000元缺口。夫妻俩唉声叹气。兰兰感受到家中的沉闷气氛,思想斗争好久,含着泪说:"爸、妈,放弃吧。"老王眼一瞪,"怎么可能放弃,贷款也要上!"

"恭喜兰兰!叔叔来晚了。"老王全家一筹莫展之际,杨亦旺来了。他把一个厚厚的信封放在桌上,"这里面是5000元现金,是我和所里同事资助兰兰第一学年的学费"。兰兰考上美院的喜讯杨亦旺早知道了,他清楚老王的家底,就先从自己当月工资里拿出2000元,又向所长汇报情况。所长在晨会上一说,个个慷慨解囊,又凑了3000元。

杨亦旺妻子没有固定收入,儿子在上学,一家人的开销主要靠他的工资,还有体弱多病的父母要照顾。他对生活的要求不高,吃饱穿暖就行。对自己,他就是一个字——"抠",可是对社区百姓,他倒很大方。哪家有急有难,他总是第一时间雪中送炭。

杨亦旺出生平民家庭,社区百姓的甜酸苦辣他感同身受,总是尽自己所能去帮他们、护他们。说一件小事。有年春节前,居民杨荣家中发生盗窃案,失窃700元现金。对一般家庭来说,700元钱不算什么,可对杨家却是至关重要。全家收入每月不过2000元,儿子在上中学,这700元钱,是他们一家过年和儿子新学期上学的费用。杨亦旺一边积极破案追赃,一边跑居委会、街道办申请救济金。小年夜,他送去过节费用。杨荣那个感动啊,不是语言能表达的。摊上这样的好民警,真是福气啊。

再说兰兰如愿跨进中国美院这所神圣学府后,她把警察叔叔的"好"记在心里,化作学习的动力。入学不久,她通过竞选当上班长,寒假时捧回"三好学生"奖状。令她意外的是,杨叔叔给她准备了压岁钱。她不知道的是,这压岁钱是杨亦旺的奖金,他受到江苏省公安厅表彰,得到2000元奖金,再从腰包里掏出500元,分成5份,装进5个红包,送到辖区5户家庭。

"叔叔,恭喜您评上爱民标兵,您当之无愧。"听说杨叔叔评上无锡公安系统"十大爱民标兵民警",兰兰打来祝贺电话。她还委托社区里的曾阿姨把自己得奖的一幅油画送给杨叔叔。

杨亦旺从没想过回报,他的想法很朴素,再难也要帮兰兰完成学业。如今,兰兰早已学业有成。无论在何时、何地,她都会记得,有个警察叔叔在她最艰难的时候给过她力量。

笑容回到母子脸上

杨亦旺的第二个红包,是送给10岁男孩元元的。

过年了,家家户户喜气洋洋,大街小巷张灯结彩,元元家也贴上了大红对联。

元元和他妈妈居住在惠盛路上一间平房里。曾经,这个家庭愁云笼罩。

10岁,正是男孩贪玩好动的年纪,本该有无忧无虑的童年。虎头虎脑的元元天真可爱,可是,他那双乌黑的大眼睛中,曾有着这个年龄不该有的、让人心疼的忧郁、落寞。他的妈妈周琴更是整天焦虑不安。30出头的人,一头青丝夹杂白发,人瘦得像纸片。好在,这一切都过去了。

这对母子到底经历了什么?这个家的男主人又在哪儿?

元元也有过幸福时光。在他懵懂的记忆里,三四岁时,爸妈白天上班,他去幼儿园,晚上一家人不是外出散步就是看电视,其乐融融。可惜好景不长,爸爸妈妈吵架了,先是偷偷吵,后来当着他的面就开打。电视机、冰箱、锅碗全成了牺牲品。元元不知道他们为什么吵,只是隐约听说爸爸"外面有人了"。过了一段时间,爸爸走了,再没回家。家里倒是平静了,但从此也没了笑声、温度。

元元的爸爸叫阮生。阮生生性轻浮,吃着碗里的,想着锅里的。结婚头几年还好,元元稍大,他便移情别恋,出轨了。周琴恳求也好,吵骂也罢,均不奏效。这个负心汉有天晚上突然人间蒸发,听人说是与"小三"私奔了。周琴一人艰难地拉扯着儿子长大。她工资收入不高,母子俩过得清苦。但让周琴感到安慰的是元元特别懂事,小小的年纪就知道疼妈妈了。

几年过去,这个家庭早已习惯男主人的缺失。然而有一天,警察上门告知,阮生与"小三"吵架,一时冲动,竟把对方杀了。阮生虽失联几年,但与周琴的婚姻关系尚存。过了一阵,法院判决书送达,阮生被判处死刑缓刑并附带巨额刑事赔偿。要赔这么多钱,拿什么赔?福无双至,祸不单行。工厂的产品无销路,周琴下岗了。双重打击下,周琴精神几近崩溃。她足不出户,封闭在十几平方的小屋里。她不知生活何以为继。

爸爸,不仅没带来养育、依靠、保护,反而还有艰辛、耻辱、难堪。元元脸上的笑容不再,小人儿变得敏感、自卑、自闭。他不再找同学玩,见人就躲。

"请开门,我是社区民警杨亦旺。"星期六,鲜有人至的小屋响起敲门声。周琴打开门,面前站着一个中等身材、警容严整的警察,她心里一慌,"莫非又有啥事?"看到警察,元元马上联想到监狱里的爸爸。他满脸惊慌,直往妈妈身后缩。

"小朋友,过来,跟叔叔说,叫什么名字,几岁了,上几年级?"杨亦旺拉过张小板凳坐下,伸手把元元揽进怀里。眼前的情景令他心酸。阮生犯罪判重刑,那是他咎由自取,但他的家人是无辜的,孩子更无辜。

"我叫元元,10岁,上三年级。"依偎在警察叔叔的怀抱里,元元好开心。原来警察叔叔这样亲切、和蔼。

"学习成绩怎样啊?"

……

这天,杨亦旺与周琴母子聊了很多。他鼓励周琴放下思想包袱,勇敢面对生活。社会是个大家庭,在大家的帮衬下,没有迈不过去的坎。

杨亦旺费尽口舌,为周琴母子争取到一笔专项救济金。他又发动警务室同事、辅警献爱心,把大米、油等生活必需品送上门。对元元,他更上心,经常上门去看望,问问他与谁玩啊,作业做完没之类鸡毛蒜皮的小事。慢慢地,元元走出心理沼泽,童真开始回归。有几次,杨亦旺下地区时,看到元元背着书包与同学结伴去学校,活蹦乱跳,有说有笑的。他特别高兴。

"恭祝新的一年身体健康、事事顺利!元元更加聪明、成绩更好!"杨亦旺把红包塞进元元的衣袋。长这么大,第一次拿到这么大的红包,元元乐坏了。周琴热泪盈眶,"原以为丈夫犯罪,周围的人会看不起我们,嫌弃我们,没想到大家这样关心我们。我一定好好生活,培养儿子健康成长,长大回报社会"。

周琴还告诉杨亦旺,她找到工作了,过完年就去上班。这是杨亦旺最愿意听到的。

杨亦旺管辖的盛岸二村是个老居民区,建于20世纪70年代,社区里普通群众多、下岗工人多、困难家庭多、独居老人多。他把社区视作大家庭,社区里每个人,无论老的、少的,都是家里人。居民中有的因下岗失业、拆迁等因素,导致心理失衡,发生些小摩擦、小纠纷,他总是将心比心,换位思考,妥善调处。

那年,无锡交通重点工程惠山隧道启动建设,有一段穿越盛岸二村,涉及300多户居民的搬迁。俗话说:金乡邻银亲眷。在小区住惯了,居民难免不舍。还有的三代同堂,想趁这次拆迁扩大住房……各种想法都有。

杨亦旺天天"泡"在社区里,挨家挨户地宣传政策,了解居民的想法。居民的实际问题,他如实向有关部门反映。有位居民心中的疙瘩解不开,一次、两次……他10余次登门,以心换心,彻夜长谈。精诚所至,金石为开。这位居民说:"小杨警官,我信你,你是真的为我们着想。"随后在拆迁协议上签了字。

历时6个多月的搬迁,居民们大事、小事都找小杨警官,杨亦旺亦随喊随到。最终,300余户居民顺利搬迁。随后两三年里,居民们经常会打电话找"小杨警官"聊聊天,有的甚至跑十几里路专程到警务室看望杨亦旺。

"你把群众放在心上,群众便会把你放在心上。"杨亦旺很享受这些"婆婆妈妈"。

九旬老人的"红双喜"烟

"百姓是亲人,人民乃父母。"你可以只把它当作一句纯粹的口号,当然,也可以把这10个字装在心里,然后默默地、无休止地服务"亲人",孝敬"父母"。

杨亦旺就是把这10个字装在心里的人。他每次下地区,都有几个"必到点",刘老太太家便是其中一个。

这天,刘老太太也收到了杨亦旺的红包。老太太握红包的手颤抖不止,眼里噙满泪花:"孩子,你真有心,谢谢你呐!"她转身打开抽屉,拿出包香烟。这是一包"红双喜"烟,还剩三四支。老太太抽出一支递给杨亦旺,杨亦旺接过点上,喜滋滋抽上一口。

年已九旬的刘老太太有个女儿,但其忙于生计,十天倒有九天不着家。老人十分孤单,脾气亦古怪。社居委干部、邻居都很关心她,可老太太不爱理人。杨亦旺倒与她投缘。第一次进门,老太太就眉开眼笑,拉着小杨警官聊那些陈谷子烂芝麻,絮絮叨叨,没完没了。

杨亦旺坐在小板凳上,静静地听着,不时应和几句。他知道老人往往孤单、寂寞,迫切希望有人陪着说说话、聊聊天。那天,刘老太太滔滔不绝讲了1个多小时,杨亦旺认认真真听了1个多小时。当杨亦旺说"再见,下次再聊"时,老太太仍恋恋不舍,再三要"小杨警官常来"。她把杨亦旺的警民联系卡小心地藏在床头柜里。

一个大冷天,寒风呼呼,老太太牙龈发炎肿痛,不能进食。女儿照例不在家,邻居要送老太太去医院,老太太死活不肯,非要小杨警官送。接到邻居电话,杨亦旺骑自行车赶去,推着老太太上医院。楼上楼下,排队挂号、交费拿药,忙得额头冒汗。一旁有个老人羡慕地说:"老阿姨,您福气真好,儿子这么孝顺。"老太太笑了,没有纠正。在她心里,小杨警官就是她儿子。

刘老太太经常盼着小杨警官来家,一星期不见就想得慌。她特地托人买了包"红双喜","特供"小杨警官。其实,杨亦旺是不抽烟的,为了安慰老人,每次上门,只要老人递烟,他就抽上一支。

得到杨亦旺照顾的老人,又何止刘老太太,还有84岁的李老太太,80岁的孙老汉,79岁的杨阿姨……

杨阿姨儿女都在外地。老伴去世早,她一人独居在盛岸二村。因为腿脚不便,她大门不出,二门不迈,连楼上楼下邻居也不相往来。见到面善的杨亦旺,她露出笑脸,打开了话匣子。杨阿姨家的防盗门坏了,杨亦旺找人来修,卫生间下水道堵了,他撸起袖子一阵鼓捣,通了。每月,杨亦旺都要扶杨阿姨去银行取退休金。后来,她干脆把银行卡交给杨亦旺代领。这是她最大的信任。

春节前,儿子、女儿相继给杨阿姨打来电话,说忙,走不开,不回家过年了。大年夜,漫天烟花,万家团圆,杨阿姨黯然神伤。"杨阿姨,过年好!"杨亦旺拎着酒菜、水果,与警务室的协警上门陪她过年守岁来了。杨阿姨那个乐啊。她说:"这是这辈子最快乐的大年夜。"来年秋天,老人去世了,临终,她还在念叨:"小杨警官待我真好……"

盛岸二村居民联名推荐杨亦旺参选爱民标兵,我因而有幸认识他。

社区里走一圈，故事一箩筐，一个比一个感人。

"你自己也不宽余，为什么这么做？"我问他。

"不为什么，因为我也是一个父亲、一个儿子，看到别人的孩子无法上学，老人无人陪伴，我心里不好受。我有力量帮他们，为什么不呢？"他笑吟吟地说，真诚而温暖。

一直以来，我们都知道，"老吾老，以及人之老，幼吾幼，以及人之幼"。这一刻，听着他那朴实无华的语言，我突然明白，什么是真实的温暖——那是对他人疾苦冷暖的深切感受，是对职业道德的深刻诠释。这样的温暖，暖到百姓心坎上。

初次见面时，我惊讶于他走路有些磕磕绊绊，眼睛大而无光。一问，原来他患眼疾多年，视力每况愈下。

后来，杨亦旺的视力越来越差，眼前经常模糊一片，吃药、针灸，都不管用。后来，他调岗到派出所内勤室负责接听群众来电，直到现在。岗位虽小，但天天与群众打交道。他热爱这个岗位，说是接地气。

孙解和：
解忧促和寸草心

"诚、情、和"三字秘诀

宽敞的宜兴市公安局一楼大厅，左侧便是信访接待室。这天下午我三点多到的这里，还未进门便听到里面传出吵闹声、哭喊声。

"他就是孙解和。"宜兴同行指着那个劝了这个劝那个的中年民警介绍。不便打扰，我先找其他人采访去了。

孙解和，时任宜兴市公安局办公室副主任，专司信访接待。

"解和，化解矛盾，促进和谐，你父母给你起这个名字，倒是有点先见之明。"待孙解和停歇下来，已是傍晚。我自来熟地与他开玩笑。这是一个个子不高、面相和善、整天笑眯眯的中年男子。此前，我认认真真阅读了他的事迹材料，对他日复一日、年复一年坚守信访岗位的韧劲钦佩不已，故慕名而来。

"嘿嘿……有点道理。"孙解和眼睛笑成一条缝。

与白天的"热闹"相比，此时难得清静。二三十平米的屋子被接待窗口分隔成里外两间。外间摆放办公桌、椅子，还有饮水机、一次性茶杯等，墙上贴着信访条例、信访接待规范等。里间相对显得局促，办公桌、电脑、文件柜塞得满满当当。摆着"孙解和"姓名牌的桌上，超大号的玻璃茶杯里泡着两颗胖大海，茶水已淡得没有颜色。孙解和说："嗓子不好，常年吃这东西。"

提起信访民警,人们立马想起这样的词——婆婆妈妈、一地鸡毛。他们的工作主要是接听上访电话、接待上访群众,听取诉求,做出政策法律解释,协调解决问题。那些怀揣英雄梦进入公安队伍的人,是不太愿意从事信访工作的,他们觉得这个岗位没有警察应该经历的轰轰烈烈。孙解和不这样认为:"这个岗位虽然默默无闻、繁琐零碎,却最能了解群众疾苦。"

孙解和2002年从所长岗位调任办公室副主任,时年41岁。到我采访他那年,6年里他处理各类信访问题2500余件。数字的背后,几多口舌、几多奔波,唯有他自己清楚。

"6年,2500件,平均一年超过416件,一天1件多,有什么秘诀呢?"我算了一笔账。

"哪有什么秘诀,全凭'诚、情、和'三字吧。"

说得真好!

方寸信访室,几乎每天上演雷同的剧目,剧情或悲惨或激烈或蛮横,还有歇斯底里、耍赖打滚、拍桌子瞪眼的。然而,当面对儿子被害,凶手在逃多年,孤独无助的老妈妈时;面对因参加非法集资被骗,百余人组成的上访团时;面对因交通事故导致重伤,索赔无门、无钱医治的受害者时……孙解和向来一副好脾气,一颗菩萨心。

"孙警官,我们又来了。我儿子、儿媳没了10年,不知案件有没有消息了?"2004年清明前,一对白发苍苍的老夫妻互相搀扶着走进信访室。

"赵大叔,陈阿姨,快坐,喝杯茶暖暖身子。"孙解和扶老人坐下。

老赵夫妻坐车一路颠簸从泰州姜堰赶来。他们的儿子、儿媳在宜兴境内遇害多年,凶手至今逍遥法外。

老人的儿子、儿媳是搞水上运输的。1994年冬天,他们运货途经宜兴,天色已晚,便在鲸塘镇偏僻河浜抛锚歇息。没人知道漫漫长夜里到底发生了怎样的血腥一幕。天明,有人发现货船随风漂泊河中央,1男1女两具尸体分别倒卧船舱、船尾。经宜兴警方现场勘查、法医检验,确定这是一起抢劫杀人案,被害人正是老赵的儿子、儿媳。谁是凶手?藏身何处?这么多年来,宜兴警方一直在努力寻找破案的钥匙,力图解开这些谜团。当时还在派出所的孙解和也参与了案件排查。无奈案发深夜,河道偏僻,踏破铁鞋也未找到目击者和丝毫线索。

惊闻噩耗,老赵夫妻急得一夜白了头,搂着2岁的孙子小明老泪纵横,悲痛欲绝。

每年清明时节,老赵夫妻都要前来宜兴,询问案件侦破进展。孙解和每每无法直视老人充满期待的眼睛。案件不破,凶手不落网,说什么都是苍白无力的。他总是默默买来午饭,掏钱给老人买回程车票,亲自送上车。

老两口身体日渐虚弱,孙子小明渐渐长大,进幼儿园、上学,经济支出见涨,生活保障问题得解决啊。孙解和数次驱车去姜堰,协调当地政府及相应部门解决问题。十几年里,孙解和为老赵家争取到各种补助、援助20余万元。

在孙解和的建议下,宜兴市公安局还与小明结对捐资助学。每年春节刚过,他就早早把一年的助学款汇往姜堰,并常年与小明保持联系。2011年夏天,小明考上南京航空航天大学,第一时间写信向孙伯伯报喜。

孙解和笑了,可心里那"结"还在。抓不住杀害小明父母的凶手,对不起老人和孩子啊。

信访接待得有软硬功

孙解和告诉我,老赵两口子是平和的,也有不少暴脾气的,他不知遇到过多少"炸药包"。他讲了这样一个故事。

大夏天,接连几天高温热得人喘不过气来。一天上午,十几个男男女女抬着个瘫痪中年男子冲进信访室。太阳"喷火",来人火气更大,冲着孙解和七嘴八舌,"今天不解决问题,我们就抬着人去市里、省里!"

"来,大家坐,喝口水消消气。"孙解和笑眯眯招呼大家坐下,沏茶倒水。

"别来虚头巴脑那一套,我们要解决问题!"有个愣头青一扬手,茶杯翻了,滚烫的茶水倒在孙解和手背上,顿时泛起一片红肿,火辣辣地痛。一旁帮忙的谭大爷吓坏了,侧过身挡住人群,拽了拽孙解和衣角,"快走,避避再说"。

"没事。"孙解和不急不恼,重新泡了杯茶递过去。愣头青盯着他的手背,脸上挂不住了,喃喃:"对不起。"气氛立马缓和。双方坐了下来。

瘫痪男子叫赵甲,宜兴人,驾车运货时发生交通事故致残,为医药费和赔偿问题来访。

"你们给我点时间,这事要先调查,相信会给你们满意的答复。大热的天,病人经不起折腾,先回去吧。"孙解和耐心听完事由,好言相劝。一番话合情合理,一群人撤了。

狂风暴雨骤停,孙解和汗湿衣背,谭大爷递过毛巾,"孙主任,真有你的"。

为赵甲的事,孙解和专门到交警队了解事故情况。赵甲无证无照开车运货,发生单车事故,负全责。按理,孙解和可以不管,最多给个答复,可他没这样做。星期天,他不在家歇着,自己掏钱买了一兜水果,骑车几十里去赵家。

这是一个简陋的农家,两间旧瓦房,三四亩责任田。赵甲忙时种地,闲时运货挣点钱贴补家用。赵甲是家中的主要劳力,如今瘫在床上,生活不能自理,要人伺候不说,疗伤的医药费负担沉重。一次次上访,实属无奈之举。

面对赵家如此境况,孙解和既理解又同情。看来,仅仅解释是不够的,如果能解决些燃眉之急,该多好。

孙解和在领导支持下,多方奔走,磨破嘴皮,为赵甲争取到一些照顾性补偿。

秋高气爽时,孙解和再次上门看望赵甲。赵甲精神头好了不少,他紧紧拉着孙解和的手:"谢谢,我再也不上访了。"可以看得出,此话发自内心。

孙解和说,信访分"有理访""无理访",具体接待办理得有点软硬劲,不管有理无理,都得认真对待。"人心都是肉长的,你软他也软,你硬他更硬。"为此,人们送他一个"维和警察"的称号。

在信访室帮忙的谭大爷,曾经也是个上访者。早年,他在政府机关工作,几番工作调动,最后调到一家企业。60岁从企业退休,机关、企业退休工资的差距不是一点点,他感到吃亏、不公,多次上访,强烈要求享受机关退休待遇。孙解和一调查,当年其去企业,是自愿的,那时企业收入高,现在要享受机关退休待遇,总不能哪儿好就往哪儿靠吧。每次,谭大爷一来就是一上午。孙解和端茶送水,讲道理、说政策,久而久之,谭大爷心结解开,停诉息访了。再后来,他又来了,不是来上访,而是在家闲得慌,到此帮忙。遇上难缠的来访者,他总是现身说法做做劝解工作。

来访人之所以来访,必定是遇到这样那样的闹心事,怀着一肚子怨气而来,难免失控。有一年,宜兴某地发生一起性侵案,因证据缺失,案件一时难以突破。受害者不干了,天天来信访室哭闹。不管孙解和如何解释、安抚,对方就是不理他茬,话说得特难听,"白吃饭不干事"啦,"包庇犯罪"啦,还扬言要自杀。后来,案件破了,疑犯被关进看守所。有确凿证据证实这是一起未遂案,可受害人不依不饶,吵闹不休,非要认定"既遂"。孙解和一次次倾听,一次次登门做工作,对方终于认可公安结论。其实,受害人心里早认了,就是咽不下这口气。孙解和理解,遇到这种事,谁不窝心呢?

燃烧自己照亮他人

孙解和尝过生活的艰辛,深谙百姓的不易,为百姓办事从不马虎。他有一本特殊的通讯录,手写的,上面密密麻麻记着姓名、电话号码、地址,有本地的,也有外地的,都是信访人的。但凡信访人有急、有难,他总是伸出援手,给远道而来的信访人安排住宿、提供路费;给啃冷馒头的来访人买来热乎饭菜;为民工追回欠薪;向案件事故受害人伸出援手……

当过联防队员的老张给孙解和来信,诉说自己脑中风住院,家中实在困难,恳求孙警官帮帮他。孙解和先到医院探望慰问,随后来到张家实地察看。这哪像个家啊,灶上冷粥剩菜,苍蝇乱飞;堂屋桌椅缺胳膊少腿。生人上门,老张弱智的妻儿惊恐地躲到屋角。孙解和的眼眶湿了。他找到老张工作过的单位,解决医疗补助;又找民政、街道协商,帮助办妥低保。

信访室上演的也不都是悲情戏,有时也有喜剧。

一天上午,有个中年男子径直来到信访室,从包里掏出大红锦旗,还有锤子、钉子,二话不说就往墙上钉。锦旗是送给孙解和的,上书"为民办事,百姓亲人"八个字,闪闪发光。

来者姓钱,宜兴新庄人。他感谢孙警官帮他追回工钱。老钱是十里八乡有名的巧手木匠,活儿利落漂亮。他应一包工头之邀做工程。活儿保质保量完成了,可工头不地道,推三阻四,就是不肯兑现1500元的工钱。这些钱,对老板来说,不过一顿饭钱而已。老钱靠手艺吃饭,赚的是辛苦钱,家里等着他的钱开销,于是他把工头告上法庭。精明的工头知道打官司必输,面子更输不起。他私下把老钱约到小饭馆,假惺惺说要给钱,让老钱将欠条拿出来。老钱不知有诈,掏出欠条递给对方。没想到包工头翻脸比翻书还快,三下两下把欠条撕得粉碎,声称欠款已付清,人扬长而去。老钱气懵了,当时没打110,过了几天才报的警。口说无凭,接警民警难处理。憋着一肚子气,老钱上访来了。

"这也太不厚道了。"老钱确实"冤"。孙解和把情况转至相关派出所核查。警察上门,包工头慌了,马上如数付钱。手捧来之不易的辛苦钱,老钱觉得找对了人。

社会转型期,各种矛盾纷繁复杂,信访成为"天下第一难"。这是个累人的活,一天下来,口干舌燥,身心疲惫,回到家,话都不愿说,夜里做梦还在接访。多年来,孙解和保持一个习惯,早上提前半小时上班,下班缓走半个小时,不把情绪带回家。

那天结束采访,已是深夜。仰望星空,繁星点点。白天,太阳的光芒普照大地,星星默默躲在幕后。夜晚,它们大放光彩,照亮人们前行的道路。孙解和以及无数个信访工作者,不就像这满天繁星,默默燃烧自己,照亮他人。

盛　群：
15年挽救21条生命

一组救人照片引爆网络

盛群"火"起来,是源于网上一组跳河救人的现场照片。被盛群救出来的是工程车司机王师傅。

王师傅驾龄20余年,技术没得说。2008年5月25日下午2点多,他驾工程抢险车去锡北地区,行至庄前加油站附近路段时,车突然失控。王师傅使尽"洪荒之力"控制方向,无效! 工程车如脱缰野马,冲下又高又陡的路基, 头扎进3米多深的污水河。

"汽车掉河中了,快来救人!"目击险情的群众拨打了110。下午2点15分,对讲机里传来抢险指令,正在街头巡逻的盛群骑摩托车疾驶现场。

工程车坠河后,王师傅拼命打开车门,狼狈爬上岸,想起装有钱夹和身份证等物件的拎包还在副驾驶座上,不顾周围人们的劝阻,硬是下水潜入驾驶室。当盛群抵达现场,两三分钟已过去,人还没出来。

"有人在驾驶室里!"见民警前来,围观者七嘴八舌。

"不好,要出事!"工程车在下沉,车头处冒出一串串水泡,情况十分危急。盛群纵身跃入河中。这是一条化工污水河,那时的环境整治没有如今力度大,河水发黑发臭,水面上漂浮着各种塑料制品。盛群在水里好一阵摸索,才摸到驾驶室门把手。水下压力大,他几次努力也没能拉开车门。

急中生智，盛群从河底污泥里掏出块石头，敲碎车窗玻璃，将不省人事的王师傅硬拽出驾驶室。他左臂夹住其脖子，右手奋力划水游至岸边。增援民警赶到，抛下绳索。众人合力，七手八脚将王师傅拖上岸。

驾驶室还有人吗？无人说得清楚。盛群再次潜入驾驶室，换气之间，臭水涌进口腔，咕嘟咕嘟呛下肚。他屏住气，直至确认没有随行人员才爬上岸。

120救护车尚未到达，王师傅直挺挺仰躺在马路边。盛群上前一摸鼻息，没呼吸了，翻开眼皮，瞳孔放大。顾不得王师傅一身污秽，盛群伏下身子嘴对嘴做起人工呼吸，吸出一口口带血丝的污水。五六分钟后，王师傅恢复自主呼吸，呕吐汹涌。盛群抱住他的头慢慢侧转，清理口腔呕吐物。

120救护车来了，载着王师傅急驰医院。现场所有人这才松了口气。盛群瘫软在地，救人时呛进肚子的脏水在胃里翻江倒海，直往上涌。他趴在河岸上哇哇好一阵吐，然后到医院洗了胃，才缓过劲来。他强撑着来到急救室，得知王师傅已脱险，悬着的一颗心放了下来。医生说："如果没有前期施救，或者晚出水1分钟，王师傅这条命就没了。"

事后，有人问盛群："车子如果侧翻，逃都来不及，你有没有想过自身安危？"

其实，盛群下水救人时脚上还带着伤。两天前，邻居家的大门钥匙掉入楼下草丛，他翻围墙跳下去捡时，不小心崴了脚。"当时的情况容不得想这想那的。不管行不行，救人要紧。"

王师傅康复出院，领着妻儿前来致谢。一家人要下跪，硬是被盛群拉了起来。"盛警官，你是我的救命恩人。当时我手臂卡在方向盘上，出不来了，你不来救我，我肯定没了"，王师傅说。

热心网友摄下盛群救人的现场照片，发到网上，引来数万网民跟帖点赞。各路媒体闻风而动，争相报道，盛群瞬间"红"了。

我是在《无锡日报》上读到盛群的故事的。日报万记者的报道内容生动,标题醒目,"110民警15年挽救21条生命"。

15年挽救21条生命,这是真的吗?太了不起了!

为查核事迹,我找来盛群。眼前的他白净单薄,个子中等,浑身上下透着机灵劲儿。

"那21人真是你救的吗?都有谁?"我有点怀疑,请他略举一二。盛群挺能讲的,一开口便滔滔不绝,思路清晰,前因后果交代得清清楚楚。

"能把救这21人的时间、地点列张表给我吗?"我给盛群交代功课,一是工作需要,二是摸摸底。

"行!"他倍儿爽快。

三天后,盛群交来作业,一个不差,要素齐全。

"这么快就齐活啦?"我惊喜与惊讶交织。

"有110接处警记录嘛。"盛群笑着说道。

细读素材,盛群所救之人,状况各异。有的突发大病,诸如心脏病、脑溢血;有的是意外,溺水、煤气中毒等等;还有的是想不开寻死觅活的。盛群处变不惊,临危不乱,第一时间实施第一手救援,看似简单,实则不易。外行看热闹,内行看门道,这中间不仅涉及急救知识,还包含心理学、谈判学等等。以王师傅为例,如果不是盛群游泳技术了得,心肺复苏到位,哪能闯出鬼门关?

"盛群,你是怎么做到的?"我佩服加好奇。

"刚开始也是不懂的,学呗。"盛群憨憨一笑。

盛群1993年穿上警服,最初是防暴警,也就是如今的特警。一年防暴警生涯,他射击摔跤、擒拿格斗、游泳登山、样样不落后。他能在泳池里连续游上1个多小时不上岸,可以在3分钟内连做150个俯卧撑,还可以一个反背,把180斤重的大汉摔倒在地。1994年,无锡市公安局组建110接处警队伍,他成为110队伍的一员。

偌大的无锡城,居民有数百万。这座城市里,每天都发生着奇奇怪怪、形式迥异、大大小小的事情。这些事情很多非常紧急、非常难办。在这样一个时刻,人们迫切需要一种帮助,110便是人们心目中的救星。堵控现行作案疑犯、调解各类纠纷、奔赴事故现场、护送迷路孩童……每天早上,盛群都无法预知一天的工作内容。

上岗不久,盛群接连遇到的两次出警救人,让他对生命、对职责、对警察的意义有了更深的理解和认识。

那年,有家工厂门口路面塌方,大片水泥地塌陷,两个正在作业的工人大半身子陷落黑洞,水泥块、泥土埋身。盛群到现场一看这情况,迅速请求消防队增援,自己则加入抢救队伍,争分夺秒挥镐挖掘。

半小时后,一个民工被救出,性命保住了,但腰椎、大腿严重骨折。另一个胸口严严实实压着大块水泥板,推土机、起重机齐上,忙活1个多小时才挖出来。可惜这个民工在送医途中停止了呼吸。

眼看着鲜活的生命就这样逝去,年轻的盛群第一次直面死亡,一连好几天,他的情绪都有些低落。

两个月后,盛群再次出警救人,有家瓶盖厂的工人被卷进机器,十万火急!

盛群和同伴到达现场时,只见一名工人挂在机器上,脸色发紫。原来,他在操作机器时,脚下打滑摔倒,后衣领被高速旋转的机器死死咬住,仿佛被一根绳子勒住脖子,吊在半空无法呼吸。工友傻站在那儿,不知所措。

"电源在哪?快找把剪刀来!"盛群拉掉电闸,操起剪刀快速剪开衣领,把伤者背上110接处警车,飞速送往医院。

工人得救了!医生抢救时无意中的一句话让盛群刻骨铭心,"如果在现场就能得到救治的话,恢复会更好。可惜啊,现在人是救活了,但会有后遗症"。那工人刚满40岁,人生路还长。

"事故发生后的4分钟是抢救生命的黄金期。"医生又补充一句。盛群牢牢记住了这句话。

"警察之心"为社会而跳动

救了人,盛群却并没有感到轻松,医生的话让这个爱动脑筋的小伙子陷入沉思。他想了很多,如果这名工人没有被及时送到医院,他还能活吗?4分钟的黄金救援时间该如何把握?110民警往往是最先到达事故现场的,能不能承担一些先期急救任务呢?要是有点急救知识该多好啊!

盛群开始有意识地自学急救知识。他到新华书店买来诸如《家用急救知识》等一大摞急救专业书籍,一有时间就看,关键步骤死记硬背,现学现用。而每次把伤员或病患送到医院,他都不急着走,仔细看医生、护士是怎样施救的,顺便请教几句。

邻居家发生的悲剧,更让盛群感到掌握急救知识的必要性、紧迫性。邻家奶奶喂2岁小孙子吃果冻,整块果冻卡在喉管里,把一个天真可爱、活泼健康的孩子活活憋死了。闻者无不扼腕叹息,盛群同样难受不已。

从此,盛群更上心了。休息日,不是抱着急救知识书籍,就是找在医院工作的朋友学习。为了掌握人工呼吸、心肺复苏等技能,他拜急救中心的医护人员为师。为了练手,妻子成了他的"小白鼠"。

凭着一股好学上进、不放弃不服输的精神,盛群逐渐练就了"第一手救护"的硬功夫,第一次牛刀小试便小有成就。

立交桥上,一辆下坡的汽车将一横穿马路的骑车女子撞飞。女子倒卧马路中央,手脚骨折,头上肿起鸡蛋大的包。120救护车尚在途中,围观者里三层、外三层,把马路堵得水泄不通。盛群让同伴协助交警疏导交通,自己从路边树丛中找来几根枯枝,按"师傅"教的,用警绳把树枝绑在伤者骨折的手和腿部。120救护车来了,急救医生直夸盛群做得对,围观群众也称"这个警察有水平"。

他还把两个危急病人从死神手里拉了回来。

那是一个秋日的中午,盛群蹲在路边吃盒饭,突然情况来了:"靖海新村 5 楼有人晕倒。"

盛群赶到现场时,一个中年男子直挺挺躺在客厅地板上,妻女跪在旁边哭泣。

盛群俯下身观察病人。病人大汗淋漓,嘴唇发紫。"不好,心脏病突发,快打 120!"在等待急救人员时,盛群解开病人衣领,保持呼吸畅通;找来毛毯裹住身躯,保持体温;用湿毛巾敷在病人额头,拿几本书垫在其脚下,让血液加快回流心脏。一系列现场救援措施熟稔、到位。做完这一切,盛群开始检测病人的呼吸和脉搏。

"呼吸微弱,快催 120!"盛群说完又俯下身子给病人做心肺复苏。努力没白费,病人的身体开始回暖。

因不熟悉地形,救护车尚未到达,病人妻子急得六神无主。

"不等了,赶快送医院!"盛群抓起一床棉被裹住病人,体重 120 斤的他背起 160 斤的病人,加上厚厚的棉被,实在勉为其难,摇摇晃晃走了几步,便挺不住了。

"倒过来走。"机灵的盛群学搬运工背冰箱倒行,在楼道里艰难地一级一级台阶往下挪。挪到一楼时,谢天谢地,救护车来了。

果真是心脏问题。病人成功获救,半月后康复出院。一家三口放着鞭炮,送来锦旗。盛群有点不好意思,"这又何必呢,浪费钱"。

这是个脑溢血病人,晨起在厨房煎鸡蛋时,一阵天旋地转,双腿一软便晕倒在地。盛群首先快速从冰箱里找出冰块,用干毛巾裹着,敷在脑部。接着,他卸下一扇门,用绳子将病人固定在门板上,小心翼翼抬下楼,紧急赶来的 120 救护人员对盛群跷起大拇指:"你可以!"

又一条生命得以延续。

盛群性格直爽,说话不太会拐弯,还有点冲动,打小就是个三天不打上房揭瓦的调皮蛋。调皮归调皮,但他聪明懂事,善良正直,乐于助人。话说回来,110 民警,面对各种各样的警情、险情、危机,没点脾气、没点冲动也是不行的。要不,他怎么就能单打独斗 3 名抢劫歹徒呢?

那是一个夏夜,盛群巡逻至运河西路时,河边树丛里慌慌张张窜出3名男青年,拦了辆出租车欲离去。盛群感觉不对头,飞身下车上前阻拦。果然,在他们身上搜出2把沾着鲜血的尖刀。3人企图反抗,他一把扭住其中一人手腕,一脚踢向另一人膝盖,在同伴的协助下,利落地将3人拿下。

"干什么坏事了?"

"抢了个出租车司机。"

"人呢?"

"那边小树林里。"

出租车司机倒在血泊中,奄奄一息。

"运河西路发生抢劫案,注意拦截3名嫌疑人……"对讲机里传来指挥中心的指令。

"我可能已经抓住他们了。"盛群兴奋地回答。

跳河救出工程车司机、煤气泄露现场抱出中毒者,无一不是血性冲动加英勇无畏使然。

但靠近盛群,全方位了解他的品性脾气,你能感到他其实还是蛮细腻、挺有艺术的。他不但勇敢,而且有智慧。看看他是怎么劝说自杀者的吧。

早春二月,夜渐深沉,凄风冷雨。城北民丰里小区某幢,15岁男孩洋洋面临中考却迷上游戏机,受到父母责怪后欲跳楼轻生。男孩吊在5楼窗沿上,随时可能因体力不支掉下楼。楼下是光秃秃的水泥地。

楼下空间狭小,先期抵达的消防队员无法打开救生气垫。盛群让热心邻居搬来席梦思床垫,自己"蹬蹬蹬"跑上楼。洋洋的母亲瘫软在地;父亲则气鼓鼓,火气未消;洋洋情绪激动,多次做出跳楼举动。

"有啥想不开要跳楼,跟我说说,我帮你。"盛群把洋洋父亲劝到一边,主动找话头。洋洋不领情,不睬他。

"听说你喜欢打游戏,我上学时也喜欢,不过不能影响学习啊,完成了作业才可以打。说不定周末还有同学约你一起玩呢。"洋洋依然不吭声,但面部表情有所放松。

"爸妈养大你多不容易,你看,你妈妈已经急得晕过去了。如果你跳下去,还不要了她的命啊!"此话击中洋洋的软肋,妈妈最爱他了。他担心地探起脑袋察看地上的妈妈。盛群抓住时机,猛地拉住他的衣服和皮带,用力将其拽回室内。母子恍若隔世,相拥大哭。

"没想到你这么能说,话都讲到人心里。"我由衷佩服。他说,遇到这种紧急情况,只能对症下药,攻心为上。

"劝说自杀者,一定要以关心、尊重的口吻,切不可居高临下,要顺着来。"盛群说什么都一套套的,原来他自学过心理学、谈判学。

寒夜站在桥墩上哭着不想活的女孩、暑热天钻进公交车底盘的肢残男子,都是盛群凭着三寸不烂之舌劝回来的。

一位钻石打磨师说过这样一句话:"任何工作都能做得很艺术,关键是要用心。"盛群很用心,因为他盛着一颗时刻为群众需要而跳动的"警察之心"。

衣带渐宽终不悔

盛群"红"了。中央、地方媒体,电视、报纸、网络,一时报道密集,点赞不绝。他被誉为"全能警察",先后获评全国公安机关爱民模范、特级优秀人民警察、江苏省杰出人民警察、无锡市劳动模范……各种荣誉纷至沓来。

2010 年 3 月 26 日,北京人民大会堂,盛群受到党和国家领导人的亲切接见,还做了先进事迹报告,随后赴全国各地巡回演讲。

荣誉和鲜花面前,盛群也有过短暂的飘飘然,不过,繁华过后终究归于平静,他还是他,质朴、执着、侠义的本质没变。

1971 年五四青年节出生的盛群,从没想到自己的人生会与无锡这座城市的安宁息息相关。他的父亲是一名铁路警察,穿上白下蓝制服,常年早出晚归。母亲也是职业女性。盛家三兄弟,盛群最小。父母忙,盛群成了大哥的尾巴。兄弟仨都调皮,鬼点子多,盛群尤甚,人称"天狗精",但他懂事、独立。

父母的言传身教对子女的影响是深刻的。那是他小学四年级的一个星期日,父亲用自行车载着他去澡堂。行至繁华地段,一个急刹车,父亲让盛群站在路边别动,自己猛地扑向两个正在作案的小偷。两个小蟊贼拼命挣扎,几个小伙子见义勇为,上前合力把小偷制服。那天,盛群跟着父亲把坏人扭送到派出所,心里对父亲崇拜极了。那一天,当警察、抓坏人的梦想深深埋进了他心底。

长大成人,盛群如愿穿上警服,在 110 接处警车上一干就是 16 年。16 年,5800 多个日日夜夜,从青年到中年,从青涩到成熟。白天黑夜,日晒雨淋,为了社会的安宁,为了百姓的安居,盛群付出太多太多。

"盛警官,您的家人对您的工作是什么样的态度?理解吗?"2011 年 5 月 6 日,盛群做客中国网络电视台时,记者提问。

"我的家人对我的工作还是比较理解支持的,不过老母亲、妻子偶尔也会有几句怨言。你说春节、国庆、中秋,那些团圆的日子,警察大多数是在岗位上度过的,我也不能例外。你过节了,群众有事怎么办?"

1998 年,虎年,盛群的儿子小虎呱呱坠地。这孩子虽属虎,身体却十分羸弱,五六天发次烧,每个月去次医院,弄得当小学教师的妻子晓燕苦不堪言。盛群忙,没法子,全靠年迈的父母帮衬。

深秋,夜里 11 点多,下中班的盛群骑摩托车一路奔驰去医院。2 岁的小虎高烧又进了医院,父亲此时也在同家医院住院。这天中午,老盛在去医院给孙子送饭的途中,被车撞了。老盛给盛群打电话报警。盛群接处警无数,还是第一次接到父亲的报警。当时他正在另一起交通事故现场,于公于私,他都不能前往,老盛的问题只能让其他人处理。这个中班,盛群感觉从未有过的长。

午夜的马路空旷寂静,街头偶有行人,摩托车开得飞快。

"抢劫啦,抢劫啦……"车路过霞美路时,尖厉的呼喊声在夜空中回荡。盛群放慢车速,只见左边人行道上一女子正在追一男子,边追边喊。他忙调转车头,靠近目标,飞身下车扑过去。那男子见无路可逃,举起砖头威胁："别多管闲事！"

"我是警察！"盛群一脚踢飞砖头，一个锁喉动作，把对方制服，在其身上搜出钱夹和金项链。

盛群来到儿科病房，已是第二天凌晨1点。儿子退烧了，睡得正香，晓燕伏在床边也睡着了。外科病房，母亲守着老盛，眼巴巴盼着下中班的儿子。忠孝有时真的难以两全啊！

小虎慢慢长大，上小学了。有次期中考试前夕，晓燕有事，让盛群去接儿子。结果在下班去学校途中，接到"加班"通知。班一加就是晚上7点，把儿子给忘了。小虎等到6点半都没见到爸爸，自己背着沉重的书包步行回家，走了1个半小时。盛群到家，小虎还没进门。晓燕那个火啊，当着孩子的面又不能发作。盛群赶忙讨好说："儿子，我来给你复习功课。"坐下两三分钟，他就趴在桌上打呼了。晓燕气得晚饭都没做。不过等盛群醒来，还是给他下了碗鸡蛋面。

说起这些事，盛群有些无奈，都是工作闹的，真的是一心扑在工作上。其实有时候你不得不把心扑在工作上，因为你干了警察，就得如此。天长日久，就成了自觉，你没有办法不这样。谁想工作起来没白天没黑夜，连家都顾不上呢?！

盛群总是忙，当110民警忙，后来，他任巡防大队长、交警大队长，更忙。2018年11月，盛群升任交通治安分局副局长，责任更大，担子更重。如今的盛群少了浮躁，多了沉稳，少了粗犷，多了内敛，只是几乎没有时间停下来想一想、喘口气。

转眼已是2020年，盛群的愿望是，有时间能多陪母亲说说话。他的父亲老盛，那个老警察，已经不在了，一跤摔下去没能起得来。盛群内疚的是他还没有好好孝敬过父亲，哪怕陪老爷子上次澡堂，搓个背。将来有时间，他还要陪晓燕出国旅旅游，浪漫浪漫。晓燕的付出一点不比他少，忙学校的事，忙儿子的事，还要照料双方老人，不容易。将来有时间，他还想学摄影。他特别喜欢小蜜蜂，辛勤采蜜，甘愿奉献。对，就拍小蜜蜂。

徐　明：
帅出天际的空中使者

空军背景的民警

2019年2月15日，周五，晚6点，中央电视台12频道《警察特训营》第三季第11集准时播出。这是中央电视台与公安部联合主办的全国警察竞技类真人秀节目，这一集是警用无人机专场。

一架架无人机盘旋在火灾、交通事故现场，北京、沈阳、成都、珠海4组警察战队用无人机摄下一张张清晰的现场画面，实时传输到公安大数据指挥中心。不仅如此，无人机还携带绳索等救生物品，实施高速救援，无人机上的喊话器还现场喊话、指挥交通、疏散人群。精彩的场面令电视机前的观众叹为观止。

眼尖的无锡观众发现，那个给参赛队伍打分并点评的矮个子、小眼睛的警用无人机教官，正是咱江阴警察徐明。警用无人机专场的比赛科目正是徐明根据警务工作的实际需求设置的，他在现场还向学员们传授了在野外使用无人机热成像装置，以便在灯光微弱或山林中快速锁定嫌疑人员的战术。

徐明系无锡江阴市公安局信息通信大队四级警长，此前，他是江阴璜土派出所的民警，再之前，他是空军某部正营少校。从"空军蓝"到"警察蓝"，从空军机务到公安民警，再到警用无人机专家，徐明一路是如何走来的?

1971年出生的徐明属猪,他性格沉稳,心地善良,勤奋纯朴。徐明的父母是江阴璜土镇的农民,靠农田劳作养大徐明和他的姐姐、弟弟。穷人的孩子早当家,徐明体谅父母的不易,10多岁便下地劳动,割草放牛,大冬天也下河凿冰捕鱼,为的是凑齐自己和弟弟的学费。1990年,徐明以优异的成绩高中毕业。为减轻家里负担,他毅然放弃高考,选择从军,来到吉林空军某部,成为一名空军机务兵。在部队这所"大熔炉"里,他埋头苦干,发愤努力,来年便考上空军第二航空学院(现空军航空大学)。他特别珍惜5年的军校生活,可以系统学习航空飞行指挥和航空工程技术等专业知识。1996年,揣着一叠优秀学员证书,徐明从"北国春城"吉林长春来到"南国港城"广东湛江某部服役,5年后调往辽宁鞍山空一师,直至2007年1月转业。

回忆起那段在空军的岁月,徐明脸上满是留恋。

转业回家乡,当警察是徐明的唯一选择。在他心中,无论是军营还是警营,一样是纪律部队;无论是"空军蓝"还是"警察蓝",都是为人民服务。在江阴璜土派出所工作6年,1年社区警,5年治安警,硬生生把一个钻研技术的理工男锤炼成一个百姓喜爱的"暖男"。

空军机务,社区警务,似乎风马牛不相及,但徐明天生有股不服输的劲儿。入警岗前培训,他认真学习,死记硬背。到了派出所,他虚心学习,向老民警学,向群众学习,在实战中学习,很快融入工作、适应岗位。担任社区民警1年,他心系社区,服务群众,巡逻执勤、入户走访、调处纠纷,样样一把好手,还交了一批居民朋友。派出所领导看他机灵、肯干,把他调到治安警岗位,一干就是5年,参与了数百起案件的侦破。

在派出所,徐明总是站在百姓的角度思考、解决问题,仅举一例:

贵州来锡务工、暂住江阴璜土的罗阿姨真是命苦,正值盛年的儿子被人杀死,儿媳又丢下幼女不辞而别。但罗阿姨又是幸运的,她遇到了好心、热心的徐明。罗阿姨儿子遇害后,徐明和战友不眠不休几昼夜,及时逮住凶手。接着,徐明张罗着帮罗阿姨料理了其儿子的后事。罗阿姨原本靠磨豆腐维生,后因环保不达标不能做了,徐明便帮忙介绍她到一家公司的食堂工作。转眼间,罗阿姨的孙女玲玲到了入学年龄,上学遇到阻碍,又是徐明多方奔走协调,让孩子顺利跨进学校大门。徐明即便去了局机关,仍一如既往关心玲玲的学习成长,平时与老师保持沟通联系,实时掌握孩子情况。2018年的夏天,徐明出差去北京,顺道带上玲玲,到天安门广场看升旗仪式,参观中国人民公安大学,鼓励她坚强面对生活,将来学成后回报社会。在罗阿姨祖孙的心里,徐明警官不是亲人却胜似亲人。

这样的好事,徐明不知做了多少。他还有一个美称——"微信圈的110",人们遇到急事、难事,总爱在微信圈里向他求助。他呢,有求必应,事事有回复,件件有结果。

潜心研发警用无人机

徐明钟情研发警用无人机,是偶然也是必然。

徐明在部队干的是纯技术活,研究飞机"黑匣子"。自当上警察,面对形形色色的警情、大大小小的案件,他发现警情越来越复杂,犯罪分子的作案手段越来越狡猾,而民警在警务活动中遇到困难,尤其是一些特殊警情,如较大范围的火灾、野外围堵抓捕疑犯、紧急情况救助,常常面临因目标不明或情况不清导致错过黄金救援时间等难题。他一直在思考:能否把自己的航空技术应用到警务活动中,研发出一种好用的、管用的、实用的、基层民警欢迎的警务技术装备。

在执法办案实践中,徐明曾尝试应用科技来识别、抓捕疑犯。辖区有家企业,接连遭遇盗贼"光顾"。盗贼十分狡猾,选择深夜"光顾"公司,先破坏监控探头,然后潜入车间作案,不留蛛丝马迹。企业着急,徐明更着急。他多次勘查现场,自掏腰包在车间隐蔽处安装了红外探测器。果真,深夜,盗贼再次入室作案时,红外探测器实时报警了,徐明飞奔现场,与同伴一起将两名盗贼来了个"瓮中捉鳖"。

"太好了！太神了！"企业主和派出所同伴的点赞，更坚定了徐明学科技、用科技的信念。

随后，一次看似平常的处警，使徐明萌生设计研发警用无人机的念头。那天，两名初中生到户外活动，误入一片沼泽地，两个男孩困在污泥中动弹不得。沼泽地面积颇大，杂树乱草丛生。参与营救的民警和消防队员离两个男孩的陷落地隔着一段距离，几次抛掷救援绳均告失败。最后只得动用车辆运来木板，搭起长长的木板桥，才将两个孩子营救出来。参与救援的徐明当时就在想，假如有架能空投绳索的无人机就好了。

接着，一次跳楼的警情，让徐明的创新需求更加迫切。那是一个冬天，快过年了，辖区有个外来务工人员赶着买票回家，却迟迟未等来老板的工资。情急之下，他做出莽撞之事，爬上6楼楼顶，扬言拿不到工资便跳楼。跳楼者情绪激动，老板急得直跺脚。天，阴沉沉的，眼看夜幕降临，楼顶情况不明，大伙儿的心吊到了嗓子眼儿。经各方力量劝说，老板又把工资捧到现场，才把人劝下来。当晚，徐明失眠了，有个场景在脑海中反复显现，一架无人机盘旋在现场上空，摄下一幅幅清晰的画面，传输到指挥中心大屏幕上，指挥员据此部署力量，出其不意靠近跳楼者，快速将其救下。

目标明确，说干就干。2009年下半年，徐明开启警用无人机设计研发。

一个"干"字，嘴上说容易，做起来却很难。当时警用无人机在国内还是空白，什么样的无人机适合国内警务，徐明心中没底。虽然有航空专业知识和一定的实战经验，但那都是"有人机"呀。不过，有经验总比什么都没有好。徐明重新拿起技术书，温习军校时的课堂笔记和当兵时的工作笔记，海绵吸水般学习国外先进经验。经反复研判，他把警用无人机定位为携带方便、飞行稳定、操控简单、图像清晰，可用于应急处突、大型活动安保、刑事现场勘查、搜索抓捕疑犯、消防救援等情况，同时适应路况复杂的城市、地域广阔的乡村以及高海拔地区。他一一熟悉各种机型,仔细琢磨大大小小、纷繁复杂的零件,还常走出去向北航、南航的专家请教。

在研发警用无人机的头两三年里,徐明家中书房的灯光常常彻夜通明。从设想到图纸,从图纸到零件,再到实验样机,哪一样不凝聚心血。那时,他还在派出所,研发无人机不是他的"正业",只能挤业余时间,也就是不值班的晚间和双休节假日。基层事多且杂,回到家中往往已是晚上九十点钟,有时妻儿已经入睡。他说,夜深人静,正是专心致志发挥想象的好时机,好多灵感都是在孤独的冥想中触发的。研发的路是艰辛的,也是漫长的,付出的不仅是精力,还有财力,研发用的资料、无人机的配件、锂电池等,都是徐明钱包里的真金白银换来的。时间长了,他的妻子有点想法了。

徐明与妻子是中学同学,两人从相知到相恋,即使是一个当兵服役到东北,一个在江南水乡当教师,也没能阻隔他们的恋情。他们1997年结婚便开始两地分居生活。妻子上要照顾公婆,下要抚养幼子,含辛茹苦整整十年,终于盼来丈夫转业,阖家团聚。谁知丈夫爱上无人机,简直到了痴迷的程度,晚上不睡觉不说,一大早也见不着人影,说是找空旷处试飞他的无人机去了。你说,她心里能平衡吗?好在徐明及时发现了妻子情绪的波动,对症下药,解开心结,一番工作让她明白丈夫是在当警营"第一个吃螃蟹"的人,谋的是社会平安、百姓安居。从此,妻子心甘情愿当他研发的"后备军"。而儿子在他的影响下,也成了小小航天迷。父母虽识字不多,但他们知道,儿子在干一件大事,必须支持他!

自那起,徐明干得更有劲了。历经几十次、几百次、上千次的技术改进和升级,历经千余个日日夜夜,花费30余万元,损耗3箱锂电池、报废4架试验机,历经从飞起来到飞稳再到可以搭载摄像机、热成像仪、灭弹、救生器材等物品,徐明成功了,他终于研发出适合基层警务活动的无人机型——多旋翼警用无人机。

2012年6月17日,全国公安厅局长会议在江阴召开,徐明操控警用无人机从江阴市公安局指挥中心的三楼窗户飞出,在该市天华广场盘旋一圈,摄下一组广场实时画面,动态传输到大会现场,赢得与会领导一致赞许。徐明的照片也登上了《人民公安报》头版。这次演示的成功,标志着在全国公安机关拉开了民警应用无人机技术服务警务活动的序幕。同年,徐明的警用无人机被江苏省公安厅列为科研项目,于2013年通过项目验收。

2013年7月16日至20日,徐明携带多旋翼警用无人机前往青藏高原试飞,在不同的海拔高度试飞成功。其间还有个小插曲。7月19日,徐明与西藏同行驾车行驶在青藏公路时,路遇一起4车相撞的交通事故。因道路狭窄,过往几百辆车排成长队。徐明现场操控无人机升空,仅三四分钟便高空摄下事故和拥堵现场实况。现场处置事故的交警连称:"OK,OK!"

当年,徐明研发的多旋翼警用无人驾驶航空器获得国家专利局4项专利,并荣获第三届全国公安基层技术革新奖二等奖。

空中使者守护社会安宁

警用无人机一经投入应用,收效喜人。

2013年6月中旬,中华龙舟大赛在江阴月城举行,共19支团队参赛,吸引6万余名观众从全国各地前来加油助威,安保压力非常大。徐明和同事实施空中巡逻,摄下比赛现场场景供领导决策研判,及时消除不安全因素。持续5天的比赛安全有序,没有发生大小事故。

2015年6月下旬,江南地区连续强降雨,江阴璜土镇所辖篁村和常泽桥村因地势低洼,出现洪涝,养猪场被淹,农户进水,4000余名群众受灾。当地政府迅速投入救灾工作。徐明接到协助救灾的指令,迅速携无人机赶到救灾现场,在3小时内拍摄100余张照片及大量视频。救灾指挥部据此科学施策,精准救灾,最大限度减少了群众损失。

2016年4月22日，与江阴隔江相望的靖江市新港园区德桥仓储公司发生罐体爆炸事故。现场有百余个危险化学品储罐，储有大量汽油、苯类、甲醇等易燃液体、液化气体、有毒有害化学品，一旦发生连环爆炸，后果将不堪设想。徐明和同事第一时间赶赴现场，通过无人机进行空中监控，将爆炸起火的现场画面实时传输到指挥部，指导消防队员精准施救。第二天凌晨明火被扑灭，徐明他们才离开现场。

警用无人机在抓捕犯罪嫌疑人中所起的作用，更是不可小觑。2019年10月，江阴警方挖出一个在网上实施诈骗的跨省犯罪团伙。经过前期侦查，查明该团伙的老窝设在黑龙江省哈尔滨市郊区的一偏僻村庄。专案组派出警力落地侦查。狡猾的疑犯藏身狭长胡同尽头的院子，防范十分严密，院子四周的围墙装有监控，胡同里有人望风。侦查员扮成拾荒者数度试图靠近，均未成功。疑犯确切的藏身地及周边情况不明，就无法实施精准抓捕。江阴警方决定在警用无人机的监控下围捕团伙。10月22日，一架无人机飞到目标院子的上空，4名疑犯吓得慌不择路，欲翻墙逃跑，被无人机牢牢盯住，守伏民警一跃而起，逮个正着。还有8名正在忙着销毁罪证的疑犯也悉数被收入网中。

在如今这样的大数据和人工智能时代，江阴市公安局领导清楚地看到科技带来的战斗力。他们慧眼识珠，2013年，把徐明调到信息通信大队专门从事无人机的研发应用，并成立警用无人驾驶航空器创新中心，在人力、物力等方面全方位给予支持、支撑。警用无人机，已成为江阴公安的一张闪亮"名片"。

有强大的组织保障，有团队的同心协力，徐明创新的脚步越来越稳健、快捷。从2018年12月起，他和他的团队联合沈阳无矩科技团队，全力投入打击型警用无人机的研发。此款无人机，通过升级飞控软件，设计机载枪支控制部件，并融合视觉瞄准系统，将警用92式手枪、具有气弹枪功能的T型警棍装载到无人机上，能达到指哪儿打哪儿的效果，亦称"空中狙击枪"。经过100多个日日夜夜苦战，"空中狙击枪"闪亮登场。2019

年3月7日，该款无人机作为全国公安基层的创新成果，给全国总工会的专家与领导在空中射击演示成功；6月23日，北京公安特警总队配备该无人机在全国特警比武中一举夺魁；最近，该无人机在全国警用无人驾驶航空器教官考官班上成功演示空中气弹枪射击……

据了解，此款无人机是目前我国首款携带精准瞄准的打击型警用无人机，具有在8级以下大风环境中稳定飞行、悬空瞄准、空中击发等功能，是新形势下空中狙击反恐处突的一大利器。

徐明更忙了，公安部警航教官考官、中国人民公安大学访问学者、中国低空安全研究中心研究员、央视《警察特训营》教官……各种头衔加身，他忙得停不下脚步。线上线下，大江南北，长城内外，到处留下他推广、应用无人机的身影。

我最近一次碰到徐明，是2020年7月16日在无锡市警校的大操场上，他正带领无锡战队备战8月上旬将在南京举行的江苏省公安系统警航大比武。8月中旬，消息传来，无锡战队在13支战队中拔得头筹。可喜可贺！

新时代的"硬核"警察徐明，真是帅出了天际！

补记 "我知道他们是我的亲人"

"没想到这么顺利就办到了二代证。他们的言行,让我真切感受到寒冷冬天里一股真善美的春风,我的晚年生活因为有他们而温暖、安详、无忧……"2013年春节前,一封感谢信飞到无锡市公安局领导的案头,来信的是一位叫陈桂青的百岁老人。

陈老是一位离休老教师,孑然一身,寄住侄儿家。他患有呼吸系统方面的重症,常年卧床,昼夜24小时不间断吸氧。2012年12月,银行方面通知他,从2013年1月起,领取退休金必须持第二代居民身份证。这可急坏了陈老。申办二代证要去户籍所在地派出所拍照,自己这个样子怎么出得了门?!焦急无奈中,他想到了人民警察。

令陈老惊喜的是,求助电话打出去的第二天,户籍所在地的所长和一位民警就带着照相机上门来了。两位警察笑容满面,嘘寒问暖,小心翼翼扶他下床,给他梳头换衣,精心摄下满意瞬间。很快,陈老拿到了崭新的二代证。

"虽然我至今不知他们的姓名,但我知道他们是我的亲人,人民的守护神。"陈老所言,发自肺腑。

阿标　有时候他是路人甲

便衣兄弟

枯叶蝶振翅如此美丽

第三章

有这么一群人,他们大隐隐于市。也许,他是你身边悠闲地捧着奶茶的路人甲,或是打着手机步履匆匆的路人乙,更可能是拾荒人或沿街叫卖的小商贩。他们在晨曦里离家,在暗夜里归来,犹如栖息都市钢筋水泥森林中的枯叶蝶,平时暗淡无色,一旦振翅,是那么美丽动人。

有这样一篇微型小说:

一个小区新搬来一户人家,一个30多岁的年轻女人带着一个六七岁的孩子,每天独自一人操持家务,买菜做饭,接送孩子。时间久了,邻居难免有些非议。直到有一天,一个年轻男人敲开了这家的门,更加深了人们的猜疑。

男人进屋时间不久,女人家里就发生激烈的争吵:"你××给我穿上警服站阳台上,让街坊邻居都看一看,老娘不是二奶,不是小三,更不是××的寡妇!老娘有男人,他是个警察!"

读完这篇不足百字的小说,我的眼睛有些湿润。显然,她的丈夫是个便衣警察。

盛夏夜,幽深山坳,阴森昏暗,阒无一人。十几个男子匍匐在路边杂树丛,蚊虫乱飞,叮在脸上、腿上。几条黑影鬼鬼祟祟现身山道,溜进一间看林人留下的破屋。

"这是你的,3000元……"

"双手抱头,蹲下!"神兵天降,群贼一网打尽。

围捕这伙盗贼的正是现实中的便衣警察。他们已风餐露宿半个多月,身上散发着难闻的汗臭味。这对我的便衣兄弟来说,是家常便饭。

基于保密需要,原谅我用昵称来讲述便衣兄弟的故事。

阿　标：
便衣队来了个特种兵

第一次听说"阿标"的大名,是 2007 年。那年 1 月,公安局从部队转业干部中挑选人才充实警队,组织人事部门的同事告诉我:"特招了个侦察连长。"哦? 不寻常。一打听,此人叫阿标,武警某师侦察连长。侦察兵就是特种兵,个个百里挑一。凡看过电视剧《士兵突击》的都知道特种兵,特别是那个许三多,令人印象特深刻。

阿标跟许三多还真有的一拼,身高 1.64 米,体重 60 公斤,怎么看也属于"弱势群体"。虽然体能测试成绩第一,1000 米只花了 3 分零 7 秒,可离警员身高 1.70 米的要求差远了。咋办?"师长,公安不要我。"阿标跑去找师长"开后门"。在某师,阿标大名鼎鼎,是师长的爱将。

"局长,这么好的兵你不要? 不收,你会后悔的。"师长亲自向公安局领导推荐。就这样,阿标当上警察,进了便衣大队。

别说,阿标确有当便衣警察的特质。阿标时年 34 岁,已在部队这个"大熔炉"里锻造 16 年,是一块好钢。

1973 年 6 月,阿标在安徽合肥城郊的一个农户家呱呱坠地,此前,父母已生下两男三女,其中两个早夭,他是"小六子"。母亲因操劳过度,怀他 7 个多月时早产。由于先天不足,"小六子"长得特别瘦小。用他的话说,家里人多的时候,一不小心就找不到他了。不过小有小的优势——灵活。打小,阿标就有当兵梦。先天不足后天补,他成天舞枪弄棒,跑步练拳。1992 年 12 月,他圆了军人梦,服役来到云南武警边防总队。总队设在昆明,他被分到红河州边防支队岩甲检查站。这里是中越边境,检查站设在三岔路口,前不着村,后不着店,四面环山,离县城 12 公里。除检查站 20 余名官兵和每天进出边境的车辆,人影难觅。白天还好,一到晚上黑灯瞎火。检查站一星期才发两个小时电。

红河州系少数民族聚居区,地处亚热带高原型湿润季风气候区,一年倒有 6 个月雨季,蚊虫、蚂蟥肆虐。阿标这样形容:"那蚊子,奇大无比,脚杆长 2 厘米,攻击力特强,咬一口一个大包。那蚂蟥更可怕,一下雨,草丛里一团一团的,看得头皮发麻。几乎每天被叮,蚂蟥爬到腿肚子上,嘴巴钻到肉里,拼命吸血,怎么拍也拍不掉。一开始觉得生态好,原始,时间长了,简直让人发疯。"正是这种恶劣的自然环境,锻炼培养了阿标坚韧、顽强、吃苦的性格,这也为他蜕变为优秀的便衣警察打下了基础。

年轻的阿标很单纯,认认真真守国门,虚心拜老兵为师,当兵第 6 个月就露了次脸。云南是毒品流入的一条渠道,边防检查站是堵截毒品的头道防线。那是 1993 年 5 月的一天上午,阿标和战友上岗执勤。一辆大巴从邻国入境,阿标挥小红旗示意停车检查,大巴靠边停下。阿标一跨进车厢,便感觉不对,车厢过道里堆着几个装满干辣椒的蛇皮袋。通常,辣椒都是从境内往境外运,今天怎么反其道而行往境内运?环视乘客,个个神情自若。后座上,两个中年男子呼呼大睡,遇检查也不睁下眼,显然是假寐。阿标拿钢钎朝辣椒袋里一插,抽出一看,钎头有黑乎乎的粉末,鼻子凑上去一闻,大烟味。他心里有数。

"谁的货?"阿标让乘客认领。"不是我们的。"乘客异口同声,有人眼光瞄向后座。这下那两人"睡"不住了,喃喃道:"我们的。"

"跟我下车!"大巴放行,阿标押着两个可疑人拎着辣椒下车。辣椒袋里装有 15 斤大烟土。战果报到总队,阿标受到嘉奖。

在边检站磨砺 3 年,阿标考上军校,2 年后挑选到某师担任侦察排长,后升任连长。擒拿格斗捕俘,武装越野泅渡,负重攀越悬崖,"那项目,那考核,跟《士兵突击》一模一样",阿标说。一年 365 天,他有 350 天带着连队翻滚在训练场上。最惨的一次,累得尿了半个月血。他握紧拳头让我看,两拳的指关节处平平的,那是在水泥地上锤了几十万次才磨成这样的啊。

十年磨一剑。阿标一身好武功,唯有到公安才有用武之地。转业时,有几个待遇相对更好的单位争着要他,但他毅然选择"走后门"当了警察。

当便衣警,阿标有种如鱼得水的感觉。2008年至2010年,他抓获的疑犯数每年都是大队第一,惹得一群老警察、小警察围着他讨教。

"我人矮小,不起眼,一口纯正的安徽话,好混。"阿标倒是谦虚。

讲一件2009年的事。那年春节刚过,阿标得到线报:有伙苏北在锡人员专门盗窃电瓶车、三轮车销给几个四川人。一连几天跟踪,锁定盗贼的收赃窝点设在城东一条偏僻道路上。实地一看,这里白天来往人员不多,周边冷冷清清,只有几家收旧站,晚上则是大货车的临时停车点,如有陌生人在收旧站点晃悠,势必打草惊蛇。那段时间,阿标和同伴身穿皱巴巴的衣衫,今天当维修工,沿街找活干,明天是运输工,骑辆破三轮给人送货。晚上无处隐蔽,他们钻进路边大货车底部,一躺就是五六个小时,凌晨两三点收队时,腿脚僵硬麻木。连守15个昼夜,才把这伙人的作案规律、来去行踪、收销赃渠道摸清楚。

收网时间定在3月7日。这天凌晨2点,一溜盗贼骑赃车现身收旧站,阿标他们从车底下钻出,仿佛冒出一拨"土行孙"。

"警察!"阿标右手铁爪般地搭上为首者潘六的肩膀。

"老子拼了!"潘六略愣了一下,随即抡起液压钳劈头砸来。阿标一个侧身,一拳打落。潘六夺路欲逃,阿标脚一伸,将其绊了个嘴啃泥。年轻力壮的潘六没想到被一个"维修工"轻松拿下,懊丧极了。盗贼无一漏网。

阿标说,这算是顺利的,才跟十几天。有次盯了一个多月,人都快崩溃了。

那年5月下旬,城东市郊接合部多了伙闲人。这伙人不仅有大把时间,还有大把钱,每天不是上馆子,就是进歌厅、迪厅。

这是些什么人？钱来得干不干净？他们住哪？一连串问号涌进阿标脑海。

不久，这伙人周围多了个"摩托仔"，30出头，皮肤黝黑，操外地口音，穿劣质衣裤，骑一辆二手破摩托。谁会想到这是个警察呢？阿标化装侦查去了。

这伙人出入都坐出租车，打头的有点架式，三四个人跟在屁股后头，一口一个"李大"。"李大"的真实身份是个谜。有天上午，"李大"一伙聚在街角嘀嘀咕咕。阿标佯装拉生意凑了上去，竖起耳朵。原来，"李大"有个亲戚因犯事被拘留，关在看守所，准备下午去探视。

第二天一早，阿标飞车看守所，把"李大"等人的模样一比划，窗口接待民警回忆，是有这么几个人来过。翻开登记簿，"李立荣"三个字赫然在目。"李大"真名李立荣，原籍苏北，再上网一查，好家伙，是个惯偷，因盗窃吃过几次官司。

阿标与"李大"较上劲，他要弄明白，"李大"哪来那么多钱。

6月上旬，长江中下游地区进入烦人的梅雨季节，天气变化无常，时晴时雨。6月5日中午，阿标在马路上瞄到"李大"乘坐的出租车，脚下一加油门咬了上去。大太阳当头，过高的湿度，太低的气压，闷热异常，不一会便汗湿衣背。

下午2点多，厚厚的乌云飘来，大幕般笼罩大地，天空顿时漆黑，来往汽车打开大灯，小心翼翼地艰难行驶。滂沱大雨不期而至。狂风裹着豆大的雨点横扫而来，阿标连人带车摔倒在地。一辆轿车擦身而过，好险！阿标爬起来，抹去满脸雨水，稳住身，扶起车，再次上路。想起当年在土坑里滚成泥猴子的情景，这算什么。凭着顽强的毅力和高超的车技，"目标"始终在控制视线内。

"李大"好兴致，"顶风冒雨"在马路上"兜风"10个多小时，其间换乘3辆出租车，深夜才返回租住地。目送"李大"进了楼道，阿标感到饥肠辘辘，疲惫至极，令他高兴的是，苦没白吃，"李大"的老巢曝光了：广益黄泥头家园某幢 6 楼。

三下五除二吃了碗方便面,阿标在大队值班床上和衣睡了几小时。第二天凌晨 4 点,他便守候在黄泥头那条巷口。对付泥鳅般溜滑的老贼,唯有死看死盯。队里派了增援力量,队友小杨看守窝点,阿标紧盯"李大"动态。

一连好几天,"李大"白天出门晃悠,晚上去酒店、歌舞厅逍遥,再去浴室"爽一把",深夜回住地。手下的"马仔"纷纷浮出水面:二标子、黑皮、于冲……

讨厌的梅雨淅淅沥沥,从 6 月 5 日到 6 月 15 日,连绵不绝,下得人特压抑、郁闷。"李大"这伙人没有时间规律可循,只能由他们牵着鼻子走。晚上十一二点,阿标把他们"送"进浴室,守在门外干等候,连盹都不敢打。凌晨一两点,瞧着他们摇摇晃晃归巢,方敢离开,天微明又得去守。没觉睡不说,吃也是有一顿没一顿,吃上碗热汤面算是件奢侈事了。阿标对我说,"这伙人再不暴露,我都要崩溃了"。

阿标没有白等。6 月 16 日,天放晴。一早,"李大"没像往常一样坐出租车去吃早茶,骑辆破电动车钻进离租住地不远的一处废弃厂房。不一会儿,二标子驾一辆私家车来了,车停在路边,徒步进入厂房。15 分钟后,两人合骑一辆"雅马哈"窜出胡同。如孙悟空七十二变,两人的装束行头大变。"雅马哈"驶上主干道,绝尘而去。这是唱的哪一出?阿标守在那辆私家车附近,静观其变。

约摸 2 小时,"雅马哈"返回,两人换回原来装束,各开各的车离开。下午、晚上,这伙人照常聚集、喝酒、赌钱、泡浴室。接下来几天,于冲、黑皮等人相继来到废弃厂房,换车、换装,骑无照黑色"雅马哈"外出。

阿标上网梳理全市 110 接处警情况,在这伙人骑车外出时段,一些区域相继发生汽车内物品失窃案。目击者反映的作案人面貌、衣着、车辆特征,正与这伙人相似。

阿标和队友悄悄搜索废弃厂房,在一间小屋找到 2 辆黑色无照"雅马哈",一堆榔头,还有各色衣裤、鞋子。

6月26日凌晨3点,围剿盗贼的战斗打响,"李大"、二标子、黑皮、于冲尽收网中。这是一个专门盗窃汽车内财物的犯罪团伙,在锡城作案30余起。"李大"即李立荣,以前就是干这行的,刑满释放后重操旧业,先在周边城市作案,5月下旬"转场"无锡,花二十几天时间踩点,没想到刚出手便栽了。谁让他们遇到"特种兵",不栽才怪呢!

阿标扮什么像什么,不仅开"摩的",还当过民工,扮过菜贩、酒鬼、赌徒。一次,他扛着冰糖葫芦在街头跟踪目标,遇城管执法,他卷进小贩人群逃得那个快。他戏谑说:"我是无证经营,抓到要罚款的。"服了他了。

一年秋天,一个由无业人员组成的色诱抢劫、诈骗团伙在锡城频频作恶。深夜,阿标打开一瓶白酒,从头浇到脚,"醉醺醺"闯进团伙窝点,与战友里应外合,来了个连锅端。

"在部队我是个好军人,在警局我要当个好警察!"阿标特自信。

可是,他干便衣第一次亮相,差点"走麦城"。

2007年3月底,警校封闭培训结束,阿标正式上岗,跟在老便衣后面"学生意"。当年5月17日,他首次参与围捕任务,抓捕对象是一伙穷凶极恶的毒贩。阿标非常兴奋,将警棍揣在腰里。凌晨,50余名特警、便衣警包围了城郊一家会所,毒贩正在会所三楼的4个KTV包间狂欢。带队领导想掂量下阿标的功夫,安排他对付守在三楼门厅的两个望风"马仔"。未等现场指挥发令,阿标就"蹬蹬蹬"往三楼冲。幸亏现场指挥反应快,围捕指令即时发出,各小组扑向目标。

望风的两个"马仔"人高马大,腰粗膀圆,一脸横肉。冷不丁见个人冲上来,吓得顺着走廊往另一边楼梯逃。"马仔"边逃边回头张望,见追兵单枪匹马,且是个"小不点儿",立马返身扑来。阿标飞起一脚,踢中冲在前面那个"马仔"胸口。"马仔"骨碌碌滚下楼梯,他上前一个扼脖,卡得其白眼直翻。他又拔出警棍朝另一名"马仔"捅去,那人吓得跪在地上连连求饶。随后赶到的特警给两个"马仔"戴上手铐。

围捕大获全胜。总结会上,现场指挥批评阿标"擅自行动",背地里却对这个兵跷起大拇指。阿标方明白,野战捕俘是见目标就上,抓捕刑事犯罪嫌疑人必须有令才能冲。自此,他再没犯过类似错误。

阿标这次"亮相",让那天参战的特警大开眼界:"不得了,便衣队来了个高手。"他们还得知,阿标1分钟能做140个单手俯卧撑,手掌劈砖头如刀削萝卜。虽然他们也是个个身怀绝技,但是对阿标还是佩服得五体投地。

那年,公安表彰"十大杰出警察",阿标光荣当选。登台亮相前,他恳求我,"大姐,让我穿警服上吧!"看着他巴巴的眼神,我不忍拒绝,经请示领导,同意他穿制式警服。他高兴得像孩子似的又蹦又跳。当警察快4年了,他这是第三次穿警服,第一次是拍警官证照片,第二次是局里大练兵比武。

阿　虎：
"'现场实录'是个好办法"

　　高温,高温,还是高温……

　　连雨不知春去,一晴方觉夏深。梅雨匆匆告别,江南迎来酷暑。2013年夏季,锡城创下连续45个高温日的纪录。

　　这天是2013年7月22日,最高气温高达38℃。天空没有一丝云彩,太阳炙烤着大地,街上行人寥寥,唯一活跃着的知了躲在树叶底下,嘶哑地叫着"热——热——"。上午10点,阿星把5箱矿泉水搬进面包车,和两个队友前往湖滨商业街执行任务。

　　这是一条集旅游购物、娱乐、餐饮、休闲酒吧为一体的体验式商业街,生意竞争激烈。信息传来,有无良酒吧业主勾结"酒托"在网上设下骗局,牟取不义之财。阿星他们这是守株待兔、秘密取证去了。

　　这守株待兔、秘密取证的办法,是时任便衣大队的头儿阿虎首创。

　　2007年12月,一纸调令,在派出所担任刑事副所长的阿虎被委以便衣大队长重任。从外表看,阿虎有那么点虎气,身板威武,平头,国字脸,表情冷峻严肃,不苟言笑。相处长了,感觉他非常细致,内心极其丰富,是个外冷内热的"热水瓶"。阿虎脑袋瓜灵光,善于思考,崇拜英雄,这与他读了很多英雄书籍有关系。1974年出生的阿虎,上小学三年级时,就把砖头厚的《吕梁英雄传》《大刀记》囫囵吞枣"咽"进肚子。进了初中,阿虎迷上刑警,《便衣警察》看了3遍,还有《刑警队长》《上海803》等等,一星期一本。无锡图书馆里写警察、破案件的书籍,他几乎借遍。高中毕业后,他进了当时锡城最好的一家企业。半年后，做梦都想当警察的阿虎听广播里说无锡市公安局向社会公开招警察，立马往崇宁路上赶。这是报名的最后一天，市公安局大门口的报名处被热血青年围得水泄不通。阿虎运气好，抢到张报名表。

悬梁刺股，挑灯夜战。苦熬半个月，阿虎走进考场。成绩公布，1000余人考试，他考第17名。面试、政审、过五关、斩六将，他成为当年录取的186名新警中的一员。天遂人愿，他一直工作在刑警岗位上，从派出所刑警到分局重案队，再到派出所刑事副所长，这下又干上便衣警。

刚到便衣大队，他就搬来一堆案卷，关在办公室里琢磨十几天，看出些名堂。便衣队的任务主要是获取案件线索，线索到手，一转了之。办案单位常常因为证据不足而无法深挖，导致资源浪费。如何把线索转化成战果，证据是关键。他想，不法分子藏在暗处，那我们干脆也来暗的。如发现盗窃线索，盗贼系何人、偷什么、在哪儿偷，用摄像机把这个过程拍摄下来，不就是证据吗？证据到手再抓人，把握更大。他把想法变成详细的实施方案，得到市局、支队领导的支持，添置了一批先进设备。

设备下来，春节快到了。火车站、长途汽车站扒窃活动猖獗。这伙"扒手"人员固定，分工明确，手法老到，分别扮演"摩的"司机、乘客等角色，趁交通高峰人群拥挤时"霸"住车门，连偷带抢。事主一旦发现，钱包便被转移。事主若反抗，他们一顿拳打脚踢，待接警民警赶到，蟊贼早已无影无踪。

阿虎派出一个三人组，任务是"现场实录"蟊贼的作案过程、藏匿地点、活动规律。现场实录，说得简单，具体实施却不易，个中辛苦、曲折，在此不赘述。三人组死盯嫌疑人，摄下望风、接应、分赃等镜头，可蟊贼手伸进事主衣袋、包包的证据却迟迟拍不到。作案过程仅仅几秒钟，最长也不超过10秒，难度之大，显而易见。守了20余天，终于拍到一组完整镜头:盗贼的脸,右手伸进乘客外衣口袋并夹出一叠钱;两个望风者,三四个同伙持尖刀、铁棍掩护,撤离,数钱,分赃。该团伙共7人,分散租住。

证据在握,怎么实施抓捕,阿虎也动了一番脑筋。十几个便衣警扮成返乡民工,拎着大包小包,分散在公交站台周围。目标出现,分头出击,7个盗贼无一脱逃。干净、利落!然后将盗贼转交涉案地派出所。盗贼自忖没现场证据,死顶硬抗,视频一放,个个傻眼。

初试大捷,大家信心倍增。

再说阿星他们正在办理的这起"酒托"案,也是要在证据上取胜的。前期侦查发现,每天下午3点至次日凌晨,时有打扮妖娆、衣着暴露的年轻女子频频出入某酒吧。年轻女子是老面孔,身旁的男伴却日日换新。这家酒吧原本生意寥寥,这段时间却门庭若市,生意火爆。定有猫腻!

阿星说:"抓'酒托'与捕扒手差不多,必须证据确凿才能动手。"觅取证据不是一两天的事,必须长时间跟踪,形成证据链。商业街人来人往,总不能端个摄像机蹲在酒吧门口。于是阿星他们藏身汽车"作业"。车窗贴了深色膜,隔天再换辆车。大夏天的,到达目的地,车子靠边熄火,空调只得关闭。不一会儿,车厢便像个大烤箱,一个个热得大汗淋漓,一瓶矿泉水咕噜咕噜没几口就下了肚。他们一天能喝掉十一二瓶水,连小便都省了,全出汗蒸发掉了。"大中午,面包车里温度高达45℃。"阿星说。

在汽车里拍摄已经算条件好的了,他们曾跟踪过一个招工诈骗团伙,那才真叫吃苦。那个团伙太狡猾,先在网上发布招工信息,骗取保证金、资料费,然后用汽车在市区接上求职者,行至荒郊野外再勒索"培训费",稍有不从便拳脚相加。为了觅取证据,阿星他们在地面温度近50℃的杂草丛中守伏一个多星期才逮到这伙骗子。最后个个晒得浑身黑黝黝,只剩牙齿是白的,胳膊硬生生脱了层皮。

为了治理蓝藻,从 2007 年始,无锡市每年向太湖投放鲢鱼等吞食藻类的鱼苗。鱼苗渐渐长成大鱼,太湖水日见清澈。每年 3 月至 8 月,是太湖禁渔期。有年夏天,见利忘义的不法之徒向太湖里的生态鱼伸出黑手,趁夜深人静到太湖偷捕。吴立和队友承担了抓捕偷鱼贼的任务。

山清水秀,树木葱茏,一阵凉风吹来,湖面掀起阵阵涟漪,令人心旷神怡,在如此美好的工作环境中,吴立他们却是遭大罪了。为了掌握偷鱼贼的活动规律和证据,晚上,他们埋伏在湖边小树丛里。经太阳一天的烘烤,树丛里又闷又热,蚊子等昆虫也来凑热闹,虽着衬衣长裤,抹上了防蚊剂,可哪里管用,个个被咬得浑身大包小包,又红又肿、奇痒无比。每晚 10 点进"点",凌晨 4 点收队。半个月,15 个夜晚,不知他们是怎样熬过来的。

凌晨,月淡星稀,1 点多,湖面上多了 2 条小船,隐约可见船头几个黑影正向湖中撒网。

铁证如山,4 名偷鱼贼束手就擒。任务结束,吴立在空调房睡了个昏天黑地。他说,差点记不得在家睡觉是啥滋味了。

一天、两天、三天……在"烤箱"里"烤"了 20 余天,阿星他们觅取到完整的犯罪证据。"酒托"诈骗团伙彻底覆灭。

便衣兄弟抓"飞车贼"的场面更是惊心动魄。

夏天,人们衣着单薄,随身佩戴的金项链等饰品成了飞车贼觊觎的目标。有年夏季,锡城街头几乎天天发生飞车抢夺、抢劫案件,多的一天居然有五六起。歹徒 2 人合骑辆摩托车,像一阵风似的,扯下路人脖子上的金项链就飞速逃离。事主失财不说,有的还因此摔成重伤。

"非抓住这伙飞车贼不可!"阿虎画了张电子地图,案发路段、地点用红点一一标出,发现这些案件集中发生在市区永乐路、新生路,时间在下午 1 点至 3 点之间。阿虎安排数个小组每天案发时段到永乐路、新生路守候。歹徒骑摩托车，便衣警也骑摩托车。

敏杰一组守在朝阳广场，天天准时到达观察点。火球高悬，云彩无踪，沥青马路被烤得软绵绵的，地面温度可达56℃。一天下午2点多，2名男子合骑辆摩托车从小胡同窜出，驶入新生路，与一个行人擦肩而过时，后座男子突然侧身，闪电般出手，行人肩上的挎包已易手。摩托车沿新生路向南逃窜。

"飞车贼出现！"接到围堵指令，敏杰飞身上车，由南向北堵截，与另一组便衣警形成合围。面对前后夹击，歹徒一别车头，拐进小巷子拼命逃窜。敏杰加足油门撞过去，将歹徒的车撞散了架。驾车歹徒瘫软在地动弹不得，被队友生擒。后座歹徒不甘就擒，欲翻过一道围墙逃跑。敏杰冲过去死死抱住其双腿往下拖。歹徒垂死挣扎，回头抡起手中头盔乱砸。敏杰躲开攻击，一使劲将其从墙上拽下，一个漂亮的擒拿动作，将其死死按倒在地。

"敏杰，怎么流血了？"增援力量火速赶到，敏杰这才发现右胳膊多处被划伤，鲜血淋漓。"没事，一点小伤。"敏杰安慰大伙儿。

落网的正是在新生路频频作恶的飞车贼，2人先后在市中心飞车抢夺30余起，专抢路人拎包和金项链。

几天后，另一伙飞车贼现身永乐路。这是一辆红色骑跨式摩托车，车牌污损，号码模糊。驾车的和后座上的人穿着一式运动衣、牛仔裤、旅游鞋，这是飞车贼的"标配"。便衣警小周和队友悄悄靠过去。

红色摩托车慢悠悠行驶在非机动车道上，后座那人眼睛不时往路边行人脖子上瞥。驶至羊腰湾，见路口站着个交警，摩托车猛地调头，时速从30码一下加到120码。小周以变应变，飞车追去。行至塘南路丁字路口，遇红灯，红色摩托车欲转向逃跑。小周二人组猛地撞过去挡住去路，随即飞身而下，一人盯一目标，扑倒、上铐，一串动作一气呵成，前后仅几秒钟。市民目瞪口呆，以为是在拍电视剧里"飞车擒敌"的桥段，得知是抓飞车贼，齐呼："好！好！！好！！！"

2名"飞车贼"来自广西,在苏州租房住,每天到无锡"上班"。

"我们没干坏事。"飞车贼不见棺材不落泪。便衣警押着他们来到租住地,将天花板、水箱搜遍,没发现赃物。还是阿标机灵,围着小便池看半天,顺着一根尼龙线,拎出一串长短不一的金项链。

阿　勇：
警察也"玩"Cosplay

　　这是一场围捕黑恶势力的恶战,虽发生在十几年前,但因随警作战,当时的场景至今仍历历在目。

　　夜幕降临,华灯初上。年关临近,宾馆、酒店生意火爆,顾客盈门。傍晚5点30分,莲蓉桥塊的A宾馆客人一拨连一拨,络绎不绝。蹬高跟鞋、穿丝绒旗袍、披坎肩的迎宾小姐笑靥如花,站在大堂两旁热情迎客。顾客是上帝嘛。

　　一长溜轿车驶进宾馆院子,车上下来清一色青壮年男性,平头、黑西装,气氛顿时肃穆。20余名"黑西装"分列大门两侧。迎宾小姐哪见过这般阵势,自动退到一旁。酒店经理闻讯赶来,心里嘀咕:"这是何处来的爷,这么大阵势?千万不要出事!"客人纷纷绕道侧门,多一事不如少一事。

　　一个40岁出头的中年男子在"黑西装"簇拥下"闪亮登场",看到这阵势,嘴一咧,得意地笑了,露出满嘴黄牙。他旁若无人地径直上了3楼。规模盛大的"乔迁宴"设在三楼宴会大厅。该男子叫张生,今日宴会的主角。

　　宴会大厅出入口人头攒动,来宾围着几张铺着红绒布的礼仪桌"争先恐后"呈上厚厚的大红包。三四个"黑西装"收钱、点钱、记账,忙得额头冒汗。桌上堆满百元大钞,少说也有五六十万。令人奇怪的是送礼者个个沉默不言,一脸无奈。原来,张生的"乔迁宴"是一场鸿门宴,他压根没买什么新房,何来乔迁之喜?办酒设席,纯属收礼敛财。请柬发出400余张,受邀的大都是迪厅、酒吧、浴室、小饭店、烟酒店老板。

晚6点,"乔迁宴"开席。宴会厅里觥筹交错,乌烟瘴气,阿谀奉承声不绝于耳,捧得张生飘飘然,自以为"老子"天下第一。

这天,A宾馆的气氛有点诡异,客人也出奇地多。院子、大堂、茶吧、宴会厅外,到处都是人。这些特殊客人,正是便衣兄弟们。有几个兄弟手持请柬"混"进宴会厅,此刻正以"拍照留念"为由,对相关人员立此存照。

崇宁路公安局大院,百余名刑警、特警集结待命。

张生的丧钟即将敲响。为了这一天,便衣兄弟们已辛苦了2个多月。

张生一伙是盘踞在"城中村"的社会毒瘤。"城中村"这个称谓,伴随城市化而来。"城中村"是城市的一块"夹缝地",因其独特的地位和现象,带来一系列社会问题,尤为突出的是治安问题。一些外来不法人员混迹"城中村",盗窃抢劫、吸毒贩毒、敲诈勒索、收取保护费。警方公开打击但收效甚微。

初冬,城南某"城中村"来了五六个"新人",衣衫破旧,头发乱蓬蓬,有的操河南话,有的是四川、安徽口音。他们在村里租房住下,或沿街叫卖水果,或走门入户吆喝收破烂、拾矿泉水瓶。村里外来人口三四千,多几个、少几个没人注意,谁会想到这几人是警察呢?

"兄弟,来支烟。"

"今天运气好,收了个彩电,晚上一起喝个小酒……"

执行这次秘密侦查任务的是阿勇他们。他们不但语言天赋好,而且情商过人。三四天功夫,便与天南海北的各色人等混熟。一次次闲聊,一次次小酒,信息量可不小。闲聊中,人们不约而同提到一个绰号叫"唐僧"的人。都说此人路子野,心狠手辣,养了一群打手,谁也惹不起。那些浴室、烟酒店、小饭馆的老板,说到"唐僧",无不噤若寒蝉,面露惧色。

阿勇他们在村里扎下根,粗衣淡饭,早出晚归,沿街叫卖、打零工、收废品,一住就是2个月,交了一批"朋友"。"唐僧"的情况也随之水落石出。"唐僧"真名张生,浙江兰溪人,时年 41 岁,20 世纪 90 年代中期偕家人来锡。张生生性蛮横,凶狠贪婪,吃喝嫖赌,五毒俱全。他把来自山东、四川、安徽、吉林等省份的一伙人渣网罗到手下,结成恶势力团伙,自称"老大"。该团伙开设地下赌场、非法敛财,聚众斗殴、争夺地盘,拘禁他人、勒索钱财,威胁店主、强收保护费,闹得鸡飞狗跳,人心惶惶。

张生非常狡诈,每次作恶,都是"马仔"在前面"跳",他躲在出租屋幕后"遥控"。而"马仔"分散居住,行踪诡秘。

阿勇和兄弟们秘密取证,跟踪调查,寻找受害者。2 个月,60 个昼夜,阿勇他们把张生一伙的作恶证据固定下来,查明该团伙主要成员 17 个,分别来自浙江兰溪、四川资阳、蓬安,安徽亳城、山东苍山,吉林松源等地。他们涉嫌开设地下赌场、聚众斗殴、非法拘禁等案件 20 余起。

张生团伙突然异常活跃,四处散发请柬。一打探,张生要办"乔迁宴"。届时,团伙成员会一个不落全部赴宴。正是围捕的好时机!

"乔迁宴"收尾,兴头上的张生意犹未尽,手一挥,说道,"到 B 酒吧接着喝"。

转场的信息即时传出宴会厅,现场指挥考虑酒店客人众多,大规模抓捕有扰民之嫌,决定到 B 酒吧"瓮中捉鳖"。

B 酒吧位置相对偏僻,酒吧内灯光幽暗,红男绿女,浅饮小酌,悠闲自在。

夜里 10 点多,张生带着他的"马仔",打着酒嗝,摇摇晃晃地进了酒吧。阿勇他们全程"护送",目睹他们分别进入 222、666、777 三个包厢。

"出击!"第二天凌晨零点 30 分,现场指挥下令。

包厢里音乐震天,群魔乱舞,丑态百出。有的喝酒划拳,有的吸食毒品,有的大耍酒疯。

"不许动,趴下!"包厢门猛地被冲开。

"谁如此大胆,敢在泰山头上动土?"张生醉眼蒙眬,睁大眼睛一看:警察!酒顿时醒了,束手就擒。有人企图逃跑,钻进更衣室或女厕所,都一一被揪了出来。

17名团伙成员悉数归案，还顺带"副产品"——另查获31名吸毒人员。

租住2个多月"城中村"的拾荒人、小贩撤了，没人注意到，也没有人识破阿勇他们的身份。

打击黑恶势力犯罪，便衣警察就像插进犯罪团伙心脏的利剑。还有3天，就是虎年春节，一封举报信飞到市公安局："黑社会头目郑全，手下有张某、小地主一伙，在某镇街头以武力恐吓殴打、强迫交易、开设赌局、收取保护费，称霸一方。"来信人列举大量人和事。小年夜，警方派出10余个工作小组赴某镇"便服私访"。阿虎带了一个组进村，一蹲就是20余天，一碗方便面打发了年夜饭。

慑于郑全淫威，村民心存顾虑，大都不肯吐露实情。便衣警们耐心地做村民工作，思考怎样从内部攻破堡垒。白天上门不便，他们改夜间登门，循循善诱，打消顾虑。费尽周折，终于得到重大信息，六子与小八有矛盾。小八原在镇上自居老大，后六子在郑全扶持下当上台前老大，抢尽风头。失去老大地位的小八对六子和郑全恨得牙痒痒。

深夜，便衣警把小八约到小旅馆谈谈。小八倒是爽快，但他也只知皮毛。闲聊中，小八无意间聊到团伙成员中有两人为一女子争风吃醋，正闹得不可开交。顺着线头理下去，越深入，情况越明。郑全一伙的罪行暴露无遗。

凌晨，天空飘起雪花，春雪越下越密。警方向这伙恶势力发起总攻。一队队百步穿杨的特警，一个个身手矫健的便衣，各自扑向伏击点。

抓捕团伙头目郑全的是阿标他们一组。此时，郑全在被窝睡得正香。前几天，他突然有种不祥的预感，专门去安徽九华山地藏菩萨面前烧了香，捐了钱，祈求太平，自以为从此平安无事。殊不知，菩萨也辨善恶，地藏菩萨是绝不会护佑他这样的恶人。

清晨6点50分，对讲机里传来"行动开始！"的指令，阿标敏捷地攀上铁栅栏,跳进院子,打开院门。郑全一睁眼,黑洞洞的枪口对着脑门。六子等其他18名涉案者也纷纷落网。

　　太阳在漫天飞舞的雪花中绽开笑脸,阿标他们押着"猎物"凯旋。

　　但凡涉黑涉恶者,个个心狠手辣,怙恶不悛。与这些人渣较量、博弈,光凭"勇"是远远不够的,关键还要有"智"。希希就是这样一个智勇双全的便衣警。

　　希希是队友送给他的昵称。他40岁出头,中等个子,常年戴副半框眼镜,白净的脸庞,淡淡的笑容,不知底细的人,还以为他是个教书育人的老师或救死扶伤的医生。人不可貌相,在便衣警队伍里,他可是个"狠角色"。狠到什么程度?黑道上的人都玩不过他。

　　2008年是令人难忘的一年,刚跨进新年,几十年不遇的雪灾暴发,波及江、浙、沪等20余个省(区、市)。无锡这座江南水乡,平常过年难见雪花,一下雪人们便像过年般开心。这一年,从元旦开始,大雪纷纷扬扬下了20余天。大地银装素裹,交通严重受阻。

　　风雪难阻归家路。年关将至,游子回家心切,哪怕关山重重。有人乘机发雪灾财,垄断公路客运,擅自哄抬票价。看希希怎么收拾他们!

　　1月30日,腊月二十三,雪落不停。无锡通江大道沪蓉高速公路出入口附近,一座小屋趴在雪地中央,门口挂着块不起眼的招牌:客运配载办事处。屋内,空调吐着暖气,一个满脸横肉的中年汉子陷在皮转椅里,双脚傲慢地搁在老板台上,嘴里叼支香烟,身后立着几个年轻汉子,一瞧便不是善茬。门推开,裹进一股冷风,中年汉子皱了皱眉。

　　"老板,有去武汉的车吗?"来者是个文质彬彬的"小白领",滨海口音。

　　"有哇,每人250元。"汉子搁在桌上的脚没有放下,听到熟悉的乡音,神情有所缓和。

　　"有点贵,能不能便宜点?我们是私企,一批人要回湖北过年。还有去其他城市的车吗?"

　　"一口价。去郑州,也是这个价。"

"太贵了吧……""小白领"还想再争取一下。

"没商量。去这几个地方的线路就我这儿有，要去就别啰嗦，交定金，留电话，到时通知上车地点。"汉子扔过来一张名片。这个霸气的汉子，人称"三老虎"。

"我再想想。""小白领"捏着名片唯唯诺诺退出门。镜片后犀利的目光已把三老虎和其他几人的面貌特征摄入脑海。这个"小白领"正是希希。出了办事处，他悄悄隐进斜对面一处门面房。29日深夜，他和队友就进"点"了。

三老虎进入视线，是因为希希的"朋友"挨打。土生土长在无锡的希希很有语言天赋，遇什么地方人，就能讲什么地方方言，特别擅长安徽、陕西和苏北方言。便衣干的是大海捞针的活，少不了朋友。凭着这手绝活，希希交了一批三教九流朋友，成为他的顺风耳、千里眼。

"希哥，我被三老虎的人打伤，在医院呢。"29日晚6点，希希接到小孙的电话。

急诊室里，小孙身上血迹斑斑，头上缠着厚厚的纱布。小孙是安徽阜宁人，经营长途客运，跑无锡至武汉的专线，在通江大道设有营业部。29日下午，有湖北籍客人找他洽谈包车回乡事宜。此事不知怎么被三老虎知道了，派出小六子等10余人冲进营业部，不问青红皂白举刀就砍，人被砍伤不说，还被劫走6000元营业款。小六子丢下一句话，"谁不经三老虎同意，私自接生意，这就是下场！"

这三老虎何许人？光天化日，如此猖狂霸道，一手遮天？三老虎的名片上印着"张建，客运配载部经理"字样。经外围调查，其系江苏滨海人，31岁，在无锡非法从事客运生意好几年，以心狠手辣而臭名远扬。他豢养一批打手，谁也不敢招惹他。

"看他哪里逃！"希希最不怕的就是"刺头"。

三老虎是如何垄断客运市场的？他手下到底是些什么人？受害者涉及多少人？希希和队友在观察点守候5天，大致摸清情况。三老虎手下主要有二老虎、小六子、大总统等十几个打手,他们依仗暴力,垄断无锡至武汉、郑州等方向的客运线路。那些饱受三老虎恫吓、殴打,被迫放弃生意或交保护费的受害者也一个个被找到。

三老虎一伙大都有犯罪前科,可谓无恶不作,不仅称霸客运线路,还涉嫌寻衅滋事、敲诈勒索、非法拘禁犯罪。这伙人落脚何处?

希希三口两口把干巴巴的面包塞进肚,算是打发了晚餐。他手中的望远镜聚焦办事处那扇门。夜里10点多,三老虎出门上了辆帕萨特。希希扔掉望远镜,冲向路边的摩托车,追了上去。路面结着厚厚一层冰,街头车辆稀少。希希没敢开大灯,远远跟着帕萨特。

半小时后,帕萨特拐弯驶往市中心某小区。小区门口,帕萨特一个急刹车,希希眼明手快,紧踩刹车,车轮打滑,车子倾倒,摔了个大跟斗,脚踝顿时红肿。希希忍痛扶起车子,尾随帕萨特进入小区,目送三老虎进了楼道,他这才调转车头。这个三老虎真狡猾,踩刹车是窥测有无尾巴,多亏希希距离把握得好,未被三老虎察觉。

送走飞舞的雪花,又迎来十里春风。褪去冬服的希希更加精神、精干。2个多月的秘密侦查,三老虎的作恶证据确凿。4月23日,三老虎和他15名同伙在看守所会合了。

这天深夜,希希拖着疲惫的身躯跨进医院,轻手轻脚地来到妻子阿芳病床前。因哮喘病发,阿芳已住院十多天,其间他只来过一次。望着睡着的阿芳,他十分愧疚,心想案子终于结了,可以好好陪她几天了。困意袭来,他趴在床沿睡着了。

吕　锐：
"今天我不回家"

　　早上,暖暖的阳光透过窗户洒在地板上、被子上。为了跟踪"李大"一伙,阿标整整40天没睡过囫囵觉,更别说见到女儿了。那天凌晨围捕战结束后,他舒舒服服睡了个懒觉。突然,他觉得脸上痒痒的,一睁眼,幼女佳佳胖嘟嘟的小手轻轻抚过脸庞。见他醒来,佳佳有些吃惊,"爸爸,你又到我家来啦!"长期不着家,佳佳把他当成客人啦。阿标心里一阵难受,将女儿紧紧搂在怀里,心里默默对她说:"女儿,对不起,等你长大,你会懂的。"

　　因为职业的特殊性,便衣警察的工作毫无规律可言。都是衣食男儿,他们心里也装着父母、妻儿,可任务一来,就顾不上了。元旦、春节、中秋、国庆……一个个普天同庆、万家团圆的日子,他们无不是在岗位上度过的。白昼黑夜,风霜雪雨,他们的身影,悄然出现在城市的角角落落,湮没罪恶于暗夜,用守护平安渲染春夏秋冬。

　　"今天我不回家,你和孩子吃晚饭吧。这是我常说的一句话。"吕锐对我说。

　　"有几家民营医院雇医托到大医院拉患者,骗人钱,你们管不管?"2014年6月的一天下午,吕锐接到一个举报电话。

　　"管,管!你是谁,能说得详细些吗?"电话挂了,传来一串忙音。

　　第二天一早,吕锐来到市区一家三甲医院的门诊大厅,果真有三三两两的外地人搭讪排队挂号的人。几个男子围着个衣着打扮土气的女子,七嘴八舌不知说啥，那女子便跟他们走了。吕锐盯住他们，一直跟至市郊一家民营医院。那段时间，全国不少地方发生"医托"和民营医院勾结、骗取病人钱财的案子，媒体时有报道。

"这也太缺德了，不是给病人雪上加霜吗？"便衣队安排吕锐、陆伟、钱晶3人到市区各大医院秘密调查，摸清这伙"医托"的来龙去脉，以及与哪几家民营医院有瓜葛。

20余天里，吕锐他们每天早晨5点出门，子夜归家。还是老办法：死看死守，摄像取证。3人都是上有老，下有小。孩子也都是上幼儿园的年龄，看不到爸爸是常态。这个年龄段的孩子容易生病，他们也管不上，好在家人都理解，能担就担着，祈祷他们平平安安就好。一天晚上下大雨，钱晶骑电动车跟踪目标，由于太过专注，不小心被车撞了，左脚脚背骨折。伤筋动骨一百天，队里让他歇着。他说："不行啊，情况我熟。"车是不能骑了，他摇着轮椅到医院门诊大厅"坐班"。别说，轮椅是个掩护，还有"医托"上前搭讪呢。

平心而论，便衣警的家人都不希望自己的亲人从事这项既苦又累还危险的工作。但既然选择当警察，也就选择了辛苦、忙碌、奉献，而他们的家人也别无选择。

钱晶的脚受伤，妻子青青嘴上责怪他怎么不小心点，心里却心疼得不行。拗不过丈夫，她每天一早用轮椅把丈夫推到医院，晚上再推回家。

白天忙着调查取证，夜里整材料、理线索，就算铁人也吃不消呀。吕锐累得肾结石发作，疼得满头大汗，直不起腰。他拼命跳、跑，想用土办法把石头震下来，不顶用，只得每天一把止痛片顶着。

事情常常充满变数。7月10日早上6点多，吕锐踏进清扬路上那家三甲医院的门诊大厅，奇怪，"老面孔"不见了，直至中午也未现身。另几家医院的情况也大同小异。这伙人的租住地屋门紧锁，不仅人不见，连行李、衣服都没了。难道露出破绽，对方有所察觉，溜了？

追根究底，原来，有个医院保安与这伙人熟识，见到吕锐他们，透露信息说便衣在抓"扒手"。"医托"怕拔出萝卜带出泥,暂且避风头去了。20余天过去,这伙人耐不住了,又三三两两出现在门诊大厅。不过,只是观察动静,没有动作。便衣队的头儿一商量,设计了一出"抓扒手"小戏,在几家"医托"出没的医院大张旗鼓抓扒手,随后偃旗息鼓。"医托"自以为风平浪静,活动愈频繁、疯狂。

"医托"消失事件给了便衣队一个警示,不能老是那么几个面孔,极易引起对方警觉。他们改变战术,全队 27 人分成若干小组,人员、地点不断轮换。

进入九月,锡城有了秋的凉意,侦查取证延续到 9 月 15 日。初步查明,湖南衡阳人陈甲与无锡 5 家民营医院达成"合作协议",约定由陈甲组织"医托"到市区各大医院诱骗病人到民营医院就诊,利益共享。陈甲带动老乡一起"发财",网罗 30 余名不法分子分别充当"医托"、医生助理、导医员,与无良医生沆瀣一气,把小病说成大病,没病说成有病。他们以夸大病情、虚假检验、秘方药物忽悠患者,骗取高额医疗费,诈骗所得由民营医院与陈甲按比例分成。上当受骗者有千余人,大都为外地来锡人员及当地中老年妇女。

"医托"这头证据在握,还须有受害者的指评。吕锐他们白天与"医托"周旋,晚上寻找、回访被骗者。被骗者大都居住偏僻地段,他们一家家访问,一个个寻找,真是踏破铁鞋、费尽口舌。有一对当清洁工的老夫妻,白天做保洁,夜宿公共厕所,两人一个月工资加起来不到 3000 元,却因一次感冒就被"医托"骗去全部积蓄 9000 元。还有个安徽来锡的女子,原本是到医院给女儿看耳疾的,被"医托"骗到某民营医院,医生硬说她"患了骨癌,15 天之内就会死掉",吓得她精神恍惚,差点出车祸。一个个受害者的控诉,牵动着吕锐他们的心。"不把这伙害人精送上法律审判台,绝不收队!"

2014 年 9 月的一个凌晨,这个害人不浅的"医托"团伙被彻底摧毁,吕锐这才找医生看他的肾结石。

便衣警的办公地点在城南一处僻静小院。李阿姨是队里聘请的"大厨",她老公是守门人。因为常去便衣队,我跟李阿姨挺熟,有时聊聊天。李阿姨夫妇原居附近村庄,因土地征用,住进高楼,不习惯,干脆挤在门卫室,天天守着便衣队。便衣工作白天忙,晚上更忙,特别是夏天。一到暑天,李阿姨夜里总睡不上囫囵觉,时不时要为进进出出的小伙子开门、关门,最多一夜开了23次门。她一点没有埋怨的意思,只是怜惜地说:"这些孩子不容易,太苦了!"每天,她早早起床熬一锅绿豆粥,每周包次馄饨给大家改善伙食。李阿姨的馄饨鲜美无比,小伙子吃得那叫一个欢。

补记　最美的风景

　　2018年,一个春光明媚的上午,鼋头渚樱花谷,偶遇敏杰夫妇带着他们的一双孪生儿子。一家四口一色亲子装,与盛开的樱花相映成趣,引来游客纷纷合影留念。两个小家伙上学了,此刻,正活蹦乱跳地嬉戏花丛中,敏杰爱抚的目光始终追随着他们。就是这个敏杰,妻子临盆时,他正参与一起重大案件的侦查,蹲守地点就在与妻子生产医院一墙之隔的小巷里。他硬钉在岗位上没去医院,哪怕只需5分钟就可以跑进去看一眼。为这事,他总觉得亏欠妻子和孩子,一有机会,便想方设法弥补他们。这样的机会不多,不过总比没有好吧。望着一家四口隐入烂漫樱花的幸福背影,我痴痴地,脑海中蹦出8个字:时光未央,岁月静好。

孙燕　百姓的自家人

巾帼兄弟

谁说女子不如男

第四章

当警察难,当女警更难。她们是公安队伍的半边天,警营里的女汉子。她,便衣队里的"一枝独秀",因为常常与形形色色的疑犯打交道,外表柔弱却有着处变不惊的沉稳;她,改革开放后竞聘上岗的第一位女所长,工作细致且风生水起;她,刑侦战线的"假小子",降魔伏虎奇招迭出;她,把心交给群众,群众把她记在心里。她们有铮铮铁骨,亦有盈盈笑容;有神探风范,亦有慈母情怀。她们的每一个侧面都值得人们用心凝视,每一声心语都值得人们驻足聆听。

在确定写《警察兄弟》的时候,我就决定好好写写我的警察姐妹。常人眼里,女警察是开在警营里的警花。警花代表着靓丽、光鲜、骄傲,可在这背后,多少付出、酸涩、甘苦,又有谁人知?

警营是男人的世界,对此,我深有体会,因为我也曾经是个女警。警察队伍,强手如林,治安一线,刀光剑影,一上任务,没日没夜。一介女子,没点女汉子特质,是绝对不行的。那年我女儿高考填志愿时,毅然决然地说:"除了警察,干什么都行!"当时,我有些心酸,我当警察这件事给她留下了多大的心理阴影。

但是,这是一个有价值感的职业,因为你的付出、你的努力是有回报的。这种回报不是金钱,而是社会的稳定、百姓的安居,这是多少钱都买不来的。我的巾帼兄弟们这样说:"我苦吗?我累吗?大年三十当我巡逻在大街小巷,守护万家灯火时,盛夏寒冬,当我走门串户,为百姓解忧时,我心里充满了光荣、自豪,再苦再累心亦甜!"

小 珏：
便衣队里的"铿锵玫瑰"

没日没夜的跟踪，不厌其烦的取证，充满惊险的抓捕，这是便衣工作的常态。那苦、那累、那险，在便衣兄弟那个章节里，已有详尽描述。在便衣队几十条汉子里，有一朵铿锵玫瑰，她的故事亦精彩。

她叫小珏，1983年生人。初识小珏是2009年。当时心想，刑警，还是个便衣，一定是五大三粗，走路行事风风火火的。一见面，愕然。眼前的她人如其名，文静秀气，亭亭玉立，标准的美女。

"这么漂亮文静的姑娘，怎么就当了便衣警呢？"我有点疑惑。

"这是缘。"看似腼腆讷言的小珏一开口，我便觉得她是个爽快人，有刑警的味儿。她说，十四五岁时，香港警匪剧盛行，印象最深的便是英姿飒爽的便衣女警，对犯罪嫌疑人证件一亮："我是警察，你有权保持沉默，但你说的一切都将成为呈堂证供。"惊叹于那种酷和那股正气，年少的她，连梦想是什么都还不清楚，内心便萌发了一个警察梦，一个当便衣警察的梦。

有梦就有动力。小珏发愤学习，朝着目标努力。2002年秋天，她如愿跨进江苏警官学院的大门。4年后，她通过公考进入无锡市公安局。巧了，便衣队要招一名女队员，条件是聪明、机灵、沉稳，最好家在农村，城里少熟人。小珏家在宜兴农村，父母忙时务农，闲时做点小生意，这条件犹如为小珏量身定做。合适！就是她了，领导拍板。

见习期一过，小珏到了便衣队。便衣队原有个女孩，不久前调去外地,小珏成了"一枝独秀"。队里安排她干外勤,师傅正是大名鼎鼎的阿标。

小珏参与侦破的第一起案子,是起涉毒案,那是她上岗第三天。"有任务!"阿标对她说,接着交代情况。一伙吸贩毒人员藏身城郊接合部的老鸦浜,先期侦查已查明人员情况、窝点位置,马上要实施抓捕行动。为确保将他们一网打尽,必须有人事先前往探明对象是否全部在窝点。这么艰巨的任务落到小珏头上,搭档是她的宜兴老乡小田,一个资深刑警。

下午1点多,老鸦浜里来了一对青年男女。两人嘴里嚼着口香糖,口音土得掉渣。老鸦浜是个城中村,人员三教九流,来自五湖四海。狭窄的道路,破旧的平房,到处都是说着各地方言的外来人口。有做小商小贩的,有在工地、企业打工的,也有不法分子混迹其间,行鸡鸣狗盗之事。

小珏与小田边走边聊,穿过七曲八弯的弄堂,来到小巷深处一处平房前。阿标带大部队远远跟在后面。小屋大门紧闭,窗半开,隐约可见屋里有一中年男子。两人选择对面树木茂盛的花坛来隐身。

一个、两个、三个……约摸半小时,相继有6个男子进入小屋。

"对象全部到位!"小田向大部队发出预先确定的信号。阿标他们旋风般扑过来,前后门一堵,来了个瓮中捉鳖。

"是块刑警的料。"第一次执行任务便如此镇定,阿标跷起大拇指。小珏心里美滋滋的,便衣工作神秘、刺激,蛮有意思的。

梦想很丰满,现实很骨感。新鲜劲儿一过,小珏体味到神秘、刺激背后的枯燥、寂寞。闺蜜晒出的制服照,一个比一个神气、威武。制服她也有,就是不能穿,只能休队时在宿舍里穿上对镜自怜。队里除了食堂的阿姨,就她一个姑娘,连说悄悄话的人都没有。生活中,她也和大多数女孩一样,喜欢追剧、逛街,约上三五同伴聚聚会、喝喝茶,可是这一切突然都与她无缘了。工作性质不允许她有太多的出头露面。说穿了,她就是这个城市的"隐形人"。这样的现实,对一个青春年少、刚踏上社会的女孩来说,无疑是残酷的。

小珏的落寞、消沉,逃不过师傅和师兄们的眼睛,他们也曾经历这个过程。收队了,大家聚在一起说说笑笑。食堂里,不断有惊喜。休息日,他们穿上漂亮的衣服隐进影院过把瘾。阿标则言传身教,他的传奇故事常常引得小珏开怀大笑。大家庭的温暖、战友、师兄们的执着坚守、嫉恶如仇、乐观开朗,深深感染了小珏。她是个秀外慧中、内心强大的女孩,很快走出情绪低谷,彻彻底底爱上便衣警这个岗位。从青涩、忐忑,到渐入佳境,再到游刃有余,她一干就是10余年。

10年,3650天,文弱的小珏成长为一个勇敢顽强、胆大心细的优秀侦查员。现代犯罪分子,凶狠残忍,不计后果,小钰和她战友的每一次战斗,都是出生入死、险象环生。作为一个年轻女性,她要比男警官具备更大的胆气和付出百倍的努力,才可战胜狡诈的顽敌。不过,经过多年磨炼,她已变得沉着冷静,处变不惊了。

那是2008年的事,辞旧迎新的钟声刚刚敲过,市民便遇到烦恼事,一辆辆电动车"飞"了。当然不是电动车"飞"到天上去了,而是一伙蟊贼频频伸出黑手。一辆电动车三四千元,价值说大不大,说小不小。财产损失不说,还耽误上下班。骑电动车上下班、讨生活的人,大都是平头百姓。这伙蟊贼非常狡猾,来无影、去无踪。小珏和同伴白天黑夜盯了十几天,才揪住狐狸尾巴。

这伙盗贼昼伏夜出,白天潜伏城西老街,喝酒打牌,夜深人静,三三两两结伙外出作案,"战利品"都是八九成新的电动车。窝点是一处带院子的平房,紧邻马路、河流,平房背后是纵横交错的小巷。赃车交易大都在上午,来此"购车"的均是"熟客",生面孔轻易进不去。

"屋里有人吗?"有天上午,小院来了个靓妹,一身合体的职业套装。院子里空无一人,靓妹推开虚掩的屋门。小珏孤身赴"贼窝"探底来了。

"你是谁?有事吗?"幽暗的屋子里烟雾缭绕,四五个男子或躺或坐"侃大山"。见有人乍然进门,一个个神情紧张地站起身,有的手往口袋里伸,有的悄悄操起棍子。

"哦,我在城郊上班,交通不方便,朋友说这里有二手车,趁今天休息过来看看。"小珏神情自若,一口宜兴普通话。几人一看是个漂亮妹妹,警惕性顿时放松。

"妹妹要买车,价格好说。"一男子从里屋推出一辆几乎全新的电动车,颜色粉粉的,煞是好看。

"呀,真好看,我到院里试试。"小珏兴奋地发动车子,在院子里转了几个圈。"这车我喜欢,1500元卖不卖?"

"这么新的车子,起码2000元,少一分不卖。"

"总不能你一口价吧,1800元,定了。"小珏掏出钱包,数出18张百元大钞。对方收下,装进口袋,算是成交。

"不好意思,厕所在哪?"小珏脸露羞涩。

"在那,拐弯过去。"几人彻底丧失戒心,争着指路。

厕所旁的围墙边,一溜儿停着好几辆电动车,八九成新,均挂着车牌号。小珏眼睛扫过,车牌号印入脑海。

"妹子,多介绍些人来啊。"那几人热情地与小珏打招呼。小珏骑车一溜烟跑回大队,把车牌号输进电脑。一比照,都是失窃车辆,包括她"买"的那辆。

捉贼捉赃。是夜,黑灯瞎火,小珏和队友来到贼窝蹲守、追踪、觅证。头儿照顾她,安排她和一名队友守在面包车里,隔窗监视并拍摄盗贼进出作案的"实况"。

面包车停在马路边,小珏攥紧摄像机,镜头对着院门。对讲机里传来指令,让队友去巷口蹲守。就在队友下车后,小珏刚关上车门的当口,2名嫌疑人推着辆摩托车从院子里出来,看样子要"上班"去了。小珏未及锁门,赶紧端起摄像机。嫌疑人从车旁经过时,突然停下,其中一人将脸贴在车窗上朝里张望,嘴里嘟哝:"车里好像有人。"小珏一惊,屏气敛息,神经绷紧。尽管她未穿制服,手中的摄像机也已表明了身份。如果对方发现,还不露馅?小珏心脏"咚咚"乱跳,两个身强力壮的男子,说不定身上还藏有凶器。小珏攥住摄像机,若对方拉开车门进来,全靠它了。多亏玻璃贴膜"帮忙",加之天色已黑,嫌疑人没发现什么,骑摩托车走了。

有惊无险!小珏即时向巷口同事通报嫌疑人动向。

嫌疑人当晚盗车过程被现场实录。第二天凌晨把他们"送回"窝点后,警方组织抓捕行动,一窝盗贼进了局子。

"怕吗?"我问小珏。

"一开始怕,很怕。时间长了,经历多了,也就不怕了。再说,同事在周围保护我呢。"小珏说,每次执行任务,队里都会安排搭档,从未出过差池。

小珏不仅胆大,而且机敏。任务中常常会有意想不到的事情发生,她总能随机应变。有年夏天,五六个骗子男女搭档,有的扮老中医,有的扮老中医的孙子,还有搭讪的、望风的。这伙骗子专门到菜场门口拦截中老年妇女,以"家中有灾,需把全部财物拿出来消灾"为说辞,骗财骗物。上当受骗者,损失惨重,有的甚至倾家荡产。便衣队接受了逮获这伙骗子的任务。

这伙骗子居无定所且分散居住。小珏和队友兵分数路,两人一组,每天凌晨4点起床到菜场觅踪。小珏和男队友扮成情侣,拎了个环保袋去买菜。这里挑挑,那里拣拣,不厌其烦与摊主讨价还价,眼睛的余光始终关注着那几个不买菜专门找人搭讪的中年女子。几天过去,骗子的人数、相貌、作案手法和分工情况门儿清,只待时机成熟,将他们收网。

那天,磨了几天嘴皮的骗子终于找到"猎物"。负责搭讪的一男一女俩骗子带着一个老太走向小巷深处,另一人在巷口望风。跟踪的两路人马迅速会合、分工,3人跟踪搭讪的,伺机抓捕,小珏对付望风的。

望风的是个40岁出头的中年妇女。她守在巷口,倚着墙角东张西望。小珏在30米开外处守着。一眨眼,人不见了。是进了巷子还是溜出去了?"肯定是进巷子了。"小珏第一时间做出判断。她脚下生风,冲进小巷,追出五六十米。奇怪,没人!

"唉哟,疼死我了!"小珏犹豫间,拐角处冲出一人,与她撞了个满怀。冲力太大,对方额头磕到墙上。

"对不起,撞疼了吗?让我看看。"小珏一看,乐了,这不正是那望风的吗?她嘴里一个劲儿道歉,暗地却使劲抓住对方的胳膊。

"没关系,没关系。"那女子拼命挣扎,试图脱身。撞进网的鱼岂能放跑,小珏抓得更紧。这时,队友押着2名嫌疑人过来,那女子一下泄了气。

便衣警露天作业,任务说来就来。小珏说,最尴尬的事就是"方便"问题。男的好说,随便找个树丛、墙角或偏僻处就解决了。女的可不行,不文明不说,关键还有心理障碍。有过几次找厕所的曲折经历,但凡外出执行任务,小珏尽量不喝水。有一年,她深夜到停车场蹲守一伙恶势力,接连一个月,每晚一守就是七八小时,难免不内急,但往往只能死憋。有天,实在憋不住了,停车场旁杂草丛生处有座废弃厕所,只得奔那去。队友小高远远为她守护。小心翼翼地踏进黑洞洞的厕所,倏地窜出只野猫,小珏被吓得够呛。一个女孩子,真难为她了。

小珏的父母开始只知道女儿在城里当警察,具体干什么不清楚。白天打电话,女儿大多不接,后来才知道女儿是昼夜颠倒,晚上工作,白天睡觉。小珏从来不提自己的工作,她不想让父母担心。直至媒体报道便衣队的故事,电视上出现了小珏,虽然打了马赛克,父母还是一眼认了出来。瞒不住了,小珏这才告诉父母当的是便衣警。至于什么苦啊、累啊、危险啊,三言两语一带而过。她不说,父母也知道便衣警是个什么状态。"这孩子,从小到大,什么时候吃过这么多苦啊!"妈妈抹起眼泪。这是一对纯朴、善良的夫妻,他们尊重女儿的选择。

他们最担心的还有女儿的婚恋,这是个现实问题。"找对象,不容易啊。"工作再苦、再累、再忙,难不倒小钰,找另一半倒成了大难题。小珏跟我讲这话时,已是一个3岁女孩的妈妈。开始小珏一心想把工作做好,个人的事没怎么上心。几年过去,父母着急,她也有点急。便衣队里优秀的未婚小伙子倒是有,天天在一起,反而不来电,擦不出火花。家里给她安排过几次相亲,便衣队的兄弟们也热心当月老,但与人约会聊起做什么工作时,对方一听是警察,还是个便衣警,吓一跳,以后便没了下文。一次,有人介绍了一个法院工作的男孩。小珏本已心灰意冷,一听法院的,心想同在政法系统,也许能理解,打扮打扮见面去了。地点约在咖啡馆,男孩长得不错,对小珏挺满意,年龄也相当,有共同话题,两人聊得很投机,临别交换了手机号,还约了下次见面的时间。第二天,介绍人回话,人家妈妈一锤定音,"哪有女孩当刑警的,太危险了,不行!"小珏硬撑,"我又没看上他",心里却非常沮丧。不过,很快想通,婚姻是要讲缘分的。

小珏在等,等那个爱她的人,她爱的人。这一等,直等到28岁,缘分不期而至。那年冬天,在无锡的宜兴籍同学组织聚会。老乡相见,乡音乡情,格外亲切。小珏与姓夏的学弟谈得特别投机,小夏在派出所工作,两人是警官学院校友,小夏要低两届,有点"见面熟"。这次聚会,两人谈对职业的看法,对时尚的追求,对生活的态度,居然有说不完的话。一种说不出的情愫在两人心中滋生,也许这就是来电了吧。两人加了微信,聊了一段时间,便恋上了。2012年秋天,小珏披上洁白的婚纱。来年夏天,女儿甜甜出生。

"婚姻的感觉挺好的,因为同一职业的缘故,我们之间多了认同、理解、支持,少了排斥、误解、猜忌。"说起这些,小珏脸上浮现甜美的笑容。道不同不相为谋,志同才能为友,婚姻亦然。

2013年底,小珏轮岗到派出所锻炼,当了两年的社区民警。与刑警相比,社区工作琐碎、细致,她学到很多东西。2015年1月,地区一出租屋发生凶杀案,办案民警画出凶手模拟像,她逐个走访居住现场周围的居民,仅一天时间就挖出个嫌疑人,抓来一审,正是疑凶。所长高兴了,连称"给力!"

两年轮岗结束后,派出所看上这个干练的女孩,希望她留下来。思考再三,小珏觉得还是干便衣更合适,干顺手了,有感情。再者,便衣工作苦是苦,但多姿多彩,充满挑战,她喜欢。

谈璎：
有一种"美丽"叫担当

我有一件最大的憾事，就是当了一辈子警察，自始至终坐机关、"爬格子"，没有在派出所、刑警队干过，对实战一线的人和事总感到一知半解。曾几次向领导提出去派出所，都被一句"工作需要，暂时走不开"给弹了回来。

谈璎是改革开放后无锡公安第一位女派出所所长。我挺羡慕她的，不是矫情，是发自内心。

弯弯的柳叶眉，白皙的瓜子脸，苗条的身材，笔挺的警服，举手投足之间，都显露出一位女所长特有的风韵和迷人的风采。她就是谈璎。

初识谈璎，是在市局政治部召开的"三八"节女警座谈会上，谈璎时任鼋头渚派出所副所长。三个女人一台戏，座谈会气氛热烈。轮到谈璎发言，嗓门不大，却字字有力。她说："在派出所，必须忘掉自己的性别、年龄，险事、难事一样得往前冲。"她随后轻描淡写讲的故事，我却听得惊心动魄。

这是发生在唐城的一起械斗事件。唐城系中央电视台的外景基地，原是专为电视剧《唐明皇》、电影《杨贵妃》摄制而建造的大型仿唐皇家园林，后作为影视文化旅游景点向社会开放。唐城曾经游客盈门，人头攒动，由此带来酒店、饭店、旅游纪念品店生意的兴隆。争抢客源，欺行霸市，垄断经营的不法事时有发生。两伙恶势力为抢客源，竟然公开约战，要在唐城门口决一死战，胜者为王，败者滚蛋。

谈璎接到信息时,双方已纠集近百名社会闲杂人员,他们手持砍刀、铁棍,分别乘几十辆出租车,聚焦唐城门口。剑拔弩张,械斗在即!

"快报告所长,调集人马去唐城,我先去处置。"所长下地区了,民警们也都去了辖区。谈璎吩咐完内勤,带着2名辅警跳上110接处警车,十万火急赶往唐城。

"警察来了,快跑!"听到警笛声,那些獐头鼠目的恶势力还是怕的,其中有不少是"山上"(指坐过牢)下来的,一个个欲夺路而逃。

"一个不许跑,双手抱头,蹲下!"谈璎跳下警车,冲进人群大喝一声。英姿飒爽的女警威风凛凛往那一站,震倒一群凶神恶煞。砍刀、马刀、铁棍,横七竖八扔了一地,一个个乖乖抱头蹲下。所长率援兵及时赶到。这次出警,共抓获涉嫌聚众斗殴人员92名,凶器装了满满一面包车。

"拍什么电视剧呀?"有游客目睹这惊险一幕,以为唐城又拍新剧。当得知是女警官孤身对付恶势力时,他们惊讶得嘴巴半天合不上。

"那么多人,那么多刀啊棍的,冲进去时,有没有想到会砍过来?"我问谈璎。

"那种场合,哪来得及想啊,只想着不能让他们打起来。你也会这样做的。"我会吗?我不确定,也许会,也许不会。

我被谈璎的冷静、豪气所折服。毫无疑问,我们成了闺蜜,有幸一起分享充实忙碌的公安一线生活。

1991年7月,20岁的谈璎从无锡市人民警察学校毕业,被分配到派出所担任户籍民警(现称社区民警),那时的她青涩、害羞、单纯。从学校到社会,社情民意,邻里纠纷,鸡毛蒜皮,铺天盖地朝她扑来,她感到烦、累,还有些茫然。而居民对这个"黄毛丫头"也时常投以怀疑的目光。暗地里,她不知哭过多少次。多亏师傅、所领导适时引导、指导,派出所兄弟姐妹关照、关心。

"你行的,你会做得最好。"每天早晨,她会攥着拳头自我鼓励,然后精神抖擞、自信满满出现在居民面前,办东家事、解西家难。她的想法很朴素,只要真心实意为居民办实事、做好事,就一定能赢得信任、支持。事实正是如此,2004年夏天,她提任鼋头渚派出所副所长。赴任前,地区居民闻讯纷纷到派出所祝贺,恋恋不舍地拉着她的手说:"常回来看看我们啊。"

副所长,兵头将尾,公安职务序列里最小的官,可责任倒是不小。鼋头渚辖区,景点加山区,民风淳朴,治安相对平稳,但这事那事也挺多。上任第二天,谈璎值班,上半夜风平浪静,过了子夜,报警电话没断过,1个多小时接报4起盗窃案,其中3起摩托车被盗,1起入室盗窃。谈璎召集值班民警兵分几路,勘查现场、设卡堵截、访问事主,寻找线索,直忙到日上三竿,一切井然有序,忙而不乱。十几年社区警务工作的历练,让她平添底气。

忙忙碌碌两个春夏秋冬,谈璎的性格中多了干练、泼辣、爽快,更兼细腻。2006年10月,市公安局公开竞聘10位派出所所长,大家都劝她去试试。她犹豫不决,私底下找我商量,我是一百个赞成。我个人认为,派出所所长是最能体现公安价值、体现职业特点的岗位之一,而这个岗位历来是男警察的天下,"半边天"常常被忽略不计。如果谈璎能竞聘上岗,不仅体现她的实力,还是女同胞的荣光、自豪。于是,谈璎报了名。那次报名者踊跃,符合初选条件的就有百余名。

理论考试、业务测试、考官面试、考核考察……谈璎不负众望,在百余名竞争者中脱颖而出。2006年10月,她走马上任通扬桥派出所所长。

通扬桥地区是个老居民区,不少居民楼是20世纪80年代初建造的,安全防范硬件设施差。七曲八弯的小巷里,住着数千外来户,入室盗窃、电动车、自行车失窃这些"小案"屡见不鲜。

"居民家里今天被偷了钱,明天少了车,要我们派出所干啥?当前的头等大事就是把案件压下去。大家奋战一个月,挖一批团伙,破一批案件。要让百姓有安全感。"辖区平安,责任如山。谈璎到任后烧的第一把火,就是遏制发案。

"说得好听,压案件,哪那么容易?"一个派出所,几十号人,让一个女人管着,行吗?暗中怀疑、观望的,大有人在。派出所在所属分局的7个派出所中已连续几年排名靠后,一时要改变,难!

火车跑得快,全靠车头带。谈璎铆足劲,昼夜"泡"在地区上。白天走门串户,察访社情民意,晚上带着民警到发案重灾区蹲点守伏,到交通要道设卡盘查。一连守了40余天,逮到20余名窃车贼,破获28起窃车案,顺线拎出108个收销赃人员,追回123辆电动车。退赃会在辖区开了4场,居民们领到车子,眉开眼笑。

干得漂亮!那些有想法的民警不禁刮目相看,服了。

打是震慑,关键在防。老新村防范薄弱,基础设施差,常被盗贼作为目标。谈璎跑区里、跑街道,磨破嘴皮跑断腿,跑来500万资金。小区出入口、主要道路全部装上电子监控探头,单元楼的大门换成新型防盗门。她组织保安辅警巡防队,晚上在小区内巡逻;居民中的治安积极分子戴上红袖标,白天看护大楼,守好家园;还有一支治安志愿者队伍,不分昼夜,守望邻里。

问计于民。这是谈璎发动群众参与防范放的一个大招。她广泛发动,在辖区开展"我为社区治安献计献策"活动。参与者踊跃,一个月收到防范建议325条,派出所采纳了其中78条。

白天黑夜,风里雨里,酷暑寒冬,苦干3年,辖区治安面貌大变,派出所排名进了分局前三位,群众满意度连攀新高。

谈璎在派出所干得风生水起,时有信息传来,只是不见其人。她忙,我理解。有点想她了,我专程到派出所去看她,事先没打招呼,突然袭击,想看看她到底在忙些什么。

上班的点还没到,我就进了办公室,想赶个早与她好好聊聊,只见她拎着警帽正欲出门。

"你先坐会儿,我去出个警。"她一脸歉意,把我按在沙发上。

"一天到晚忙忙忙,我就想知道你在忙些啥?"我一把拉住她。

"大姐,你自己看吧,我得赶紧去,一会儿回来陪你吃午饭。"她从桌子上找出个厚厚的本子扔给我,急吼吼走了。

这是她的工作日记,内容条理清晰,文字简洁,虽是"流水账",但每天做的事一目了然。透过日记,我看到的是一个所长的辛勤、辛苦和牵挂。我摘录了其中一天的工作实录。

2010年2月26日,农历正月十三,星期五,多云。

一早出家门,微风吹来,已有春的意思了。7时整,到达派出所,换好警服。先看值班记录,还好,一夜无事。随后到辖区3个治安岗亭查看情况。

7时45分,回所,上网查看24小时警情。辖区虽无发案,但周边地区25日晚发生几起盗窃车内财物案,看来要在晨会上再次强调巡防绝对不能松。

上午8时进行春节后第一次区域性清查,目标是吸贩毒人员。全所提前一个小时上班,主要清查出租屋、小旅馆。8时整,民警全员到岗,与2位副所长各带一个组,兵分三路。9时30分,我们一组在出租屋查获4名吸毒嫌疑人。

110值班民警来电报告,25日晚,8岁男孩伟伟上门求助,"没人管他"。是晚,伟伟在所里住下。伟伟父母离异,他随父生活,前一阵伟伟父亲吸毒进了戒毒所,其母去向不明。这天,伟伟爷爷生病住院了。一早,民警安排伟伟洗漱、吃早饭,送去学校,然后多方联系其母亲、爷爷等亲属,未果。随即电话伟伟爷爷住地的社区书记,并要求社区民警想方设法找到伟伟母亲,担起责任。

安顿好孩子的事,已过午。吸毒嫌疑人相继交代毒品来源和上线,迅速出击抓上线。通知食堂准备夜宵,看来又是一个不眠之夜。

下午 3 时 20 分,接 110 通报,"盛新大桥附近小河浜浮起一具女尸"。马上带民警过去保护现场。尸体打捞上岸,高度腐烂,奇臭无比。经法医鉴定,溺水身亡,排除他杀,暗暗松了口气。

晚上 6 时,匆匆扒了碗饭,与分管治安的副所长商量元宵节安保事宜。

夜渐深,执行抓捕任务的人马凯旋,带回 3 名贩毒嫌疑人,10 名吸毒人员,缴获冰毒 30 克。派出所顿时热闹,审案的审案,做材料的做材料,等把这伙人分别送进看守所、戒毒所,已是 27 日凌晨 2 时。

这是一个派出所所长的常态。

"当所长的感觉如何?"我问谈璎。

"甜酸苦辣,一言难尽。你得比常人付出更多,但得到也更多。每当案件侦破,看到群众拿到失而复得的财物时激动的神情,每当耐心调解,看到曾经老死不相往来的邻里握手言和,每当夜里在辖区巡逻,看到千家万户温馨的灯光,总觉得再苦犹甜,值!"她一脸满足和自豪。

在谈璎任职派出所所长期间,通扬派出所获得 15 项集体荣誉,她自己则荣获江苏省优秀派出所所长、无锡"十大杰出民警"的荣誉称号。

2010 年 10 月,谈璎告别所长生涯,提任市局警务保障处副处长。2018 年 2 月,她履新水上公安分局副政委。派出所的那些日子深深烙刻在她的记忆中,虽忙,却有滋有味。

徐　蝶：
"假小子"的刑警梦

时间倒回 2002 年 8 月 13 日晨,无锡蠡园蠡溪河边,早起的顾阿婆到小河码头洗衣服,发现河边杂草丛中竖着只大纸箱。

"谁啊,把这东西扔到河边?"顾阿婆自言道。她小心翼翼踩进草丛,去拖那纸箱。纸箱死沉,拖不动。

"里面有东西啊?"顾阿婆踮起脚尖,撕去封箱的透明胶,打开一看,吓得双腿一软,差点掉进河里,"里面有个人!"

闻名遐迩的蠡园坐落在蠡湖西岸。蠡湖有一个美丽的传说,相传两千多年前的春秋时期,越国大夫范蠡帮助越王灭吴之后,携佳人西施隐居江南,泛舟于此。后人为了纪念范蠡,便以其名命名此湖。多少年来,居民们邻湖而居,过着安逸、祥和的生活。顾阿婆的惊叫声犹如在平静的水面中掷进一块大石头,顿时炸开锅。

十几名刑警踩着晨露飞奔而来。那个剪着齐耳短发、风风火火、快人快语的年轻女子叫徐蝶,时任刑警中队指导员。

这是只"小天鹅"空调外机的包装箱,箱中装着个成年女子,身躯早已僵硬。经法医鉴定,女子死于他杀。现场勘查表明,小河边仅仅是抛尸地,第一现场不在这里。她是谁?第一现场又在哪里?

死者身上没有任何能证明身份的物件。那时破案不像现在,到处是电子探头,可以查看行踪。徐蝶转悠了几圈,对那只空调外机包装箱产生兴趣。"小天鹅"是无锡的品牌,她老爸就在"小天鹅"公司工作,还是个博学多才的专家。徐蝶用照相机拍下纸箱上的条形码,十万火急地找老爸请教去了。

徐爸看了条形码,接下来一番话令徐蝶大喜。他说,通过这个条形码,可以找到空调的安装地点。出厂空调如已安装,同样的条形码必须贴在保修卡上,由安装工人带回厂留存,以便售后服务。

徐蝶马不停蹄赶到厂里,在销售维修部门员工配合下彻查。没有!这怎么可能呢?徐爸有点傻眼,凡出厂安装的空调都有回执的呀。

"也许还没有来得及录入呢?"维修部员工说。有可能!"小天鹅"空调卖得火,每天寄回的回执不计其数。维修部仓库里,堆积着成百上千邮件,都是外地寄来的回执。

"拆!"徐蝶一挥手,大家开拆,连徐爸也上了阵。

"就是它,找到了!"回执来自上海。通过神奇的条形码,徐蝶他们一路追踪到上海一幢居民楼的出租屋。

出租屋大门紧闭,敲半天门无人应答。房东赶来开了门。室内一片狼籍,空无一人。徐蝶出示女尸照片,房东吓得魂飞魄散,指着照片说:"就是她,租了我的房,租赁合约上的名字叫青青。"至于那只空调包装箱,房东说,前几天,青青打电话给他,说空调坏了。房东见已无法维修,便买了只"小天鹅"装上。那包装箱,青青说要留下装杂物,没想到装了她自己。

案情大白。青青是上海一家娱乐场所的从业人员。领班提供线索称,有天晚上,青青跟两个男青年走了,再未回来。顺着线索追下去,逮住2名嫌疑人。原来,2人是青青的"客户",见青青穿金戴银的,竟动了谋财害命的歹念。案发前一周,他们把青青骗回出租房,将其掐死,劫走随身现金、手机和金项链,顺手用空调包装箱装了尸体,连夜租车抛尸无锡。

"手机、金项链呢?"口供有了,还得有物证,哪怕是一件。徐蝶是老办案了。

"卖了,项链卖给打金店,手机销给二手店。"嫌疑人指认了收赃店铺。

徐蝶来到打金店,老板眨巴着一双"老鼠眼",说项链已卖出,对方长什么样记不得了。很明显老板在撒谎,但徐蝶也无奈。

"红色三星女款手机,收过吗?"手机二手店的老板显然是见过世面的,面对徐蝶的询问,镇定得很。他说,不知手机是赃物,刚出手一天,买主是个男的,没登记。

"那男的试手机了吗?"眼看线索又要中断,徐蝶灵光一闪。买二手手机的人,一般会把自己的手机卡塞进看中的手机里试试,以防店家使坏。

"试了。"

"你手机给我看看。"

老板手机的通话记录里有25个未接电话,徐蝶逐一回拨。"三星"手机买主找到了。听说手机主人已遭不测,买主连称晦气,二话没说,退回了。

一起杀人抛尸案就这样告破。徐蝶说,这是她当警察27年来破得最经典、最漂亮的一起命案。时隔多年,讲起那场景、那过程,她仍绘声绘色,仿佛就在昨天。一个女人办命案,荒郊野地,血淋淋的现场;山林河边,白森森的尸骨,需要多大的勇气啊。

蝶,女人味十足的名字,若不见面,脑海里浮现的必然是婀娜、飘然、轻盈之类的形象。眼前的徐蝶说话行事分明男子气十足,爽朗、干脆、干练。

徐蝶生在苏北,父母双双插队弥港农场。1974年春天,妈妈生她的时候,正是油菜花盛开的季节,满山遍野,金灿灿一眼望不到边。彩蝶飞舞,蜜蜂嗡嗡,有点文学范儿的徐爸触景生情,即兴给她取名——"蝶"。

也许徐蝶本该是个男孩,一时性急,投错胎。她的性格与年长她两岁的姐姐截然相反。姐姐性格文静、温顺,是个淑女。父母也把这个老二当男孩养,采取的是放养式的办法,广阔农场,任其驰骋。

徐蝶热爱体育运动。1979年,她随父母回无锡,转年上小学,便报名参加学校的女子足球队,担任足球队队长。曾经,这支小小足球队名声在外,威风八方,一直踢到无锡市冠军、江苏省亚军。初中、高中,无论功课多繁重,运动场上总有她的身影。跑步、排球、乒乓球、篮球,她几乎全能,样样喜欢。打篮球,她是中锋,她所在的篮球队曾捧得无锡市冠军奖杯。体育运动需要的是不屈的毅力和坚强的意志。风里雨里,摸爬滚打,培养了她奋发进取、坚韧不拔、吃苦耐劳的良好品质,也练就了她一副寻常女子无法比拟的好身板。

性格决定了徐蝶的为人、行事和处事的方式。那时还没有"女汉子"一说,人们称她"假小子"。不了解的人那是看表象,熟悉的人则是喜欢、欣赏。因为她不仅有男子的大气、刚毅,还有女子的细心、亲和。有例为证。

荣巷地区76岁的张老太因家庭琐事把同住的外甥媳妇砍死后逃匿。那时徐蝶在分局刑警大案中队,她和同事忙活几天,把行凶的张老太抓住。这老太有背景,年轻时在上海滩混,声色犬马、三教九流,什么场面、什么人都见过。面对刑警,她要么一问三不知,要么闭着眼不理你。看常规方法不灵,徐蝶换套路跟她聊家常,耐心听她数落外甥媳妇的种种不是。聊了一会儿,徐蝶突然关切地问了一句:"阿婆,你饿了吗?想吃点什么?"

"我想吃碗馄饨。"张老太没想到这个女警察如此善解人意。

"我说吧,人是我砍的!"一碗香喷喷、热乎乎的馄饨下肚,张老太交代了作案过程。

"有些嫌疑人,特别是杀了人的,他们的内心其实也是脆弱的,有时候嗓门大不一定管用。"这是徐蝶长期与这类人打交道总结出的经验。

徐蝶当警察,是受她姨夫的影响。她姨夫老洪原在省公安厅工作,"文革"中砸烂公检法,老洪全家下放无锡农村,粉碎"四人帮"后,老洪重返公安机关。徐蝶童年、少年时期的寒暑假都是在姨妈家度过的。一个老警察的精气神在徐蝶的心中烙下不可磨灭的印记。

1992年夏天,徐蝶参加高考,考的是理科。填志愿时,从本科、大专到中专,她一古脑儿填的全是警察院校。一向放任女儿的徐爸自作主张,想要偷偷改个江南大学的志愿。可他打错算盘,徐蝶非警察院校不上。当年9月,她如愿被无锡市人民警察学校录取。

警校两年,1994年8月,她到溪南派出所报到。

"女孩子嘛,干干内勤、打打电脑吧!"所长说。

"我想当刑警。"徐蝶的理想是当一个除暴安良、保护百姓的刑警。

"先当户警吧,刑警的事以后再说。"所长一锤定音。

徐蝶管辖的西园里、水秀五居委,城郊接合,范围颇大,情况复杂。新警出更,徐蝶有使不完的劲,白天黑夜往管段跑;派出所有什么突击任务,她一次不落;但凡涉及女嫌疑人的审案,她承包了。

一年后,派出所搞双向选择,警长选择警员,警员选择警组。所长找徐蝶谈话,社区警长和刑侦警长都选上她,任其选择。做梦都想当刑警、去破案,这下机会来了,她毫不犹豫去了刑侦警组。

有年盛夏,民警夜间巡防,逮到个现行盗窃疑犯。盗窃那是板上钉钉,无法抵赖,但其身份却有疑问。嫌疑人自称叫秦荣,安徽霍邱人。徐蝶电话联系霍邱警方核实其身份,却查无此人,显然这是个假姓名。徐蝶详细描述此人体貌特征,对方同行说倒像他们正在追捕的一个杀人疑犯。当时安徽正发洪水,交通阻断,无法前来核查。副所长带徐蝶到看守所审了2次,疑犯就是不肯交代真实姓名。徐蝶不甘心,与警组同事三进看守所。气温极高,大家挥汗如雨,徐蝶把一瓶矿泉水递给嫌疑人。这一举动竟将对方感动得一塌糊涂,心理防线瞬间垮塌。据其交代,其嫂子红杏出墙,哥哥痛苦不堪。做弟弟的他看不过去,深夜在村外大坝伏击,捅死了奸夫,随后亡命天涯,以偷窃为生。洪水退去,安徽同行来锡押解疑凶,得知是一个丫头破的案,佩服得不得了。

在派出所当刑警3年,徐蝶经手过盗窃案、伤害案、毒品案,破获的案件形形色色。那机灵劲儿、吃苦劲儿,一些男警也自叹不如。

1997年8月19日,一纸调令飞来,徐蝶调往郊区分局(现滨湖分局)刑警大队大案中队。隔夜,暴雨倾盆,辖区胡埭镇发生一起一案四命的特大凶杀案。她直接去现场报了到,直至20天后案件告破才回的家。

刑警队的几个女警,干外勤的仅徐蝶一人。她一步一个脚印,从普通民警到中队指导员,再到副大队长,一干就是14年。其间,她遇到过各种危险。一次抓毒贩,她冲在最前面,将其扑倒、上铐。毒犯被控制后,掀开席梦思床,床板上赫然躺着一支子弹上膛的自制手枪。幸亏抢快一步,先发制人啊。也遇到过困难。儿子哺乳期,队里照顾她,不让她上案子。她说,不上案子,闷得慌。于是,每每发生大案,领导还是叫上她,只是孩子吃了不少苦。

2011年1月,徐蝶走上派出所所长岗位,任职于阳光派出所,成为继谈璎之后无锡的第二个女所长。派出所工作是个"大箩筐",上面千根线、万般事,到了基层,统统装进一个筐。千头万绪中,她突出"抓两手",一手抓辖区平安,一手抓队伍士气。

徐蝶每天上班第一件事,就是查看前一夜的接处警记录,这是治安"晴雨表"。

且说2013年6月1日,周末,徐蝶照例一早到了派出所。接处警记录本上,记录了一起失踪案。报案人是一个叫大荣的东北人,失踪的是其妻美玲。5月31日下午,美玲与大荣各自驾车离家。美玲称前往雪浪地区的大学城办点事,约半小时后回大荣位于红星苑的公司。美玲这一去,居然失去踪迹。大荣遍寻无着,于1日凌晨1点报了案。美玲驾驶的是辆奔驰越野,随身有几张银行卡,卡内存款70余万元,还有2部诺基亚手机,一块浪琴手表。

刑警的直觉告诉徐蝶,这起失踪案非同寻常。报案人家居新区,公司在阳光地区,美玲不知在何处失踪,一时管辖地不明,但她还是决定搞个水落石出,给大荣一个交代。

她让民警找来报案人大荣。从大荣焦急的神情和叙述可以判断,夫妻感情深厚,有个2岁的女儿。大荣开公司,既无仇家,也无经济纠纷。美玲生活规律,家庭和睦,不可能抛家弃女,不辞而别。只剩一个可能:遭遇不测。徐蝶采用的是刑侦上的排除法。

"别着急,走,我们去看看。"徐蝶安慰大荣,拉着他上了车,沿着美玲失踪前可能行驶的线路反复绕圈。越绕,她心情越沉重。

"老婆,你不能有事,我不能没有你,囡囡不能没有妈妈。大姐,帮帮忙,一定要帮我找到美玲。"身心俱疲的大荣一直在喃喃自言。

"我感觉不太好。"徐蝶暗示大荣,得让其有心理准备。

回到所里,徐蝶立即向分局报告这起失踪案,坦言自己的初步判断。分局会同派出所迅速成立专案组投入侦查。

依托路面监控网,专案组锁定奔驰越野的行驶轨迹,顺线追踪,挖出疑凶。原来,美玲在办事途中顺道拐去超市购物,在超市地下停车场遭歹徒抢劫,死于非命,被抛尸荒野。

美玲找到了,鲜活的生命已变成草丛中一具尸体。如何对大荣说出这个残酷的事实,徐蝶也是动了一番脑筋的。

妻子骤然去了另一个世界,囡囡没了妈妈,世界坍塌了,大荣崩溃了,他陷入痛苦的深渊无法自拔,甚至想要轻生。逝者已矣,生者如斯。案件虽已办结,但徐蝶持续关注大荣的情绪,及时给予劝导、化解、关心。

"在我最无助、最痛苦的日子里,是徐大姐给了我温暖、支撑,我此生不忘。"大荣说这话时,情绪已日趋稳定,生活已回归正常。

徐蝶把群众视作亲人,派出所民警则是她的兄弟姐妹。工作上,她雷厉风行,容不得半点松懈、敷衍。生活上,她周到细致,所里小食堂每天的菜单,她均要把关,菜式一周不重样。碰上同事生病,或者谁家孩子上学有困难,她跑医院、跑学校,比办自己的事还上心。工作、生活在这样有爱的大家庭里,民警怎会不好好工作?全所同心协力,把一个三级派出所打造成一级派出所,工作绩效排在分局所属9个派出所之首。

徐蝶的事业如日中天。2014年1月,她提任南长公安分局副局长兼纪检组长,一年半后提任北塘公安分局政委,2017年,调任行政许可服务支队支队长。从业务干部到政工主管,再到服务窗口,跨度不小,她同样干得很出色,这是因为她心中有爱,对事业的爱,对群众的爱,对警察的爱。

有爱的人生才有温度,才能在任何时候、任何地方都发光、发热。

孙　燕：
燕子衔泥为谁忙

"小峰最近回来了。多少年不见,不知学好没有。唉,他父母不知为他操了多少心。"

"听说找到工作了,早出晚归的,看上去学好了。"

……

"小峰回来了?"居民们无意间的议论,被孙燕听进耳朵。孙燕到社区才1个多月,这段时间,她揣着个小本子,天天走门串户,熟悉人头。这个小峰从未谋面,脑子里印象却蛮深,因为他在社区里"名气很大"。此话怎讲?原来,小峰三十大几,染上毒瘾已有些年头,整天在外东游西荡,惹是生非,父母管不了,一提他便伤心落泪,乡邻们则唯恐避之不及。小峰为了筹毒资去盗窃,东窗事发,进了监狱。刑满释放后,他压根没回家,不知"云游"何处。孙燕接管社区时,前任社区民警重点介绍了小峰其人。孙燕几次上门找其父母聊天,想得到些信息。说起这个不争气的儿子,老两口一脸无奈、酸楚,说是儿子音信全无,连过年也没个电话,就当他死了。

"大爷、大妈,别难过。如果小峰回来,你们告诉我,我来劝劝他。"望着风烛残年的老人,孙燕心里也不好过。每次,她都要劝慰几句。可怜天下父母心啊!

"大爷、大妈,听说小峰回家了,我来看看。"孙燕听说小峰回家的消息后,第一时间赶到小峰家。时值2010年初夏,不年不节的,小峰咋突然现身了呢?是想家了,还是有猫腻?孙燕要弄个明白。

"孙警官,小峰前天回来的。毒戒了,脾气也好了,说要好好过日子,给我们养老,尽孝心。这不,找了份工作,上班去了。"小峰父母一扫愁容,满面喜气,热情地端茶倒水。儿子走正道,父母当然开心。

"小峰真变了,除了上班,就是窝在家里看电视、上网,见到人还主动打招呼、递烟。"邻居们纷纷点赞。

"这几年他去了哪里,怎么问也不肯说,而且见了陌生人就躲,好奇怪。"也有人觉得反常。

"到底是正常还是反常?宁愿相信他是变好了,但也不能放过蛛丝马迹,一定要见底。"爱动脑子的孙燕拔脚回到派出所。

信息化时代,什么也瞒不了。网上,小峰现出原形。其涉嫌5天前发生在江西南昌的一起故意伤害案,是南昌警方网上通缉的负案在逃人员。

"小峰,你在南昌干了什么?"孙燕和同事出现在小峰面前时,小峰惊得像泥塑木雕似的,不知哪儿露了馅。

1983年出生的孙燕是个南通姑娘,江苏警官学院毕业后,在苏州张家港市公安局当了5年内勤民警,嫁了个在无锡当刑警的丈夫。得益于无锡公安的"夫妻团圆计划",她被调到无锡华庄派出所,一开始干的还是老本行:内勤。

前面说到的小峰,居住在华庄水乡苑社区,是典型的城郊接合部。社区有拆迁安置户,还有旧农舍。住进水乡苑社区的居民大都有两三套拆迁安置房,有的甚至有五六套之多,除了自住,多余的房子租出去"鸡生蛋"了。社区总人口万余,其中常住人口仅3200多人,暂住人口、寄住人员倒有7000多。入室盗窃,电动车、自行车失窃,打架斗殴时有发生,房屋租赁、装修搬运等各类纠纷错综复杂。原社区民警岗位调动,谁来接手这个社区?时任所长十分纠结,举棋不定。

"要不让我去吧。"孙燕主动到所长室请战。

"你去?人生地不熟的,行吗?"所长打量着这个来所不到半月的"新民警",内勤工作倒是有条不紊,外勤可是一天也没干过呀。

"行不行,试试才知道。万事开头难嘛。再说,人头不熟就勤快点走访嘛,谁生来就熟呢。"孙燕信心满满。

"好,那就你去吧,到时可别哭鼻子。"事情就这么定了。

社区警务千头万绪,上管天文地理,下管鸡毛蒜皮。社区民警的主业是维护辖区平安,熟悉人头是基础。自从接下这副担子,孙燕天天"泡"在社区里。

"大爷,你好,我是社区民警孙燕。""阿姨,我是新来的民警小孙。"……她一幢幢楼跑、一户户居民访,不厌其烦"推销"自己,诚恳地递上联系卡,热情地聊聊天,关切地问问有没有什么难事要解决。一天,她走访来到巡塘毛文桥,走进周老汉的小屋。时年74岁的周老汉年轻时脑袋受过伤,记忆严重受挫,一直未婚,生活起居由其老母亲照料。几年前,九旬老母亲去世,周老汉衣食没了着落,饥一顿饱一顿,屋里脏乱不堪,身上散发着阵阵臭味。那天,孙燕撸起袖子把屋里屋外打扫干净,让邻居平时多多关照,然后去给周老汉跑低保手续。周老汉这病那病的,她联系社区医院医生定期上门送医送药。遇上这么个热心的好"闺女",周老汉甭提多开心了。他虽记忆不好,不善言语,但只要看到孙燕,老远便会喊着"燕子、燕子"迎上来。

这样的好事、善事,孙燕不知做了多少。居民们逐渐把她当成了自家人,无论老少,都亲昵地叫她"燕子"。

一个外乡女孩,当社区民警时间不长便赢得群众认可,有何秘诀呢?"哪有啥秘诀,将心比心,以情换情呗。"2012年10月,分局推荐孙燕参评无锡第二届"十大杰出民警",我到派出所实地考核时,她对我如是说。在社区,居民们一口一个"我们燕子",那神情,那口吻,是家人般的赞赏,一种可以倚靠的信赖。

群众基础有了,社区里有个什么风吹草动,信息马上来了。2011年夏天,村里一处独门独户的平房新租住几个贵州人,白天在家不是喝酒打麻将就是蒙头睡大觉,深夜两三人合骑一辆摩托车外出,凌晨回屋时变成每人一辆,天明,车子就不见了。群众眼睛雪亮,把异常告诉了"燕子"。

这线索太重要、太及时了。这段时间,所里连续接报摩托车失窃案,孙燕正犯愁。她立马汇报所领导。经过侦查,确认这是一个贵州来锡的无业人员组成的盗车团伙。深夜,孙燕和所里同事伏击出租屋后面的小树林。第二天,天色微明,3名盗贼各骑一辆摩托车归来,一进屋,便被人赃俱获。顺线追踪,又抓了3名同伙,为居民们追回6辆摩托车。

案子破得漂亮,派出所上下对她信服。所长私下对人说:"这丫头行,没用错人。"居民们越来越喜欢这个大眼睛、圆圆脸的"邻家女孩",吃得了苦,办得了事,不容易,得支持她。社区里要组建巡逻队,居民们踊跃报名,跟着"燕子"风里雨里,春夏秋冬,守护家园。从农村带来的不锁门、不锁车等习惯,也在孙燕的反复提醒下,"不好意思"地改正了。遇到吃不准的事,居民也会找孙燕给"把个脉"。一天,居民许某接到"朋友"的借款电话,对方称在上海嫖娼被警察抓了,要交罚款,让其速汇10万元救急。许某经营企业,生意场上认识的人天南海北。他信以为真,赶往银行,汇款前有点迟疑,便拨打了孙燕的电话。

"先别汇钱,等我。"孙燕十万火急赶到银行,一查来电号码是广西的,回拨过去,对方已关机。许某恍悟,遇到了骗子。他说:"多亏燕子,否则10万元打水漂了。"

人间百态,世象万千。社区里最棘手的事,就是各种各样的纠纷,一旦调处不好,小纠纷有可能引发蝴蝶效应,也可能酿成刑事案件,导致事态升级。孙燕想,大多数人还是有法律、道德底线的,只要法律政策宣传到位,一把钥匙开一把锁,没有解决不了的"老大难"。

这是一起房屋纠纷,业主沈某别提有多窝心。

沈某筹款200万元购买某知名楼盘一套期房,两年后才收房,花了百余万装修。定下吉日,订好乔迁宴,准备入住时,墙面惊现长长短短6条裂缝,都是主体结构性裂缝。喜迁新房,遇到这等烦心事,谁不郁闷?!一股火冲上脑门,沈某急吼吼找来客服经理。客服经理回复非常规范:"请质监部门做鉴定。"可之后此事一拖再拖,沈某及家属多次找开发商讨说法,开发商就是不肯露面。沈某寝食不安,一时走极端,有了偏激行为。

那年5月20日,无锡春季房交会在孙燕辖区的太湖国际博览中心开幕。沈某聚集10余名亲属,高举标语,持电喇叭来到房交会现场,强烈要求开发商退房并赔偿损失。沈某情绪激动,扬言要跳楼,一时围观者甚众,场面有点混乱。

"你先跟我说说,或许我能帮你。"孙燕那天在现场维护秩序,她把沈某劝到一边。沈某情绪激动地讲述了前因后果,孙燕边听边点头。她站在沈某角度说,花这么多钱买的房出了质量问题,换谁心里都不舒坦,但闹不是解决事情的好办法,如果信任她,她可以协同他与开发商及相关部门联系沟通,妥善解决。"不过,你今天的举动是违法的。"孙燕话锋一转,给沈某分析利弊得失。一番话合情合理,沈某心服口服。这么多天,第一次有人听他把话仔细说完,并站在他的角度考虑问题,沈某慢慢冷静下来,答应走正规途径维权。孙燕说到做到,四处奔波,想尽快促成此事的妥善解决。

一周后,孙燕接到沈某电话,事情顺利解决,已如期搬入新居。沈某再三感谢孙燕,他说,那天是抱着问题不解决就跳楼的决心去房交会的,要不是孙警官耐心劝导,自己可能就完了,家也毁了。

诸多纠纷中,家庭矛盾、邻里纠纷占了很大比例。这些纠纷看似鸡毛蒜皮,却往往会影响一个家庭、几个家庭乃至整个社区的和谐稳定。

"燕子,不是我不想回去,我实在是没地方可去呀。"王老太一把鼻涕一把泪,哭得伤心极了。

"没地方去也不能睡市政府门口呀,人来人往的,影响多不好。再说这水泥地又硬又冷,你本来身子就弱,会得病的。还是跟我回去吧,有什么难事,我来帮你解决。"孙燕扶起王老太,用汽车载回社区,找地方暂时安置下来。

七旬王老太被儿子赶出家门,伤心至极,抱着被子睡到市政府门口,想讨个公道。

"阿婆,说我听听吧。"孙燕搬张小板凳,与王老太面对面、手拉手聊起家常。

王老太不容易,丈夫早逝,一个人含辛茹苦抚养儿子,省吃俭用供其读书、改建新房。十多年前儿媳娶进门,很快有了第三代,又起早摸黑地围着孙子转。儿子小家庭三口的日子过得热热闹闹,其乐融融。倒是她这个老太,与年轻人有代沟,话说不到一起,生活习惯差异大,心里空落落的,孤单、落寞与日俱增。有人劝她,找个伴吧。开始王老太并没有这想法,说的人多了,便动了心。

"儿啊,现在你孩子慢慢大了,我想往前走一步。"王老太试着与儿子商量。

"这怎么行啊,这把年纪,羞死人了,让我的脸往哪儿搁呀。"儿子一跳八丈高,一上来就封死。

"养你这么大,给你成家,帮你带孩子,我容易吗?你就不能为我想想?"儿子的态度令王老太伤心。

"要嫁人可以,房子过户给我。"绝情的儿子摔门而去。

王老太非常寒心,咬牙把房产证换成儿子姓名,毅然决然嫁作他人妇。

"黄昏恋"常有种种不如意,生活习惯、经济方面,还有子女方面的问题,等等。再婚不久,两位老人和平分手,王老太拎着个小包回家,未料却被儿子一句"这里不是你的家"挡在门外。社区干部好说歹说,王老太才进了门。芥蒂一旦结下,要解不易,母子俩各自怨气满腹,虽同住一屋檐下,无异于路人。

吵吵闹闹又是三年。城市改造,老屋面临拆迁,母子俩各有小算盘。王老太认为,房产虽然过户给了儿子,但房子是自己牙缝里省下来的钱建造的,村人有目共睹。现在与儿子闹得这样僵,安置房下来,儿子肯定不会让自己入住,她想以自己名义签订拆迁补偿协议,领取安置费。儿子的私心是,房子自己翻建过,房产证上也是他的名字,意味着一切都是他的。因此,当母亲提出要去签协议时,他一口回绝。一场家庭大战在所难免,结局是儿子把母亲连同其所有物品扔出家门,声称从此老死不相往来。

"阿婆,你放心,我一定让你们母子重归于好。"这一聊,就是4个多小时。王老太儿子也太过分了,纵有万般理由,也不能弃老人于不顾吧。

"燕子,我听你的。"一肚子苦水倒出,王老太心里舒服多了。

到村里走了一圈,与社区干部、村邻聊过,孙燕找到王老太儿子。"母亲养大你不容易,该是你反哺的时候了。况且老人拥有部分房产,如果不给老人住或不赡养老人,法律不允许,还将受到社会舆论的谴责。你我都有老的一天,你想给孩子留下什么印象呢?"家庭、伦理、孝道、法律,孙燕动之以情,晓之以理,说得对方低下头。

"我是赌口气,谁愿意落个'不孝'的名声啊。"王老太儿子表示会尽快把母亲接回家。

孙燕再找到王老太,从"家和万事兴"到"老有所养",说得王老太连连点头。在孙燕的"调和"下,母子俩各自站在对方立场看问题,气消了,结也解了。

"妈,是我不孝,回家吧。"儿子诚恳地向母亲道歉。

"儿啊,我也有不对的,没考虑你的感受,以后不会了。"王老太赶快认错。

就这样,王老太回家了。

在担任水乡苑社区民警的4年间,孙燕成功调解各类纠纷400余起,成为江苏省公安系统"说理执法标兵"。

"居民的事就是我的事,社区里的居民就是我的父母长辈、兄弟姐妹。"孙燕说。

2012年2月的一次入户调查,她为一个50年的"黑户"奔波5个月,终于给其落了户。

再平常不过的户口,对杨英来说,却是那么遥不可及。1962年,杨英出生在山城重庆一个偏僻小村,甫一落地,父母便遭遇意外,双双离世。她是吃百家饭、穿百家衣长大的,没有人想到要为这个可怜的女孩落个户口。19岁那年,杨英离开家乡,辗转青海等地打工,认识了无锡青年阿康,两人从相识到相恋,组成家庭。1983年,阿康携妻子回到老家华庄,育有一双儿女。杨英夫妻恩爱,家庭幸福,唯有户口始终是她的心病。没有那一纸户口,从某种意义上来说,她就是个"黑户",人前人后抬不起头。

杨英吃尽没了有户口的苦。她与丈夫一张床睡觉、一口锅吃饭几十年,只能是事实婚姻,办不了结婚证。在厂里辛辛苦苦工作,她无法享受社保、医保等基本待遇。外出旅游不能乘飞机、住旅馆。眼看家中住房要拆迁,没有户口,在安置上肯定也受影响。她愁得整夜睡不着觉。这么多年,她尝试着报过户口,无奈重庆方面没有任何有关她的信息资料,只得不了了之。

2012年春节前,孙燕来到杨英家。杨英看着这个年龄与自己女儿一般大的年轻女警,顿生亲近,突然有了倾诉心事的冲动。

"杨阿姨,这么多年难为你了,总有办法解决的。"孙燕的话让杨英心中升腾起希望。

50年未报上的户口要办,确实不是件易事。孙燕做足了"功课"。她向上级户政部门汇报,寻找解决途径。一次次找杨英了解情况,走访其家人、邻居、社区干部、单位领导,形成其在无锡工作、生活30年的证据链。电话、邮件、短信,联系杨英出生地派出所,找到她远房亲戚和早年的村邻核实身世。当地派出所出具了相关证明,亲戚、村邻寄来证言。孙燕拎着一大摞材料来到户口审批部门。因情况特殊,细节不清,材料多次被退回补充。孙燕不厌其烦,一次次跑,一次次补。

2012年7月11日,是杨英此生难忘的一天。这天,孙燕给她送来崭新的户口本和居民身份证。她激动得热泪盈眶,逢人便讲:"我有户口了,我有身份证了。"

孙燕把心交给群众,群众把她记进心里。但凡她下地区,居民争着拉她到家里坐坐,拉拉家常,说说心里话。后来,她调离社区,提拔到其他派出所当教导员,居民们仍想着她。

又是一年除夕,窗外,爆竹声声,烟花璀璨,电视里,一年一度的春晚直播即将开始。孙燕的手机提示音不时响起,水乡苑社区居民的祝福短信、微信信息不断。那由衷的祝福,亲切的问候,深深刻在孙燕的生命里。

她的故事还有很多,而且她还年轻,还将有许多新故事等着她去主演。

补记　双警家庭甘苦自知

巧得很,我写的 4 个女警,都是双警家庭。她们的丈夫都是奋斗在公安基层一线的警察。作为警察,她们巾帼不让须眉,英姿飒爽,顽强勇敢;作为警嫂,她们家庭和事业一肩挑,如鱼饮水,冷暖自知。

当今社会有一句流行语,"男人负责赚钱养家,女人负责貌美如花"。可这对女警来说,是那么的遥不可及。双重身份的背后,是责任、担当、付出;双警家庭的坚守,是相知、相爱、相融。

徐蝶的另一半老姚在分局工作。徐蝶说:"多亏找了个同行,人生这条路才能一起走下去。"徐蝶和老姚是警校同学,同届同班。毕业后,老姚展开求爱攻势。徐蝶想,找个同行也好,共同语言多。1988 年,两人携手走进婚姻。

他们的婚姻生活充满职业气息。徐蝶在刑警队,一上案件,十天半个月不回家是常事。老姚在预审部门,遇到难缠的对手,僵持战那也是没日没夜。微信没有问世时,夫妻间常常靠电话沟通。好在两人明智,新婚蜜月一过,便挤进徐蝶父母家,这一住就是 18 年。柴米油盐,杂七杂八的家务事,都由老人承担了,直至他们的儿子长大,上了大学。

徐蝶虽然是个"女汉子",但她懂得维护家庭。她的微信昵称叫"平淡阿姨"。在朋友圈,她会晒晒一家人幸福出游的照片,老姚的"开心农场"、烧的家常菜,也会不时"秀秀"。

谈璎担任派出所所长时,爱人肖冰在侦察大队当大队长。工作的性质决定了两人的聚首时间不多。但只要两个人都在家,便抢着做家务,扫地抹桌,买菜做饭。他们的儿子长期随爷爷奶奶生活,肖冰的父亲是个老警察,儿子刚出生,正遇爷爷退休,孩子成了老人的小尾巴。爷爷教育孩子很有方法,既不娇宠,也不严苛。从幼儿园到小学、初高中,都是爷爷奶奶、外公外婆轮流接送。谈璎和肖冰也会千方百计挤时间带他逛逛书城,看看电影,出去旅个游什么的。

虽说自古忠孝难以两全,但女儿、媳妇的责任还是要尽的。一有时间,谈璎就会回家看望双方老人,说说话、聊聊天。4位老人的生日,她都记在心里,无论谁的生日,都会送上一张贺卡,一捧鲜花,一只蛋糕。

"80"后小珏、孙燕都是家中的独生女,她们虽新潮、时尚,但不失传统。她们对家有深深的眷恋和渴望。

小珏自打结婚后便与公婆同住。公公尚在职,婆婆既要带孩子,又要操持家务,着实不容易。小珏得空就陪婆婆逛街尝美食,时不时买个小玩意,搞点小惊喜。无论白天多忙,晚上总是把照料女儿的任务接过来,让婆婆睡个安稳觉。婆婆见人便称儿媳比女儿还贴心。

2018年,孙燕生了二胎,又是个儿子。不久,她调到新成立的经济开发区分局。新单位,一切得从头开始,各种事务如一团乱麻,天天起早贪黑。当刑警的丈夫忙着扫黑除恶,抓捕逃犯,更顾不上家。夫妻商量着贷款换了大房子,把双方父母4个老人"团结"到一座屋里,既方便照顾两个小男孩,又能抱团养老。

数据显示,截至2020年初,无锡公安系统有200余个双警家庭。衷心祝愿双警家庭及所有的警察家庭幸福美满、恩爱永远!

曾泉 运筹反劫持现场

铁骨兄弟

峥嵘岁月何惧风流

第五章

面对负隅顽抗的毒贩,他,右手紧紧握住锋利的刀刃,吓得毒贩尿了裤子;抓捕穷凶极恶的抢劫歹徒,他,一马当先,差点搭上性命;劫持人质现场,刀光剑影,子弹呼啸着擦过他的腿部;5万多发子弹"喂"出的狙击手,他,临危受命,刀尖下救出祖孙俩;排爆拆弹10余年,他,时时命悬一线,生死线上一次次化险为夷。

深夜,繁华街区酒吧内,所有客人被劫持为人质,其中包括刑警钟文和他的女儿苗苗。劫匪是酒吧老板武江,他以人质威胁,要求释放一名在监狱服刑的罪犯。面对情与法的考验,生与死的抉择,钟文与劫匪斗智斗勇,成功化解危机,解救了全部人质。

这是由成龙主演的电影《警察故事2013》里面的场景。影片中的钟文功夫过人,枪法精准,高空坠落,旷野追车,铁轨对决……

现实中的警察虽无上天入地、翻江倒海的神功,但也胆识非凡,身手敏捷,百步穿杨。他们跟穷凶极恶、铤而走险的亡命之徒搏斗时,拼得出性命;跟阴险狡诈、诡计多端的不法之徒较量时,斗得赢智商。

生命对任何人来说,都只有一次。世上没有不怕死的人,可"当警察,危急时刻就要挺身而出,随时做好牺牲的准备",我的警察兄弟如是说。

晓　峰：
手握利刃吓得毒贩尿了裤子

最感动的事

晓峰最感动的事,是面对穷凶极恶的毒贩,他们这个警队从未退缩,哪怕是流血负伤,甚至献出生命。

"三子,20 分钟后硕放某小区门口见面,一手交钱,一手交货。"晓峰接到电话时是 2014 年 5 月 7 日下午 4 点,来电者叫"小燕子",一个女毒贩。

"集合,出发!"晓峰一声令下,教导员丁俊钧、副大队长蒋小伟、民警居上和刘军冲下楼。两辆私家车静候院子。汽车一前一后驶出分局,直奔硕放。

"接头地点改在广益汽配城。"汽车驶出 5 分钟,对方变卦。

"真狡猾!"晓峰拨转方向盘,紧急变道调头。他车技娴熟,每次执行任务都抢着驾车。

4 月初,晓峰得到一条线索,"小燕子"在苏州兜售毒品,一些无锡瘾君子趋之若鹜。"小燕子"只是浮在面上的小鱼小虾,幕后操纵者是个四川籍男子。此人放话:"货要多少有多少,必须到苏州交易。"

"能不能把这伙人钓到无锡一网打尽呢?"晓峰眉头一皱,计上心来。他以无锡毒贩"三子"的身份,频频与"小燕子"联系。"小燕子"和她的幕后老板果然上钩。5月6日接到"三子"想购200克冰毒的电话,约定第二天来无锡走一遭。

"来可以,回去就别做梦了"!是时,晓峰当警察17年,从事缉毒工作14个年头,担任禁毒大队的头儿4年多。

"我们在黄巷水果市场门口。"去汽配城途中,"小燕子"又更改地点。水果市场尚未到达,则称在西漳天一城等他们。

看来对方人是来了,但心里没底,怕中套,故再三试探。"做生意讲的是诚信,你们这样一而再、再而三地忽悠人,算了,不玩了。"晓峰佯装生气,要取消交易。他有把握,对方是不会放弃将要到嘴的肥肉的。

"兄弟,别介,小心为妙嘛。晚6点在惠山大道明发广场接头,不见不散。""小燕子"打招呼。

明发广场是个时尚综合街区。晚6点,太阳公公下山"休息"了。这天是星期三,广场上休闲的人群三三两两。惠山大道上车辆穿梭,下班的人们赶着回家。

"我们已到广场。"晓峰给"小燕子"去电。

晓峰边驾车,边与"小燕子"保持通话,眼睛也没闲着。车至惠山大道明发广场路段,瞧见有辆挂外地车牌的"比亚迪"停在广场围栏边。"盯住那车!"副驾驶座上,一个二十七八岁的女子正举着手机与人通话,驾驶座上是个年轻男子。

"三、二、一!"晓峰发出抓捕信号。脚下油门一踩,车子倏地窜到"比亚迪"前面。刘军会意,驾车往"比亚迪"后面一顶,形成前后夹击之势。

"比亚迪"见情况不妙,油门一加撞向晓峰的车子。晓峰牢牢拉住刹车,刘军死死踩住油门。"比亚迪"一次次发动进攻,晓峰的车子几次差点被撞翻。最后"比亚迪"放弃了徒劳挣扎。

"我们是警察,请下车接受检查!"丁俊钧、居上跳下车,分头守住"比亚迪"两侧车门。

"小心,有枪!"驾车男子眼见难以脱逃,从驾驶座下取出把枪,晓峰从后视镜中看到,马上警示兄弟们。驾车男子举枪便打,子弹射在车内顶棚上,再打,卡壳。

驾车男子慌了,拼命往后倒车。刘军加足马力牢牢顶住,晓峰则调整位置堵住去路。

"这是在拍大片吗?"有人发现了马路上的异常,人越聚越多。

"兄弟们,顶住!"晓峰清楚,"比亚迪"一旦夺路,必伤无辜。

一场恶战在所难免。如此惊险的抓捕场面,晓峰不知经历过多少回。贩毒者大多是亡命之徒,这些人刑法"学得好",知道贩卖海洛因、冰毒达10克,就面临7年以上有期徒刑,达到一定量便要掉脑袋。在暴利诱惑下,他们依然飞蛾扑火般"前仆后继"。一旦"走麦城"遇到警察,常常狗急跳墙,暴力拒捕。所以,缉毒警遇到危险的概率之大,是其他警种无法比拟的。刀尖上的舞者,形容的就是缉毒警察。

晓峰是警队公认的"拼命三郎",为了天下无毒,他真是豁出去了。

那年盛夏,三十八九度的高温,烤得人发晕。经过一个多星期的跟踪守候,晓峰终于捕获毒贩范三。可范三像粪坑里的石头又臭又硬,任你磨破嘴皮,就是不开口。

"别以为不说就拿你没办法。"那时,晓峰虽当缉毒警才一年多,但对毒贩的套路已门儿清。抓捕范三的行动是保密的,不信其同伙不联系他。他把范三的手机放在桌上,定定心心盯着手机等它响起来。

"你是我的玫瑰,你是我的花……"手机音乐响起,范三慌了,伸手欲抢。哪能让他得逞,晓峰早抓在手里,还不忘调侃一句:"同伙吧!"

"老范,哪去了?到处找不到你人。"一个男子在电话里大声嚷嚷。讲了半天,无人应答,对方心知不妙,慌忙挂电话。

"快!"晓峰与兄弟们驱车出击。循线追至太湖大道西园里路段的公用电话亭。只见范三的女友阿兰正在焦急地拨打电话,电话亭旁,停着一辆未熄火的小车。

见有人靠近,阿兰扔掉话筒,钻进轿车后座。

"警察。停车接受检查。"晓峰冲到车前,亮出警官证。

"警察?"司机一愣,随即加速撞向晓峰。晓峰敏捷地一个弹跳,扑上小车引擎盖。司机未料到这一招,紧急调头,车辆呈之字形加速行驶,企图把晓峰甩下车。太阳火辣辣,引擎盖滚烫滚烫,晓峰左手紧抓反光镜,右手捏住雨刮器,上半身伏在引擎盖上,一条腿贴住车身,另一条半拖在马路上。

小车发疯似的狂奔。鞋掉了,裤子、袜子磨破了,腿上有鲜血渗出,但晓峰与车头连成一体,纹丝不动。兄弟们飞车堵截,终将小车逼停。司机战战兢兢下车,束手就擒。这个四川籍毒枭,在毒圈里以凶猛闻名,遇到晓峰这样不怕死的警察,他也是作恶到头了。

"上线"落网,范三再无心抵抗,开口交代贩毒关系网,一下拎出12名涉毒人员。

十几年缉毒生涯中,晓峰被车撞过,被刀砍过,还被艾滋病患者咬过。

一年冬天,晚上,晓峰扮成吸毒人员到郊外与毒贩接头交易。寒风凛冽,割在脸上生疼。晓峰裹紧棉袄,沉静地走进毒贩指定的拾荒人留下的破屋。毒贩交易心切,已先一步候在破屋,见晓峰只身前来,幽灵般从屋角窜出。货款两讫,乘其往口袋里装钱之际,晓峰猛然出手,一把钳住毒贩手腕。这个毒贩也非寻常人,身子往下一蹲,从裤袋里掏出锋利的匕首朝晓峰刺来。晓峰眼明手快,右手一把握住锋利的刀刃,连眉头都不带皱一下。鲜血顺着刀刃一滴一滴往下掉。

"我输了!玩不过你。"毒贩败下阵来,脚下湿漉漉一片,尿裤子了。接应的兄弟们赶到,将晓峰送到医院。他的掌心拉出长长一道口子,肌肉外翻,缝了十几针。

还有一次,晓峰和兄弟们到城区某宾馆抓捕一伙"溜冰"(指吸食冰毒品)的,有个"溜冰"的眼看逃不掉了,抱住晓峰的胳膊狠狠咬下去,一排牙齿印渗出血珠,触目惊心。此人落网后自称有艾滋病。一查,属实。晓峰别提多郁闷了。查了几次,还好,都是阴性。想想也后怕呀,万一"中奖",

麻烦就大了。

有晓峰这样的榜样在先，禁毒大队里没有一个"怂货"。再回到围堵"比亚迪"的现场。年逾五旬的居上手持电警棍机智地迂回到"比亚迪"驾驶座一侧。歹徒右手持枪，左手抢夺警棍，脚下还要踩油门。乘其手忙脚乱之际，居上眼明手快，把枪夺了过来。歹徒急眼了，攥住居上的右手腕张嘴就咬，居上忍痛用左手拼命按住歹徒的头部。同伴赶来，合力将其制服。几乎同时，丁俊钧、蒋小伟一左一右拉开"比亚迪"后车门，给"小燕子"及一名同伙上了铐。目睹这场恶战的群众报以热烈的掌声。

这场恶战的战利品可不少，共缴获冰毒200克、自制手枪1支、砍刀6把、电击器1个。毒贩发出一声哀叹："早就耳闻无锡缉毒警厉害。这次冒险来锡，事先喝了瓶黄酒壮胆，还是栽了。"

最得意的事

晓峰最得意的事，是自己长得像特型演员，适合出演毒贩、马仔、瘾君子之类角色。

"没想到你是个警察。"讯问室里，得知面前这个警察就是多次与她在电话里"洽谈生意"的"三子"，"小燕子"不要太沮丧。也不怪她，"吃宵夜吗？""猪头肉（指冰毒）"之类的毒圈"黑话"，晓峰说得那个溜，不由人不信。

侦办毒品案件与普通刑事案件不一样，全靠"找米下锅"。现场缴获毒品、人货俱获是办案关键。跟踪、卧底既是缉毒警的基本功，也是家常便饭。影视剧里经常有警察打入贩毒团伙内部卧底的桥段。晓峰自嘲："我长得又高又瘦，背微驼，腿罗圈，脸色灰暗，扮演毒贩、马仔、粉友（吸毒者）正合适。"

晓峰清晰地记得第一次卧底的情景。那是2001年冬天，一个叫阿昌的重庆籍毒贩折了，交出"上线"崔东。如何钓出这条大鱼？晓峰决定当次卧底。他跑到戒毒所"体验生活",与戒毒者同吃同住一个星期。在看似不经意的闲聊中,把行规、黑话等等,弄了个明明白白。

据阿昌称,崔东从未现身,每次交易都是马仔登场。晓峰说服阿昌当他的马仔,自己则扮成财大气粗的老板。阿昌与崔东电话搭上线,几番来去,崔东答应见面。

月黑风高夜,废厂房内,晓峰与崔东短兵相接。

"在道上多少年了?"这是个五大三粗的中年男子,北方口音,声音低沉,透着杀气。崔东谱不小,6个马仔双手插口袋,分两列站其身后,不消说,口袋里有家伙。二比七,晓峰明显弱势。

"半年。怎么?信不过?"晓峰长得不咋,气场却不小。他睨了对方一眼,慢条斯理开了口,话语中透着霸气。他掏出烟盒,抽出两支烟,一支扔给对方。"马仔"阿昌凑上一步,为他点燃香烟。

"我来无锡好几年了,怎么在圈里没见过你?"老奸巨猾的崔东再次试探。

"相识是缘。以前没见,可能是没缘,不等于我不在圈里。"晓峰不卑不亢。

"我只做熟人生意。"崔东喷出一溜烟圈。

"好啊,大路朝天,各走一边,算我看错人。走!"晓峰转身便走,阿昌亦步亦趋。

"兄弟,火气不小啊,我喜欢。别生气,我是怕遇上雷子(指警察)嘛。你要多少?"崔东放松戒备。

"100克海洛因!"双方谈定价格、交易时间、地点。

结局很圆满,崔东一伙被引进伏击圈,当场缴获100克海洛因。一个经营多年的贩毒团伙彻底毁灭。

初次卧底成功,晓峰很有成就感。后来,他扮过毒贩、马仔、粉友、快递小哥、宾馆服务生、酒吧侍者,身份百变,扮什么像什么。一般人眼里,卧底神秘刺激,甚至好玩。那是电视剧看多了。真正的卧底行走在枪口刀尖,哪次不是险象环生、生命作赌!

有年夏天,晓峰接到举报:"芦村地区一家小旅馆里经常有毒品交易。"线索很模糊,真假难辨。宁信其有,不信其无。晓峰与几个兄弟拎着行李箱住进旅馆,人们以为是小生意人。要的便是这个效果。

晓峰他们敲开一间间客房,见人就发香烟、推销产品,眼睛却聚焦房客脸部。吸毒者的眼睛跟常人不一样,常人瞳孔豌豆般大,刚吸过毒的人,瞳孔会缩小到芝麻大小,而毒瘾发作时,瞳孔又会比常人增大一倍。

三四天下来,情况大致摸透,五六个"溜冰"的躲在旅馆里避暑度夏,逍遥快活,每天有人上门"送货"。那天,眼瞅着送货人走进旅馆大堂,乘电梯上了5楼。该收网了。

毫无悬念,聚集"溜冰"的被逮了现行,可送货人却没了踪影。旅馆前后通道均有人把守,难道遁地了不成?晓峰不甘心,自上而下,一个个楼层往下找。寻至3楼,有间客房门倏然打开,探出个脑袋,差点与晓峰脸贴脸。

"不好!"那人赶紧缩回脑袋关门。说时迟,那时快,晓峰一脚踢开门,扑过去将其按倒在床上。仔细一瞧,乐了,此人是"老熟人"李三,曾因贩毒栽在晓峰手里,坐了3年牢,刚出狱。

"我没干坏事!"李三拼命挣扎。

"干没干坏事你自己清楚!"晓峰左手按住对方,右手掏铐子。李三猛一打滚,抢得晓峰搁在床头柜上的电警棍,夺路而逃。晓峰追出去,在过道里把他扑了个嘴啃泥。丧心病狂的李三挥舞电警棍疯狂击打晓峰的大腿。"抓坏人啊!"晓峰死死揪住李三不放,客房服务员吓得躲在角落里发抖。兄弟们闻声赶来,夺过警棍,将李三铐了个结实。晓峰从地上爬起来,一阵剧痛,差点摔倒,低头一看,裤子被电了个洞,左腿一片红肿,水泡连水泡。

尽管险象环生,遇到任务,晓峰总是冲在最前面。

2009年11月,他乔装"瘾君子",与毒贩巧妙周旋,抓获大小毒贩16名,缴获海洛因800克,毒资10万元。

2011年3月,他单刀赴会,毒巢探险,连破两起江苏省公安厅督办的贩毒大案,缴毒千克。

"毒贩身上常常带有凶器,太危险了。"我替他担忧。

"危险肯定是有的。这些年公安大练兵,练了不少防身术,能应付。最怕的是对方要'试货'。"

有次,晓峰扮小毒贩从"上线"那购货。对方非常狡诈,数次更换地点。正式交易时,竟拿出一小撮白粉对晓峰说:"按道上规矩,试下'货'。"

"对缉毒民警来说,这是极大的考验。"晓峰说。如果直接拒绝,对方必定怀疑。如果吸了,那是侦查纪律绝不允许的。曾有外地同行因此染上毒瘾,生不如死。

"行,我今天就是想来买点好东西的。"晓峰边说边伸出手,手中装钱的包"不经意"掉落在地,一捆捆百元大钞滚落。毒贩见钱眼开,不再逼他试货。乘其数钱当口,埋伏在外的兄弟冲进来,把"上线"给抓了。

前面说的那场街头恶战结束,一队人马凯旋。晓峰有惊无险。截车时,几次险些翻车,车身伤痕累累,人没事。倒是他的兄弟,居上空手夺枪,手臂受伤,丁俊钧右手无名指骨折。市局、分局领导慰问,媒体记者采访,网络实时发布,电视台连夜播报。热闹结束,谁也不肯回家休息。办案件,贵在趁热打铁,乘胜追击。笔录做完,证据在握,罪行坐实,才算完美。

一夜辛苦,查明持枪毒贩张兴系团伙头目,33岁,重庆人;"小燕子"真名卢燕,江苏盐城人,系张兴女友;马仔赵明。3人交代了结伙贩毒的犯罪事实、藏毒地点及同伙。晓峰他们火速赶到苏州,抓获另两名同案,查获冰毒2250克。

最内疚的事

晓峰最内疚的事,是妻子生产未能陪伴左右,父亲重病未能尽孝床前,还整天让他们担惊受怕。

天蒙蒙亮,晓峰拖着疲惫的身躯往家去,他已一个星期没有归家。轻轻开门,屋里静悄悄的。北屋房门紧闭,那是儿子——的卧室,——仍在梦乡。南屋主卧房门虚掩。他蹑手蹑脚洗了澡,推开房门,惊讶地发现妻子小楠正倚在床头看书。

"回来啦?快让我看看。"小楠在电视新闻里看到了那场枪战,担心得一宿未眠。见到丈夫,浑身上下摸了一遍,没伤,悬着的心放了下来。

"现在装备好,不会有事的。"晓峰总是用这句话安慰小楠。头刚挨着枕头,呼噜声便响起。他太累了。

"我是警察,也是普通人,也有家庭。说起家庭,我深感愧疚。新婚时,我没休婚假去当卧底;儿子出生时,我在抓捕毒贩现场;父亲肺癌手术时,我正侦办公安部督办的毒品大案。我是一名缉毒警,我的职责是尽可能减少毒品对社会、对人民群众的危害,我必须不惜一切地做好本职工作。欠家庭的,我以后还!"2014年11月2日,晓峰当选"江苏最美警察",这是他的获奖感言。

晓峰或许算不上是个好丈夫、好爸爸、好儿子,但他是称职的、优秀的、杰出的人民警察。他获得一串串荣誉,无锡公安系统"杰出民警","江苏最美警察","全国先进工作者"……

晓峰,大名金晓峰,1976年12月出生。晓峰自幼体弱、瘦削,成年了还是这样,说好听点是精干,但这并不影响他圆警察梦。1997年,当梦想成为现实,穿上崭新的警服,他高兴极了。他在派出所当刑警,天天忙案子。2000年新年伊始,一纸调令把他调到分局新组建的禁毒大队。缉毒警是个新警种,他找不到感觉,整天丢了魂似的。不久后,他参与侦破了一起贩毒大案,很快爱上这个岗位。从此,风霜雨雪,困难挫折,甚至负伤流血,他痴心不改。

他和小楠是自由恋爱,两人性格互补。晓峰属于内敛内秀、稳重寡言那种,小楠则开朗大方、温柔达观。家庭生活美满,婚姻的小船很平稳。结婚后,家人曾劝他换个岗位,说是缉毒工作太危险。尽管家人不完全了解缉毒警,但肯定看过缉毒片,其中最有代表性的如《永不瞑目》《毒战》。家人的心情可以理解,但对他来说,缉毒不是一份工作,而是一份职责、责任。他看到过因吸毒过量倒毙厕所的,看到过因吸食毒品家徒四壁、家破人亡的,还看到过吸毒致幻,在街头拿刀砍人的……毒品不绝,社会不安。而为了缉毒负伤流血,甚至因公殉职的情况屡见不鲜。

小楠倒是没劝他换工作,自从有了一一,只是劝他挤时间多陪陪儿子。小楠爱着丈夫的爱,忧着丈夫的忧。谈恋爱时就没有花前月下,还多次被放鸽子。刚拿起筷子吃饭或电影看到一半,电话一响,晓峰丢下一句"对不起"就走了。她义无反顾嫁给晓峰,是因为他是个有担当、有责任感、有大爱的人。他们2002年结的婚,新婚第三天,晓峰就上了案子。2004年秋天,儿子一一出生,也是小楠的爸妈陪在身边。那天,晓峰坐飞机去广州抓毒贩,一去就是十几天。任务完成返锡,晓峰直奔丈母娘家,抱起呼呼大睡的儿子就啃,一边对小楠甜言蜜语:"老婆,辛苦了,你是大功臣。"望着满脸幸福的丈夫,小楠一肚子怨言顿时消失。小楠也有自己的工作,还是单位里的骨干,一一的生活起居、学习,全靠外公、外婆悉心照料。

有天晚上,小楠见一一坐在那发怔。原来老师布置命题作文《我的爸爸》,可一一只知道爸爸是个经常不回家的警察,具体干什么不知道,无从下笔。

"你能抽空回趟家吗?"小楠给晓峰发了微信。晓峰匆匆回家,得知详情,十分内疚。是晚,他与儿子像朋友一样深谈很久。后来,一一的作文《我的爸爸》得了高分,晓峰成了儿子的偶像。一一在作文中写道:"长大我也要当爸爸那样的警察!"

儿子成长过程中,需要父亲的力量,母爱代替不了父爱。晓峰只要在家,都会抢着送一一上学,虽然这样的机会不多。有年春节,一家人去看了场电影《虎虎生威》,讲的是喜羊羊和灰太狼的故事。父子俩笑得那个开心,小楠心里温暖又欣慰。

忙点累点不算啥,寂寞也是难免的,但小楠最担心的是晓峰的安全。

丈夫的工作性质，小楠还是从媒体报道上了解的。晓峰从来不跟她多说，问他，也是三言两语，轻描淡写。就说那次被电警棍烙了那么大一片红肿水泡，他的解释是"吸烟不小心烫的"。她心里明白不是这样的，成天为丈夫提心吊胆。日有所思，夜有所梦。晚上，只要晓峰不在家，她就噩梦连连。经历了无数个噩梦连连的夜晚，她对噩梦的恐惧慢慢减少，担心与牵挂与日俱增。

有一天，同事拿来张报纸，紧张兮兮："小楠，快看，你老公被人砍了！"她顿时眼前发黑，晓峰已快一个月没回家了，难道遭遇不测了？她抢过报纸，三两行看完，方知晓峰他们在围捕毒枭时，对方用弹簧刀乱刺，刀尖从晓峰身上划过，把厚厚的羽绒服划了个大口子，羽绒纷纷扬扬。

"晓峰，还好吧？"小楠心有余悸，给晓峰打去电话。

"老婆，没事，忙着呢，晚上回去再说。"

"老婆，我是金刚不坏身，刀枪不入。"当晚，晓峰回家，神情淡定，语气轻松。只是那件羽绒服没带回来。

小楠不指望晓峰帮她分担家务，更不奢望他能陪她度过一个个孤独长夜。只希望丈夫平安无事，等有一天老了、闲了，手拉手一起去看世界。

2015年9月，金晓峰调任戒毒所所长，岗位变了，任务没变，只是兵刃相接变成了无形的刀光剑影。看来，他这辈子注定与毒"有缘"了。在缉毒一线，晓峰见过太多毒品使人变成魔鬼的悲剧。有个画面在他的记忆里一直抹不去。一对夫妻双双染毒，以贩养吸。凌晨，晓峰带人入室抓捕，惊醒了他们5岁的儿子。小男孩蜷缩在一堆烂棉絮里，惊恐无助，哭着恳求："警察叔叔，别抓我爸爸妈妈。"晓峰把男孩紧紧抱在怀里，安排人连夜送到其爷爷奶奶家。毒品这个魔鬼，它让人性沦丧，亲情丢失，骨肉分离。他在心中发誓，不仅要缉毒务尽，更要尽力挽救被毒品荼毒的人们。

晓峰怀揣美好愿望走上新岗位，用真情、真诚去挽救那些在毒渊中苦苦挣扎的人。谁说这不是另一个艰苦的战场呢？

石　头：
身中三刀仍紧紧抱住歹徒

医生："再捅深点，人当场就没了"

下午1点，无锡市人民医院手术室，一场与死神的赛跑正在紧张进行。无影灯下，医生神情严肃，止血清创、血管再接、缝合……接受手术的是一个叫石纪刚的警察，时年34岁，无锡市公安局技侦部门侦查员，昵称"石头"。

"石头，挺住！"

"石头，你是好样的！"

"石头，歹徒抓住了，你放心！"

……

领导、战友守候在手术室外，默默为石头祈祷。

石头是在抓捕一伙抢劫歹徒时负伤的，身中三刀，刀刀要害。其中两刀刺穿腹腔，伤及内脏，差那么一点点，肠子就破了；还有一刀捅在大腿上，深达4厘米，再深一点点就是股动脉，如股动脉捅穿，人当场就没了。

事情发生在2007年11月24日那天。周六，晴空万里。早饭后，儿子霖霖非缠着石头去公园。也难怪，石头都记不得上次陪儿子玩是哪一天了。难得好天气，难得休息在家。

"好，我们去公园。"

"出去玩喽!"霖霖欢蹦乱跳,兴奋异常。

"石头,那起敲诈勒索案有线索了,快来队里。"一家人收拾整齐,正欲出门,大队长来电。石头内疚地看着妻儿。

"你去吧,我陪儿子去公园。"妻子芳芳倒是理解,霖霖嘟起小嘴,不乐意了。

"儿子,下次,下次老爸一定说到做到。"石头边说边闪人。

江南初冬,阳光柔柔的,少了夏天时的肆无忌惮,多了含蓄如水的宁静。大街上人来人往,人们尽情享受阳光、享受生活。在这样美好的季节里,4个歹徒窜来这座江南名城,带来肃杀之气。

这伙歹徒来自浙江温州,个个胆大妄为、穷凶极恶。4天前,即20日深夜,4人蛰伏温州一居民区的地下车库,拦截一辆晚归的白色别克凯越轿车,用尖刀抵住车主脖子,劫得现金、手机、银行卡等财物,并抢走车钥匙,开上别克车逃窜。

温州警方围追堵截,撒网擒匪。24日中午获得重大信息:歹徒驾车逃往无锡方向!电波把一纸紧急协查通报传送到无锡。

"迅速布控、抓捕,绝不能让歹徒作恶无锡!"全城警察出动。

"锁定行踪,围捕疑凶。"中午11点45分,刚走进食堂的石头接到指令,与战友紧急出发。

这是辆普通民用牌照的桑塔纳轿车,在车水马龙的街头不显山不露水的。一身便衣的石头坐在副驾驶座上,双眼警惕地注视着来来往往的车辆和马路两边的情况。据通报,歹徒是驾那辆白色别克凯越车潜逃来锡的。

"看那里!"桑塔纳车行至沁园新村路段,石头眼前一亮。路边洗车场停着辆白色别克凯越轿车,一男子在使劲擦车,仨男子站在路边抽烟,年龄都是20岁出头。无论是车,还是人,都与温州警方发来的紧急协查通报相符。

"指挥中心,指挥中心,目标出现在沁园新村洗车场,请求增援。"石头用对讲机报告情况。为确保万无一失,绝不可贸然实施抓捕行动。

"严密监视,掌握动态,伺机抓捕。增援警力马上到!"公安指挥中心迅速调兵遣将。

石头他们密切监视嫌疑人的一举一动。嫌疑人驾车驶上金城路,不一会,拐进五星家园小区门口广场,停车熄火。三人晃进台球室,留下一人望风。

增援警力尚在途中。望风那人人高马大,满脸横肉。只见他点燃一支烟,寸步不离守在车旁,关注着周围动静。烟抽了半截,他似有不祥预感,扔掉烟蒂拔腿就逃。至于同伙,顾不上了。

"不好!要逃!"石头跳下车,箭一样冲过去,纵身一跃,扑住歹徒。歹徒怎甘就擒?从靴子里抠出把锋利的尖刀对石头一阵乱捅。石头觉得腹部、腿部似有无数条热乎乎的小虫子在爬,他知道那是血,流淌的血。意识渐渐模糊,可他咬紧牙关,用尽洪荒之力紧紧抱住歹徒。歹徒试图挣脱,在水泥地上连打五六个滚,身后留下一条血路,石头就像长在其身上似的甩不掉。这一切发生在瞬间。战友冲上去,增援警力也赶到,行凶歹徒被生擒。

外面打得这么热闹,台球室里3个嫌疑人浑然不知。几十名警察从天而降,一个个傻了眼。

救护车急驰而来,战友把石头抬上车。迷迷糊糊中,石头想:"应该给芳芳捎个信。还有妈妈,年纪大了,不能告诉她。"可他实在没有了张嘴说话的力气。那歹徒身高1.8米,体重100公斤,一身蛮力。而他,个子不到1.7米,体重70公斤不到,关键时刻,靠的是勇气。

石头是幸运的,阎王爷不肯收留他,死神与他擦肩而过。神勇的人可能鬼都害怕。

"这个警察太厉害,死都不怕。"进了局子,那个疯狂一时的凶徒老实了。这四人正是温州抢劫大案的始作俑者。在他们身上,搜获匕首、尖刀、自制手枪等作案凶器。他们在温州劫车仅仅是作恶的开始,携枪带刀来无锡,是预谋抢劫去银行取款人员,抢不成便准备杀人劫财。没想到,刚踏上无锡土地,便撞上坚硬的"石头",罪恶因此中止。

妈妈:"儿啊,你可得给我好好的"

傍晚,儿子的同事上门,石头妈妈就有一种预感,"石头出事了!"她没有问,是不敢问。她颤颤巍巍下楼,坐进车,一路缄口不言。汽车停在医院门口,她强撑着,心里一千遍一万遍默念:"儿啊,你可得给我好好的,爸妈不能没有你,芳芳和霖霖不能没有你啊。"

石头妈妈跌跌撞撞来到手术室,护士正推着手术床出来。手术床上那个脸色苍白、双目紧闭的人,正是石头,她的儿子。

"儿子,你怎么了?你醒醒啊!"她半跪在床前,泪雨倾盆。

"阿姨,石头刚做完手术,麻药劲没过。您放心,石头没事。"石头的领导一把扶起她。手术持续了4个多小时,直至确认脱离危险,他们才接来石头妈妈。

"真是老天保佑啊!"石头妈妈瘫坐在手术室门口的椅子上,浑身上下没有一丝一毫力气。

石头不是第一次负伤,他的父母、妻子也不是第一次担惊受怕。他的背上有一道长达20厘米的刀疤,那是另一起抓捕行动留给他的"纪念"。

那年,石头参与侦办黑恶势力团伙犯罪案。一个多月风餐露宿,才弄清疑犯窝点是常州市武进区一家偏僻小旅馆。

漆黑夜,石头和战友们前去执行抓捕任务。七八名涉黑人员哪肯轻易就范,他们持砍刀、铁棍乱砍乱打,冲在前面的石头背部被大砍刀划过。涉黑人员悉数归案,石头背上添了道醒目的刀疤。

石头勇斗歹徒光荣负伤的消息经媒体报道,在锡城引起强烈反响,市民们为这座城市有这样英勇的警察而骄傲、自豪,纷纷自发涌向医院看望石头,祈祷他早日康复。局里组织连续报道,我前去采访石头爸妈。

"从儿子选择当警察起,我们就知道这个职业是危险的。"石头妈妈对我说。石头爸妈的担心不无道理。石头是父母的命根子。他原本有个哥哥,但因意外过早离世。石头有个姑姑,也在政法部门工作,在查处一起非法集资大案中因公殉职。哥哥的早逝和姑姑的牺牲,是石家人永远的痛。

姑姑是石头的偶像,他从小就立志当警察。1997年7月,24岁的石头电大毕业,适逢市公安局向社会招警,他兴冲冲赶去报考并考上了。消息传来,父母非常纠结。他们尊重儿子的选择,但从此多了心惊胆战。

因其内秀、内敛的特质,石头被技侦部门选上。刚踏上技侦战线,石头豪情万丈。一位老前辈在岗前培训时语重心长地说:"跨进这行,要有充分的思想准备和心理准备,轰轰烈烈不属于我们,不属于这个警种。你们能留给人们的,只有背影。选择这份工作,注定默默无闻。"

背影、无名英雄,说起来好听、轻松,要坚持、坚守,不容易。当警察10年,这次差点丢了性命,他第一次从幕后走向台前。

社会发展迅猛,信息化大潮汹涌。从模拟到数字,从有线到无线,从传统电话到通信网、互联网,乃至如今步入大数据时代,信息技术在侦破刑事案件中的位置越来越重要。作为一线侦查员,不仅要有智有勇,还要有精湛的业务水平和过硬的本领。石头对新技术孜孜以求,在全省同行比武中,他多次拔得头筹,在实践中也是战功累累。因保密要求,他的许多事迹不能与外人细道。大案破获,开新闻发布会时,也只能暗地里分享一份喜悦。对技侦民警来说,哪一个不是这样,石头没觉得有什么委屈。

技侦民警的那忙、那苦、那累,也是常人所不能承受的。自从干上这行,一年365天,石头倒有一大半时间不着家。父母看着心疼,曾试着劝他换个职业。他理解父母的感受。他说,当警察,我心甘情愿。我流血,我吃苦,是为了让更多的人不受伤,更多的家庭不流泪。父母从此不再提这个话题。

石头也是懂感情、重家庭、爱父母的人,虽然做不到常回家看看,但无论多忙,每天都会打个电话给家里报声平安。话不在多,听到声音就好。

妻子:"我知道,别说话,好好休息"

那是一个冰天雪地的夜晚,奇冷。

他孤身一人跋涉在崇山峻岭中,鹅毛般的雪花漫天飞舞,一朵、两朵……山道又窄又滑,前方一个飘忽不定的黑影,时不时回头发出狞笑。

"抓住他!一定要抓住他!"他小心翼翼,一步一步努力前行。忽然,山路变成河道,黑影飘到冰封的河中央。他跳上冰面,冰面裂开,一个趔趄,坠入冰窖,冰冷彻骨……

"冷。"石头用力睁开眼睛,冷汗淋漓,颤抖不止。

"医生,他醒了。"一个惊喜的声音传来,那么熟悉,那么亲切。是她,芳芳!"我在哪里?芳芳你怎么来了?"他想活动手脚,重,手脚好像不属于他。他想翻个身,沉,巨石压身。

"石头,别动!听话,你受伤了。"眼睛红肿的芳芳按住他的手脚。

"危险期过了。"医生宣布。芳芳笑了,又哭了,泪水充溢眼眶,不过,这是高兴的泪。此时,是 25 日凌晨,距石头受伤过了十几个小时。芳芳是怎样熬过来的?

石头出事时,芳芳正带着儿子在公园里。不知咋的,右眼皮老跳。手机骤响,话筒里传来石头战友焦急的声音:"嫂子,快来医院,石头受伤了……"她把儿子送到姥姥家,赶到医院时,石头还在抢救室,生死未卜。她无助地靠在墙上。

芳芳不是不知道石头的工作危险,但她心怀侥幸,不会那么巧吧,每次都是他。没想到,又碰上了。2005 年背上挨那一刀,把她吓得不轻。她期期艾艾地对石头说,换个内勤岗位吧。石头没有直接回答她,而是给她讲了一个故事。

这是发生在宜兴的一起绑架勒索案。11 岁男孩申申在上学途中遭遇绑架,绑匪向其家人勒索巨额赎金。石头和战友先后赴浙江金华、江山,江西上饶等地寻踪觅迹。人生地不熟,饱一顿饥一顿,每天只睡两三个小时。他们着急呀,绑匪迟一天落网,孩子就多一份危险。申申是家里的独苗,孩子没了,爷爷奶奶、爸爸妈妈的天就塌了。

一个星期后的夜晚,石头他们在小山村将两个绑匪抓获。

"孩子在哪?"石头揪住绑匪的衣领。

"在、在山上。"绑匪目光躲闪。

"快!"石头有不祥预感,押着绑匪连夜上山。

"在那里面。"绑匪指着山坡上一堆新土。

"快扒!"石头与战友手脚并用,扒得指甲缝出血也不顾。

黄土扒去,裸露出一具稚嫩的身躯,正是失踪多日的申申。孩子早已没了生命体征,满脸恐惧,大眼圆睁,嘴微微张开,似乎在问:"这是为什么?"

"孩子,害你的坏人抓到了,你闭眼吧,天堂里没有大灰狼。"石头流着泪,手掌轻轻抚过申申的脸庞,为孩子合上双眼。此时此刻,他想起自己的儿子,一个上幼儿园的小淘气。从不骂人的石头对两个耷拉脑袋的绑匪爆了粗口:"畜生、人渣!"

石头对芳芳说:"我忘不掉申申那双眼睛。我曾发誓,我要尽我的力量保护好所有孩子,包括我们的儿子!"

芳芳沉默了,好久、好久。换岗的话题从此被雪藏。

"芳芳,苦了你了。"黎明,石头又一次醒来。麻药劲过去,他彻底醒了。芳芳左手攥着他输液的手臂,伏在床边睡得正香。累坏她了,这么多年,家里家外全是她。石头庆幸找了个好伴侣,只是没时间好好陪她,还时时让她担惊受怕。"对不起了。"他轻轻抚摸妻子那一头黑发。芳芳醒了。

"芳芳,我……"石头似有千言万语。

"石头,我知道,别说话,好好休息。"芳芳为石头掖掖被角。医生嘱咐,石头失血太多,要静养,不能耗神。她知道石头想说什么,丈夫心里有自己,就足够了。

在医院照料石头的日子,是他们结婚以来待在一起最长的时光。以前他总是忙,有时候几天、十几天碰不到面,说不上几句话。芳芳偶尔会觉得他不懂浪漫、不会生活。

芳芳想了很多。她仔仔细细回忆他们从相识、恋爱到婚后的生活;战友口中的石头;媒体报道的那场浴血之战;石头受伤后,领导、战友,还有市民前来看望,病房里、走廊里摆满鲜花。当她一点一点细细咀嚼、体味它们的时候,她发现,不善言辞的丈夫其实一天也不曾忘记藏在他心中的责任和爱。这种责任、这种爱是博大的、深邃的,对她的爱,对儿子的爱,对家庭的责任,也都蕴含在里面了。正是这种责任,这种爱,驱使他不顾一切地拼命工作,即使面对生与死的考验,他也没有任何犹豫。这样想着,她心中充满柔情,满足感油然而生。

生命是旺盛的,也是蓬勃的。石头挺了过来,他又生龙活虎出现在办案、抓捕现场。如今他担任了大队长,责任更大,担子更重了。

阿　朱：
煤气包点燃瞬间，他冲了上去

"没见过这样不怕死的人"

夜深沉，派出所讯问室，清冷日光灯下，所长阿朱与涉黑嫌疑人大奎的对峙已从中午延续到深夜。讯问笔录空无一字。

"你们这样做是违法的。我正正经经做生意，你们把我抓进来，莫名其妙。"刚进派出所时，大奎气焰十分嚣张，大吵大闹。

待大奎闹够了，声音越来越低，阿朱慢悠悠开了口："嚷什么嚷，你知道我们为什么抓你吗？"

"鬼知道。天底下杀人放火、偷盗抢劫的多了去了，难道都栽到我头上吗？"

"那倒不会，你只要讲自己的事。"

"我没做什么坏事！"大奎态度依然强硬。

"真的？"阿朱盯着气咻咻的大奎看了好一会儿，耸耸肩走出讯问室。

要说这大奎，真是无恶不作。十几封群众举报信正躺在阿朱案头，里面举报的事情件件属实，他现在是死猪不怕开水烫。

大奎姓张，安徽人，来锡五六年，租住东亭地区。在老家时，大奎就是十里八乡臭名昭著的人物。2007 年，他来无锡"淘金"，租住锡北地区。他从没想过靠劳动挣钱，想的是这世道只要"狠"，就有钞票。他纠集十几个社会渣滓组成团伙。团伙有章程纪律,住宿军事化,行动统一化,各自有分工。

大奎运作的第一个"项目"是插手债务纠纷,替人讨债,从中牟利,依仗暴力掘得第一桶金。不过,这是充满血腥的"黑金"。

后来,大奎转行开设地下赌场,豢养七八个马仔,组织赌局、招揽赌徒、"放水"牟利、暴力逼债,一时赚得盆满钵满。为逃避打击,2011年底,大奎从锡北地区转移到东亭地区。

2012年春节后,匿名举报信一封封飞到东亭派出所。写信者,有当事人,有知情者,也有正义的"朝阳群众"。阿朱认真阅读来信,拎出要点,组织暗中侦查,坐实大奎一伙的犯罪事实。2012年4月9日,刚从安徽返锡的大奎一踏进东亭地界,便被抓个正着。同日,21个同伙被一锅端。

证据在握,你大奎死抗有何用?

阿朱把大奎"晾"了两三个小时,转回来,摸出支烟点着,给大奎递过去。大奎不领情,手一甩,将烟打落在地。"好,有个性!"阿朱捡起香烟,淡然一笑。

又是3个小时过去,双方仍僵持着。讯问室有人闲聊,大奎竖起耳朵。

"哎,那个李东怎样了?"

"爽,全讲了,所有案子都是大奎指使的。"

"什么?"大奎脸色一青,"李东这货不地道,全赖我头上了。"李东是团伙的2号人物。

阿朱微微一笑,"不慌,现在说也不晚嘛。"

"既然这样,我说了吧。"大奎心一横,开了口。大奎自知罪行严重,刑期不会短。在无锡"横"了五六年,竟然输在面前这个农民模样的警察手里,颇不服气。他咬牙切齿威胁:"我出来后杀掉你全家。"

"行,我等着!"阿朱撕下一张日历,唰唰写上家庭地址,扔给大奎。

"这……"大奎怂了,"我说说的。"

阿朱的"硬气"和"勇气",在无锡公安是出了名的。即将爆炸的煤气包,劫匪的尖刀,擦身而过的子弹,他哪一样没经历过?!他是个福星,一次次逢凶化吉,毫发无损。

先说煤气包的事。事情发生在 2008 年 6 月 5 日。那时,阿朱任张泾派出所所长,那天,星期四,那晚,阿朱值班。

"泾东村有人要引爆煤气包!"晚 8 点,辖区有人报警。

"俞涛注意,立即前往泾东村处警。"阿朱通过对讲机给正在路面巡逻的民警发去指令。

"出警!"阿朱带领民警刘辉和两名辅警驱车"飞"往泾东村。

泾东村酒厂院子里,一出闹剧正在上演。酒厂占地 10 余亩,有 3 个车间,1 个仓库,另有办公楼、宿舍楼。酒厂老板把宿舍二楼的房间租了出去,5 户租客均是兴化人。说是户,其实是沾亲带故的一大家子,老王夫妻,其儿子王建一家,亲家夫妻,还有侄儿、外甥。他们干的是收旧营生,院子里堆满纸箱、塑料瓶等废品,十几米外的仓库囤着上百吨高度白酒。

闹剧的主角是王建。王建年近四十,有妻有儿,他游手好闲,好吃懒做,深陷赌渊。这天一早,他把从父亲老王那强借的 1000 元在赌台上输了个精光,傍晚返家途中,摩托车一歪,摔了个嘴啃泥,窝了一肚子火。

王建回家先向父亲伸手要钱,遭到拒绝。转而来到岳父老陈家,一开口便要 3 万元。"哪有钱?去偷?去抢?"老陈见到这个女婿就来气。

家里冷锅冷灶,口袋里一文不名。王建情绪骤然失控,冲到楼下烧毁了自己的摩托车,然后操起菜刀说要杀掉岳父一家。

"真是疯掉了。"人们唯恐避之不及,纷纷关门闭户。王建将厨房灌满液化气的煤气包从二楼扔下,扬言要与大家同归于尽。

阿朱到达酒厂时,先期抵达的民警俞涛正在耐心劝说。王建右手按着煤气包阀门,左手持打火机,嘴里嚷着:"我不活了,你们谁也别想活。"院子里一地玻璃碎片,酒厂老板急得犹如热锅上的蚂蚁,他后悔把房子租出去,惹来这等祸事。

"我是派出所所长。你不要乱来!有什么事说出来,大家一起解决。"阿朱自报家门,与刘辉一左一右慢慢向王建身边移动,试图来个出其不意。

"别过来,过来我就点火!"王建拧开阀门,液化气味扑鼻而来。

"好,不过来,你别干傻事,我们好好谈谈。"阿朱连忙往后退。他冷静分析现场情况,紧急思考对策。阿朱当过消防部队的战训科长,他清楚,当液化气在空气中达到一定浓度,遇到明火便会发生爆炸。一只装满液化气的煤气包相当于一颗手榴弹。现场情况不容乐观,二楼租户十几号人,邻近宿舍住着6名酒厂职工,楼下仓库里堆满废塑料,不远处库房里还有上百吨白酒。一旦发生爆炸,不仅危及众多人员生命,还会引发连锁反应,后果不堪设想。

阿朱决定智取。他和刘辉、酒厂老板留在现场劝说,俞涛带人悄悄上楼疏散人员。

"我们能聊聊吗?你为啥不想活了?"

"我老婆跑了,离家几天了。"王建闭口不提赌博输钱向家人逼要赌资的事,却拿妻子阿玲说事。他与阿玲结婚5年,儿子4岁。幸福美满的家庭因其好赌,濒临解体。阿玲多次规劝,他全当耳边风,三句话不到便拳打脚踢,阿玲身上经常青一块紫一块。失望至极的阿玲多次提出离婚,阿玲父母也态度鲜明地支持女儿。6月3日,王建对阿玲又是劈头盖脸一顿打,当天阿玲把孩子丢给老人,躲到同乡那儿去了。

"你老婆怎么会离家出走?是不是你做错什么了?"

"是我丈人挑拨离间,现在我只想见老婆一面就死!"

"听说你经常赌博,不好好干活,你老婆当然有意见。"

"我要她来当面说清楚。"

"别着急,我们帮你找。你是不是先把煤气包挪开?"

"不行,我要老婆回来,快打电话!"

"千万不要冲动!"

阿朱要来阿玲的电话号码。阿玲的手机倒是开着,但无人接听。

这时,二楼住户和酒厂职工已全部疏散到安全地带。

见不到阿玲,王建的情绪无法平复。阿朱将其父亲找来,用家庭伦理、亲情、责任开导他,但作用不大。

时近子夜,阿玲仍无音信。王建眼里闪过绝望,不停拨弄打火机。远处传来消防警报声,原来是阿朱向上级公安机关报告了险情,消防车正飞速赶来。

"我不活了!"王建突然拧开煤气包阀门,用打火机点燃了气体,火苗"呼"地蹿出一米多高,瓶口发出"嗤嗤"声,火舌越蹿越高。

"闪开!"阿朱猛地推开酒厂老板,和刘辉箭似的冲过去。说时迟,那时快。阿朱紧紧抱住王建,刘辉一脚踢开煤气包,迅速拧上阀门。整个过程仅4秒钟!

"工厂保住了,我的酒没事了!"酒厂老板跌坐在地。

事后,有人问阿朱:"人家跑都来不及,你们怎么还朝前冲?"

"我们能跑吗?我们跑了,大伙不就遭殃了吗?"阿朱如是回答。

2010年3月,阿朱提任锡山公安分局副局长,兼任东亭派出所所长。同年6月6日傍晚,一名歹徒在乐购超市无锡东亭店地下车库劫持了11岁男孩伟伟。歹徒绑架伟伟的目的是钱,其因赌博而负债累累。

在处置这起劫持人质案中,阿朱承担谈判任务。他面对的是一个有前科又穷凶极恶的亡命之徒。歹徒劫持孩子在汽车副驾驶座,手中尖刀抵着孩子颈部。

"谁家都有孩子,你也有孩子吧?"阿朱慢慢靠近车门,试图劝说。歹徒听不进任何人的规劝,甚至嚣张地当着阿朱的面用刀尖划孩子臀部。

"抓住战机击毙歹徒,解救人质!"现场总指挥下达命令。狙击手各就各位。阿朱近距离与歹徒周旋,歹徒怕阿朱身上藏有武器,要他脱去衣衫、鞋子。为稳住歹徒,阿朱脱得只剩裤衩。

"砰,砰",趁歹徒接受阿朱"建议"、将孩子推向后座之际,狙击手扣动扳机。阿朱觉得腿部有颗滚烫的流星划过,大脑瞬间空白,待他回过神来,歹徒头已歪在一边。人质安全获救,现场一片欢呼声。再一看,涉案车辆左车窗上有个弹洞。子弹穿过歹徒脑袋,击穿车窗玻璃,擦过阿朱腿部,嵌进旁边一辆汽车的前轮胎。

"好险呐!"阿朱倒抽一口冷气。后来,局里制作电视宣传片,他再三要求别播他的镜头,说辞是"穿个大裤衩,光着脚,丢人"。其实,他是怕家人看到现场镜头,为他担心。

"我这人命大!"

阿朱叫朱林弟。一个天不怕地不怕的硬汉,怎么会有这么个既土又俗的名字。他笑着告诉我,本来的名字叫玲娣,有点娘。这名字是他母亲取的。阿朱出生时,上面已有个哥哥,母亲想要个女儿,生下来一看,又是男孩。有人说,想要女儿,就给他取个女孩名字。于是,他就叫了玲娣。母亲倒是遂了心愿,接下来果真生了个女孩。当兵那年,阿朱觉得这名字实在太娘,拿不出去,瞒着母亲改成"林弟",谐音,瞒天过海吧。他是个大孝子,不想让母亲有一丁点不称心。

离苏州18公里处,有一个叫同里的千年古镇。1963年秋天,阿朱出生在这个如诗如画的江南名镇。江南山水哺育,古镇底蕴熏陶,这些造就了阿朱刚中有柔、胆大心细、坚韧不拔的性格。

1981年秋天,年满18周岁的阿朱参军来到无锡市公安局消防支队,屡经烈火考验,无数次与死神擦肩而过,身经百战而愈战愈勇。

"我这人命大!"这话从阿朱嘴里说出来,还真是贴切。

阿朱当时分在二中队,这是一个战斗中队,哪里有火情就奔向那里。每一次扑火,他总是第一个往火海里冲,救人无数。以至于每次到现场,支队长总会大声问:"林弟来了吗?"阿朱则每每大声应答:"我在这呢。"

那是 20 世纪 80 年代的事,似乎已很遥远。江阴黄田港口,一艘万吨油轮停靠江边。这是某国一艘报废油轮,江阴一家拆船厂将其买来。船舱内存有 900 余吨下脚油。按规程,对船体切割前,必须先充分放水,稀释油料。而拆船厂在没有充分放水的情况下就进行电焊切割,导致电火花溅进船舱,引发大火。

阿朱此时已是二中队中队长,下午 3 点接到灭火指令。起火油轮搁浅江滩,100 多米高,约等于 15 层楼。油轮十几只舱,起火舱在最上面。火势如得不到遏制,随时可能殃及其他船舱,引发爆炸。

"我上!"火速抵达现场的阿朱带上 6 个战士,扛着水带,顺着软梯爬到着火舱位。几人合力掀开滚烫的舱盖,垂下水带往里灌水,但这犹如杯水车薪。火势越来越大,烤得甲板滚烫,套在高帮橡胶鞋里的双脚感觉到鞋底橡胶在融化。甲板站不住人了,阿朱他们逆着风一步步后退,退到船头,无路可退了。七个人大眼瞪小眼,没一个吭声。大家心里都明白,这下可能要"光荣"了。

对讲机被火一烤,失灵了。江滩上,地方领导、现场指挥、战友们,个个脸色凝重,心急如焚,却无计可施。

阿朱他们缩到船头一角。"赶快用湿毛巾捂住口鼻。"幸好,出救前随身带了湿毛巾。大火闷在舱里,一时尚未窜上甲板。

天,渐渐黑了,星星隐身于厚厚的云层。

"注意观察,可能要涨潮了。只要涨潮,船浮起来,我们就跳。"阿朱经验丰富,只有等涨潮,他们才有生的可能。

"中队长,船晃了!"凌晨三四点,一名战士兴奋地喊道。果真,有点头晕的感觉。

"别急,再涨涨。"阿朱临危不乱,他必须把兄弟们一个不少地带回去。

天放亮,船身全部沉入水中,油轮浮上江面。

"跳!"阿朱一声令下,战士们"扑通、扑通",像下饺子似的往江水里扑腾。阿朱是最后一个跳的。他爬上江滩点人头,"1—2—3—4—5—6—

7"，一个不少。小伙子们浑身油污，乌漆墨黑，他们抱成一团，眼泪尽情地流。从前一日下午 4 点上船到此刻，早上 6 点，他们熬过了炼狱般的 14 个小时。

焦急等待的人们看到江滩上出现一群"黑人"，先是一愣，继而明白，阿朱他们回来了。

"安全就好，安全就好。"人们跑过去紧紧抱住阿朱他们。而此时，起火船舱的火势也因涨潮得到了控制。

"要不是涨潮，世界上就没我了。"事隔 30 年，阿朱讲这个故事的时候，依然心有余悸。

谁不留恋美好的生活？对于死亡，其实每个人内心都是恐惧的。阿朱说："当时不怕，事后还是怕的，毕竟上有老，下有小。不过，真正碰到危险时就顾不得这些了。"

"你们这是玩命呐！"

阿朱不但勇猛，而且有智谋。抓捕命案逃犯李立，他用足了谋略。

李立系宁夏石嘴山人，1997 年在东亭地区打工时非法拘禁他人，还把人打死了。事情闹大了，他脚底抹油，溜了，逃得无影无踪。至 2011 年，他整整出逃了 14 年。

2011 年 5 月，为期 200 天的"清网行动"开始。阿朱拿到一份名单，这是刑侦部门筛选出的涉及东亭地区的逃犯名单，这些人在互联网上被通缉多年，共 29 人，籍贯分布全国各地，李立赫然在列。

派出所组织若干个追捕组，穷尽力量寻找逃犯踪迹，上天入地追捕归案，苦口婆心规劝投案。当年 11 月底，29 人中追回 26 人。不容易啊！

"陈所、李所，李立交给我了，还有两个你俩负责。"阿朱给两位副所长作了分工。

李立作奸犯科时，阿朱刚从消防现役转业到派出所。李立的案卷他不知看了多少回,上面记载着案发经过、同伙交代、走访材料。一案5人,4人已归案,只有李立在逃。

"去宁夏,找他的同伙细细扯,非要扯出线索不可。"只要李立还在地球上,必定会留下痕迹。埋头看了几天案卷,阿朱看出名堂。结伙作案的5人中,李立与在宁夏服刑的王山关系最铁。两人是发小,从小玩到大,一起上学,一起来无锡,共同作的案。也许能从王山嘴里套出些什么。

2011年11月14日,阿朱带着两个兄弟踏上赴宁夏追逃的征程,这一去就是1个月。

14年,死缓改判无期,无期变有期,王山牢底快坐穿了,无锡警察居然还惦着李立,这令他没想到。阿朱与王山细细聊,慢慢扯,从李立的交往关系,到个人兴趣爱好,事无巨细。

"李立吸毒,瘾挺大。"王山无意间一句话,阿朱有了方向。

"快走!"来得突兀,走得突然,王山疑惑之际,阿朱他们已到了石嘴山市公安局禁毒部门。阿朱在该局网上查到,2010年6月,该局查获一伙吸毒人员,其中有个叫"李宝宝"的。此人正是众里寻他千百度的李立。李立原名李宝宝,当地人都叫他"宝宝"。上面配有照片,照片上的李宝宝胡子拉碴,略显苍老,但脸部轮廓、五官分明就是李立。

李立吸毒被查是一年多前的事,处罚结束便走人了。眼下到哪儿找他的行踪呢?阿朱眉头一皱,有了!

不入虎穴,焉得虎子。在当地警方配合下,阿朱潜入毒圈"混"了一个星期,得到确切信息,"宝宝"以贩养吸,常常往返银川与石嘴山之间。但"宝宝"行踪诡秘,交易都在公共场所,来无影、去无踪,没人知道他落脚何处。

李立自1997年在无锡犯事,便在家乡敛了踪迹。出事时,他尚未成家,与父母一起住。当追捕组上门时,房子已易主他人。这几年,其父母相继去世,曾经的女友也各奔东西。

石嘴山、银川两市相距80公里,无铁路,交通工具唯有汽车。阿朱他们访遍客车司机、出租车司机,包括"黑车"司机,确认李立没有跑远。

李立的两个哥哥健在。其小哥哥与他水火不相容,从不来往。大哥大嫂年逾六旬,与这个弟弟关系不错。

阿朱他们来到李立大哥家。说起这个惹是生非的弟弟,大哥大嫂连连摇头、叹气。说到李立行踪,夫妻俩口径一致,称自犯事后没见过,不知其是死是活。但外围调查时,多人证实"宝宝"来过大哥家。阿朱他们先后上门12次,次次无功而返。

劝不行,那就守。

时令冬季,宁夏处处北国风光,千里冰封。11月14日出发时,江南气候宜人,阿朱他们穿着衬衣、夹克衫,行囊里塞件薄毛衣。刚下飞机,便冷得打战,这里温度已是零下。随后几天,接连几场雪,气温骤降至零下16度,最冷时零下20多度。他们只得紧急购置棉大衣、棉帽、棉鞋。白天踩雪走访、规劝,晚上踏冰卧雪,他们兵分两路,一路在李立大哥居住的小区守候,一路去"粉友"、毒贩频繁出没的场所寻踪。

石嘴山位于宁夏北部,黄河源头,因贺兰山脉与黄河交汇处"山石突出如嘴"而得名。这是个煤炭资源型工业城市,号称"塞上煤城",公共娱乐场所不如江南城市多,毒贩常常选择偏僻处在夜晚交易。阿朱他们骑着电动车,天天晚上外出寻觅毒贩踪迹,凌晨回到小旅馆,冻得话都说不连贯,鞋都脱不下来。石嘴山同行说:"你们这是玩命呐!"

20余天一晃而过,身体开始抗议。北方冬天少蔬菜,天天羊肉、辣椒、小米粥,吃得胃疼、上火、便秘,加之睡眠严重不足,阿朱这个铁汉也顶不住了。他可是曾经连做100个俯卧撑都不带大喘气,跳绳可一连跳500多下的,现在不得不服输,高烧40度,满嘴溃疡,气管炎也来"凑热闹",喉咙里不断发出哮鸣声。尽管如此,他仍强撑着晚上去蹲坑。

"老朱,你先回去吧,我们帮你盯着。"石嘴山公安局一位局长劝阿朱,江南兄弟不屈不挠的精神感动了他们。

"谢谢老兄,人抓不到,我是不会回去的!"阿朱斩钉截铁。

功夫不负有心人。无锡警察频频上门,李立的大哥、大嫂慌了。他们偷偷联络李立,劝其投案自首。14年都逃过来了,李立哪肯轻易就范。他不敢再待在宁夏,悄悄潜往山东德州。依托高科技,阿朱他们掌握了这一至关重要的信息。

12日傍晚,阿朱一行撤离宁夏,移师山东,深夜11点抵达德州。偌大德州城,李立藏身何处?阿朱他们脚板加电脑,查明李立藏身一个无名小岛。小岛四面环水,鲜有生人出入。据可靠消息,李立朋友的父母生病住院,他与朋友约好,14日到医院探望老人。

李立现身之日便是抓捕之时。为避免惊扰到病人,阿朱决定在医院门口实施抓捕。

14日,阿朱他们在医院几个进出口守了一天,未等来目标。

"来了,准备行动!"夜11点,医院广场此刻略显空旷、冷清。一辆出租车驶来,阿朱他们从树丛中闪出,团团围住下车的那个中年男子。

"宝宝?"

"我是,你们是谁?"李立有些疑惑。

"警察,江苏无锡的。"

"我跟你们走。"李立无数次设想过落网情景,没想到,就这么简单。

此时,离"清网行动"结束尚剩25个小时。

2015年春天,从警34年的阿朱提前退休了,他该歇歇了。衷心祝愿他的退休生活多姿多彩,活出另一番滋味。

曾 泉：
5万颗子弹"喂"出来的狙击手

狙击手傍晚急赴现场

多年前发生在无锡野花园的劫持人质案,已随着时间的推移渐渐被人们遗忘。在襁褓中被劫持的阳阳,如今已背上书包上学了。他活泼开朗,噩梦般的经历并没有在他心头留下阴影。

2010年1月29日傍晚,阳阳在他奶奶怀中被持刀歹徒劫持时,还是一个5个月大的婴儿。为了让孩子健康成长,奶奶和爸爸妈妈从未把那生死一幕告诉他,并且为此搬了家。可是,阳阳的奶奶、爸妈从没有忘记阳阳的那场噩梦,更没有忘记阳阳的救命恩人,那个叫曾泉的无锡特警。

对那场生死之战刻骨铭心的,还有曾泉。担任狙击手10年,这是他开出的实战第一枪。这一枪精准、精彩;这一枪,打出了无锡特警的声威。

"野花园发生劫持人质案,迅速归队!"这一天是周五,农历腊月十五。傍晚,曾泉刚踏进家门,单位值班室来电。

特警队驻地离家不远,步行也就十来分钟。曾泉百米冲刺,5分钟冲到队里。

85式狙击步枪,79式轻冲,手枪,夜视装备……该带的全带上。当了10余年特警,既是突击中队副中队长,又是狙击手,这点经验是有的。

晚6点15分,运兵车驶出特警队大院,向10余里外的野花园飞驰而去。曾泉抱着枪缩在车厢一角,仔细消化前方传来的信息,设想即将面临的局面和可采取的对策。

野花园,对老无锡人来说,是那么耳熟能详。20世纪初,有富豪购地筑屋建亭,围成一园,以春秋咏游休闲。园中野花盛开,争艳斗奇,煞是好看,故取园名为"野花园"。1949年后,无锡县委、县政府选址野花园,曾经的休闲游览场所成为政治、经济中心。野花园见证了社会的变革和人们生活的逐渐富裕,更见证了"华夏第一县"的风采和辉煌。清澈小河,两岸杨柳依依的石人桥,留在多少人的记忆里。

时代变迁,区划调整。历史浪潮中,野花园褪去昔日的繁华热闹,回归普通平常。居住野花园小区的原居民陆续搬离,外地来锡讨生活的人租住进那一幢幢老式公寓楼。四川话、安徽话、河南话,在这里百"话"齐放。租住人员来自全国各地,大江南北,习惯迥异,各忙各事,倒也风平浪静。

租居野花园某号301室的,是时年29岁的黄健及妻子茜茜。黄健原籍徐州邳州,大学毕业到深圳"淘金",被公司派驻无锡,遇上在锡城工作的山东姑娘茜茜。两情相悦,喜结连理,2009年8月他们有了儿子阳阳。产假结束,为让小两口安心上班,当年12月,黄健的母亲石阿姨从邳州来锡照料孙子,包下买汰烧。日子过得平平静静,和和美美。每天下午4点多,石阿姨都会抱着孙子到小区里遛遛弯,跟人说说话。没想到,事情就出在遛弯上。

2010年1月29日下午,阳阳睡午觉醒来,已是4点多。石阿姨抱着阳阳出门下楼,东逛逛、西瞧瞧。眼瞅着天色将晚,祖孙俩回归家门。爬上二楼,斜刺里窜出一黑衣男子,将祖孙俩推搡进203室,然后反锁屋门,移来桌椅堵上门。

"别伤着孩子!"突如其来的情况吓坏了石阿姨,她唯有紧紧抱住阳阳。

事后有目击者称,那天下午,有个神情癫狂的黑衣男子在小区外瞎闯乱撞,见人便问"田田(音)住哪里?"人们以为是个精神病患者,没在意。不知何时,黑衣男子竟窜进小区。傍晚5点多,203室女主人娟娟接女儿回家,掏钥匙开门之际,黑衣男子从二楼半拐弯处窜下,用尖刀抵住她颈部,说是有人追杀他,要找个藏身的地方。娟娟拼命镇静自己:"你把刀挪开我才能开门。"乘对方抽刀之际,机智的娟娟拖着女儿跌跌撞撞逃下楼,躲进小区里的烟酒店。待见石阿姨抱着孩子进楼道,呼喊已晚矣。

烟酒店店主的报警电话,打破了夜晚的宁静。刑警、特警、反恐民警……各路警力紧急奔赴野花园小区。

曾泉抱着枪和队友抵达野花园时,现场四周已拉起警戒线。小区居民聚集在警戒线外,远远注视着黑乎乎的203室窗口,担忧着祖孙俩的安危。

谈判失败临危受命

"特警来了!"曾泉跳下车冲向劫持人质现场,人群闪开,让出通道。

现场楼下过道,黄健夫妻反复向警戒民警恳求:"让我们上去吧,那是我们的妈,我们的儿子呀。"飞来横祸面前,这对年轻夫妻慌了。

警方正实施第一套方案:谈判化解。首席谈判是时任反恐处副处长邓超。

曾泉仔细观察现场,觉得情况有些严重。一是歹徒所处位置在客厅,屋门紧闭,而且被餐桌堵住,若进门救人,如何进门是个难题,况且前后窗户上还焊着防盗护栏。二是歹徒手中尖刀一刻不离人质脖子,这就使冲进去救人的可能性变得微乎其微。人质生命安全是第一位的,必须保证。如果邓超处长能说服歹徒放下尖刀,自愿服法,那是最好的了。

"有什么事好商量,不要走极端。把老人和孩子先放了。"邓超用力将203室的门推开一指宽的缝。天已大黑,借着小区路灯透进的光线,隐约可见歹徒劫持人质缩在客厅一角,左手揽腰控制石阿姨,右手持刀抵着她的颈部。邓超曾当过多年的重案队队长,久经"沙场",执行如此艰难的任务也还是第一次,这是一老一小两条生命呐。他靠在门框上,说话语气尽量平和。

"没啥说的,我要找我的女朋友。你们别想进来,进来我就要他们的命。"歹徒情绪激动、亢奋。

"好,帮你找女朋友,警察找个人还不容易。你女朋友叫什么名字?住哪里?"邓超千方百计地想办法缓和歹徒情绪。"你还没吃晚饭吧?不能饿着,我让人买饭去,一边吃饭,一边让人找你女朋友。孩子也该饿了,放了他吧。"阳阳配合似的哇哇大哭。歹徒沉默好一会儿:"人不能放。"

"兄弟,我是孩子的爸爸,有什么跟警察说,让我进来给孩子喂点奶粉吧。"现场指挥决定由冷静、沉稳的曾泉扮奶爸,趁进门送奶之际制服歹徒,救出人质。曾泉拎着奶瓶候在门口。

"这样……"歹徒稍犹豫,随即变脸,"不行,不帮我找到女朋友,谁也别想进来!"

"行,行,我不进来,千万别伤了我妈和儿子啊。你女朋友的姓名告诉警察了吗?"进门失败,曾泉遵守指挥部指令准备实施第二套方案。

"她叫孙田田,山东人,住哪里我不知道。她要与我分手,不理我了。"歹徒情绪越发激动,挟持祖孙俩在客厅里东窜西跳。

"别急,全市警察都在帮你找,肯定能找到。"邓超"安慰"歹徒。事实是无论暂住人口信息,还是旅馆系统,反馈都是"查无此人"。

"兄弟,你是哪里人?姓啥叫啥呢?给你最亲的人打个电话说说心里话,行不?"邓超试图弄清对方身份,看能否找到他的亲朋好友。歹徒口齿不清,似苏北地区口音。

"8点前给我找来孙田田,否则捅人。"歹徒没有耐心与邓超对话,刀子乱舞。人们的心一揪一揪的。

"谈判照常进行。执行第二套方案,在确保人质绝对安全的前提下击毙歹徒!"现场指挥下了决心。

特警分成两组，曾泉一组执行狙击任务；另一组守在现场，枪声一响，进屋救人。

狙击手由曾泉担任，别无二人。领导有理由相信，曾泉担得起如此重任，他自己也百分百有信心，当了10年狙击手，这是他将要开出的实战第一枪。

无锡之有特警，可以追溯到1990年。随着形势变化，队伍不断扩大，先是成立防暴大队，后更名为特警大队，再后来升格为特警支队，主要承担处置各类突发事件，打击暴力恐怖犯罪，巡逻执勤，大型活动安保等任务。

1995年，20岁的曾泉在这个有梦的年龄成为无锡特警队伍中的一员。作为一名特警，不仅要有敢于直面死亡、暴力的胆魄，还必须兼有多种技能，既要有擒拿格斗一招制敌的基本功，又要有百发百中、百步穿杨的本领。曾有人把特警的训练称之为"士兵突击"或"魔鬼训练"，需要集中住宿、封闭训练。每天早上6点半起床，负荷10公斤装备，越野奔跑5公里，然后进行散打、拳击、枪法及腰腹训练。特别是在5公里奔跑后，一冲进靶场，便要迅速抵达指定位置展开队形，利用掩体，采用各种姿势，拔枪向25米以外的目标连续射击12发子弹，20秒内必须打出好成绩。如果不是身临其境，是无法体味其中艰辛的。可以说，特警队是汗水、泪水、血水铸就的。

曾泉性格沉稳，遇事冷静，勇敢顽强，加上一副好身板，天生是当特警的料。事实也证明他是个优秀特警。10余年磨炼，他成长为锡城特警的标杆人物。他在一次次全国、全省大比武中出类拔萃，是"全国公安机关实战全能教官"、江苏省"十佳狙击手"，一顶顶桂冠，展示的是实力。

曾泉最拿手的还是射击。新警入职，结束为期60天的基础训练时，特警队举行射击比赛，项目54式手枪25米，82式微冲50米，各打5发子弹。曾泉两个项目都打了48环，双双夺冠。神了！训练中，瞄靶的时间加起来不到30小时，射击的子弹也是有数的。教练和队领导暗喜，"是棵好苗!"

男孩子大都喜欢枪,曾泉也不例外。当警察前,他收集的各类枪械图片就不计其数。到了特警队,摸到真枪,他最爱的是狙击枪。当时队里有两支狙击步枪,由资深特警保管。每次看到队友背着枪去训练场或执行任务,他都一脸羡慕。可他明白,狙击手不是谁都能当的,不仅要有硬功夫,还要有软实力。软实力便是心理素质,这种软实力不是一时半会儿练得出来的,他还达不到这种境界。于是,曾泉凭着硬功夫进入特警突击中队,一次次执行抓捕处突任务。

外地黑社会组织成员潜藏无锡。曾泉"噌噌噌"攀上 5 米高的围墙,凌空飞越两幢民房间的过道,翻阳台入室,嫌犯尚未反应便束手就擒。

冬日凌晨,气温骤降,血案在身的持枪狂徒藏身某小区五楼民宅。曾泉和战友摸黑上楼,破门、擒拿、上铐一气呵成。疑凶吓得魂不附体,哼哧半天冒出一句:"哪儿来的反恐精英?"他还沉溺在网络游戏中,有点懵。

1999 年 5 月发生在宜兴蒋笠村的围歼战,是曾泉第一次参加枪战。那年 5 月 3 日,一个叫陈泰恒的人在蒋笠村制造了一起杀死两人的血案。5 月 6 日清晨,在山林躲藏三昼夜的陈泰恒持猎枪窜进一户村民家。警方各路人马迅速集结蒋笠村,铁壁合围疑凶藏身的二层楼房。曾泉和战友仅 1 小时就从驻地赶到 80 多公里外的蒋笠村。

陈泰恒凭借复杂的房屋结构与警方对峙,不时向外放冷枪。下午 4 点 50 分,现场总指挥发出"正面进攻,击毙歹徒"的指令。子弹飞了那么多,第一次面对"枪战",曾泉跃跃欲试,主动请求参战。现场指挥把狙击任务交给武警时,曾泉有些失落,随即释然,毕竟他还没有获得狙击手资格呢。为配合狙击手,曾泉和战友攀上二楼屋顶,用钎子、锤子凿出几个洞,冒着危险将催泪瓦斯、震炫弹从不同方向掷进陈泰恒隐身的房间,配合从阳台攻入的武警神枪手将陈泰恒击毙。

经历这么多惊心动魄,曾泉的"狙击手梦"愈加强烈。千禧年太阳升起的时候,曾泉的梦想变为现实。2000 年,他参加省公安厅狙击手集训班,那里可是人才云集,强中自有强中手。他埋头苦练,发愤图强,30天集训结束,50米打个鸡蛋、200米打个酒瓶,一枪一个准。结业测试,他在狙击步枪射击中一举夺魁,跻身"江苏十大特警狙击手"行列。

都说狙击手是子弹"喂"出来的。曾泉告诉我,自摸上狙击枪,他先后"吃"了5万多颗子弹。

"这么多?"我不信。

"你看,每一颗子弹都有案可查。"曾泉搬来厚厚一沓登记本。原来,狙击枪也跟人一样是有寿限的,射出的子弹达到一定数量,便不能用于实战。十几年来,他先后用坏10支枪,包括狙击步枪、微冲和手枪。

抓住机会扣动扳机

回到劫持人质现场。

狙击地点选在一幢居民小楼的二楼。劫持人质现场系南北向二室一厅,选中的小楼二楼朝南窗户斜对着现场客厅的北窗户,两楼斜线距离十五六米,隐约可见对面人影晃动。曾泉选准角度,架好枪,伏在窗边预瞄,等待现场指挥的"开枪"命令。进点前,他反复论证,选用了79式轻冲。

"为什么不用狙击步枪?对你来说,更有把握呀。"那天,我也在现场,对他选用79式轻冲不解,事后,我说出心中疑惑。"狙击步枪有效距离可达300米,威力大。现场歹徒和人质重叠在一起,如果使用狙击步枪,子弹有可能在穿过歹徒身体时反弹而误伤人质。"曾泉给我科普。

生命至上,简简单单4个字,沉甸甸,重千钧。

曾泉全神贯注地观察对面客厅里的情况。意外发生了,原本在客厅角落里的人不见了,目标去向不明。就在现场所有人为之紧张之际,客厅的灯亮了。曾泉立马调整夜视仪,瞄准镜中,清晰可见歹徒挟持人质在客厅中央,嘴里大声嚷嚷,手中刀子乱舞。祖孙俩命悬一线!

全城警察"兜底翻",也未找到"孙田田"。女朋友不现身,歹徒歇斯底里,濒临崩溃。

"伺机击毙歹徒!"晚8点43分,指令传来,曾泉的情绪有那么两三秒的波动。一个深呼吸,顷刻如入无人之境。此时此刻,纵然千军万马从身边过,也与他无干。

"分开,分开……"曾泉默念。歹徒的脑袋与石阿姨的头部重叠,阳阳的小脑袋伏在石阿姨肩头。曾泉在等待,等待万无一失的机会到来。机会只有一次,不许失败,只能成功!

时间分分秒秒流逝,10分钟过去,漫长得犹如一个世纪。机会来了,石阿姨换了个姿势抱孩子,竖抱改成横抱。歹徒的头部下意识往左一偏,曾泉毫不犹豫扣动了扳机,一颗正义的子弹窜出枪膛,穿过现场客厅窗玻璃,射进歹徒头颅。

"老人、孩子怎么样?"这是曾泉最关心的事。曾泉冲下楼,冲向对面大楼。楼道里,石阿姨一家四口紧紧抱在一起,哭成一团。曾泉不忍打扰,从不抽烟的他点燃一支香烟,猛吸几口。然后,独自跑到小河边,仰天长啸,心里轻松不少。

曾泉那一枪,怀剑胆,亮琴心,赢得了社会各界和人民群众的高度赞誉。在当年的"无锡十大爱民标兵民警"评选中,曾泉是唯一一位由网民海选出来的民警。

"刀尖上的舞蹈,之所以摄人心魄,是因为那是铁与血的交响。烈日下的摸爬滚打,练就的是正义和力量;风雨中的刀光剑影,磨砺的是忠诚和无畏。从来就没有与生俱来的神勇,在生与死的关键时刻,是你,用百步穿杨扛起了人民警察的职责。"这是评选组委会给他的颁奖词。

海 波：
"拆弹专家"用生命保护生命

结果不是成功便是失败

天,即将破晓,淡青色的天空散落着几颗残星,大地朦朦胧胧,人们沉浸在各式各样的梦境中,有善有恶有喜有愁,斑驳交错。

"海波,快,锡山查桥发现不明爆炸物。"刺耳、急促的电话铃声把酣睡中的海波惊醒,来电的是大队长。他套上 T 恤摸黑出门。

"海波,小心啊。"陈兰醒了。海波每次出门,她都要承受巨大的心理压力。

"我会的,放心,你再睡会儿。"丈夫的脚步声渐渐远去,陈兰一颗心悬在半空。

警车已停在楼下,海波跳上车。在车里,他套上厚重的防护服。

现场在查桥大厍头村。村巷一长溜几十户村民,一式二层楼房,屋挨屋,墙贴墙。爆炸装置躺在一户村民的门口,现场严密封锁,四周拦起警戒线。

这是一个普通农家,与人无争。这天凌晨 4 点多,"汪……汪……"急促的狗吠声把一家人吵醒。"不会进贼了吧?"男主人下楼查看。打开大门,就着客堂灯光,隐约看见自家门口摆着个方形物件,几根电线裸露在外。电线连着只石英钟,石英钟上的指针无声地划动。

"谁把这东西放这里的？是要害我们吗？"男主人在电视里看过这种，知道是个爆炸装置。

村庄惊现炸弹，吓坏一村人。"可不敢随便乱动，快报警！"

接到报警，查桥派出所民警第一时间赶到，紧急疏散住户，以防万一。

全副武装的海波到达现场，人们自动让开一条道，远远站在警戒线外。

炸弹静静躺在水泥地上，从外表观察，这是个定时爆炸装置，胶带纸层层缠绕，包裹着2个纸筒状物件。纸筒外部绑着石英钟，纸筒内延伸出3根电线，分别连接石英钟。石英钟指针已停转，是电量不够，还是连线出了故障？一时无法判断。

海波经历过无数这样的场面，早已练就危而不乱、险而不惊的"静功"。他一边观察一边在心里分析炸弹的结构状态，考虑着拆解步骤。

太阳在地平线上探出脑袋。时值江南盛夏，一早便闷热异常，厚厚的防护服加身，热不可耐。海波专心致志对付那物件，现场警戒民警和围观村民攥紧拳头，屏声敛息。大伙默默为海波加油。

时间分分秒秒过去。突然，石英钟指针可怕地恢复了移动。爆炸一触即发！

"快散开！"海波挥手让警戒民警往后撤退。镇定、再镇定，他稳住心神，脑海里闪现一行字"排除电流引爆的炸弹首先要切断电源线路！"断线钳伸向3根电线，"咔嚓"，线断了。打开石英钟，取出电池，指针停摆。

有惊无险！现场所有人松了口气。海波做了个深呼吸，逐一将其余部件拆除。

卸下防护服，身上的T恤精湿，战友递过矿泉水，海波灌下大半瓶。

"这个警察了不得！"用一己之险换得全村安全，村民无不钦佩。

案件很快侦破。作案者因赌博债台高筑，萌生敲诈勒索歹念，邪恶的目光盯住大厍头村一富户。他先电话恐吓，后自制炸弹，凌晨潜入村里，未料心急慌忙，误放他人门口。

2007年,全国各大媒体曾浓墨重彩报道过一个叫王百姓的"排爆英雄"。王百姓系河南省公安厅排爆专家,专门与危险打交道,10年时间对付了15000枚炸弹,用时时的命悬一线,换来百姓的天天平安。王百姓因此成为"感动中国人物"。

海波干的是与王百姓一样的活儿,专门与炸弹打交道。很多人不知道公安局里还有排爆这活儿,而这活儿不是什么人都能干的,它是个技术活,但仅仅有技术不够,还要胆大心细,更要有良好的心理素养。

大库头村炸弹事件不久,我便找海波聊聊。他性格内向,肚子里有东西,就是不太善于表达。也许这正是一个专业排爆人员的特质。

说起大库头村那次拆爆,海波显得很平静。他说:"拆解爆炸装置,随时会遇到各种意想不到的突发情况,必须在最短时间内做出判断。判断准确与否,结果截然不同,成功或失败,一念之间。"

"成功且不说,万一失败,你考虑过后果吗?"

"后果怎样我清楚。记得第一次上排爆炸弹课,老师讲,拆除销毁爆炸物品是一个世界性难题,一旦出现任何哪怕微小的差错,都会付出巨大的代价。"

"排爆拆弹虽说危险,但不管怎样,炸弹终究是人做的,既然能做出来,就不怕拆不掉。"海波话锋一转,充满自信。

话虽这么说,但这么些年,他到底经历了多少惊心动魄、多少险阻艰难,只有他自己知道。

战友称他"拆弹专家"

1976年,海波出生在苏北里下河畔,灵动的母亲河、纯朴的乡风,培育了他稳健、刻苦和钻研的秉性。他喜欢的东西,必定要打破砂锅追究到底。初中时,他表现出对化学的特殊喜爱,化学成绩一直是年级前列。高考时,他如愿考入无锡轻工业学院(现江南大学)化学专业。轻院化工专业历史悠久,底蕴丰富,在全国同类专业中名列前茅。

大学里,海波如鱼得水,海绵吸水般汲取知识,打下扎实的专业基础。毕业时,无锡公安消防支队到学院招收化工专业人才,海波以优异的成绩成为一名年轻的消防警官。

消防部门培养排爆拆弹专业人才,把海波送去深造,海波由此与排爆结缘。后来,民用爆炸物品管理权从消防移交到治安部门,海波从消防转业到公安,继续从事老本行。

爆炸装置的连接线是一条生命线。每次执行排爆拆弹任务,生死均在一线间,剪错一根线,就有可能付出血的代价。行走在生死线上的海波,凭着过人的胆量、精湛的技术和良好的心理素质,一次次化险为夷。

2003年1月28日傍晚,城东一家不起眼的烟酒店,店主人去趟厕所回来,发现狭窄的店堂里多了个炸弹,顿时大惊失色。

小店紧邻苏锡路,沿线大大小小店铺挨挨挤挤,当时正逢下班高峰,一旦发生爆炸,后果不堪设想。现场指挥决定就地拆解。

海波在转身都困难的店堂艰难地蹲下身子。眼前的炸弹结构颇复杂,由2支炸药、2个雷管、1个电流引爆装置和2节5号电池组成。引爆装置、炸药、雷管间有8根电线连接。看来炸弹制作者专业技术了得。海波第一次见这么复杂的东西,心里一时没底。"别慌!"他鼓励自己,反复观察,终于找到破绽:8根电线之间没有形成回路迹象。换言之,只要剪断电源线,便可以使其成为一枚哑弹。他果断举起断线钳。

繁忙的苏锡路波澜不惊,辛苦一天的人们各自奔向温馨小家。

2004年6月30日,惠山玉祁地区发生爆炸案。这是一场因家庭矛盾引发的悲剧。嫌疑人在矿山从事专业爆破,有炸药来源,精通爆炸装置构造。自制炸弹威力惊人,3间平房夷为平地,嫌疑人当场身亡,一村民重伤。在清理现场时,废墟中惊现一个未引爆的炸弹。情况危急!

海波小心搬开砖块、瓦片,拂去四周尘土,趴在地上仔仔细细观察、揣摩。这个炸弹系导火索、雷管、炸药联结模式,遇明火才可能引爆。他铺开防爆毯,从废墟中抱出炸弹,包裹好,搬至远离村庄、人群的旷野,拎来一桶水,将炸弹沉入水中,然后拆解、分离、销毁,十分从容、淡定。

偶尔也有虚张声势,用"诈弹"唬人的。遇到这种情况,也是考验智力和鉴别水平的。

一天,江阴某公司负责人上班途中遭歹徒劫持。家人正在为其无端失联而坐立不安时,家门口又现可疑黑色皮箱。晚上,绑匪来电,说人在他们手里,皮箱内是炸药,立即付钱赎人,不许报警,否则引爆炸药并杀害人质。

"怎么办啊?还是报警!警察会有办法的。"慌乱中,人质家属做出正确选择。

警方连夜投入侦查。海波的任务是对付那只"炸弹"皮箱。

海波抵达江阴已是子夜,现场光线昏暗。皮箱竖放屋檐下,箱内爆炸物结构不明。是遥控起爆还是触发起爆?不得而知。海波让周边人群离得远些,再远些。自己蹲下身子,侧过脑袋,屏声敛息将耳朵贴紧皮箱,听了好久好久,箱内没有任何可疑声音。他轻轻拉开皮箱拉链,右手伸入箱内摸了一圈,未摸到电线啥的。"也许是个'诈弹'"。他打开箱子,箱内躺着4个圆柱形纸筒,既无引信也无其他起爆装置。理论上来说,是不可能爆炸的。拆开一看,纸筒内灌的是泥土。果真是个"诈弹"。

两天后,绑匪在天津落网,人质安全获救。据绑匪交代,因做生意亏本,遂密谋策划了这起绑架恐吓案,没想到钱财未勒索到,自己倒进了班房。

一次次拆弹成功,战友们钦佩地称海波为"拆弹专家"。这是对他的褒奖和肯定。海波则谦虚地说:"哪这么容易就成专家了呢。"

"你干这活儿,不怕家里人担心吗?"常有人这样问海波。

随时可能爆炸的炸弹是排爆手面临的最大考验,生命就在一瞬间,作为他们的父母、妻儿、一干亲人,哪有不担心的。

"能瞒则瞒,瞒不过就轻描淡写,一带而过呗。"海波说得轻松。其实,他也是挺矛盾的,他的神情掩盖不了内心。

海波有常人一样的情感,眷恋家人、热爱生活、恐惧死亡,但他还是一次次义无反顾地去执行任务,去迎接死神的挑战。"因为我是一名警察,总得有人去干这活儿。"是的,他与常人不一样,因为他头顶上有警徽,警徽上有国徽,所以他才把工作的职责、百姓的期盼、家人的担忧一肩担起。

海波的妻子陈兰是幼儿园老师,每天面对天真可爱、活泼快乐的孩子们,仿佛生活在童话世界。她与海波是经人介绍认识的。一开始,她对这个黑不溜秋、不善言辞的小警察并不来电。一次约会中,海波下意识的一个动作,让她觉得这个男人是终身的依靠。

那天,他们看完电影,随人群一前一后出了影院。电影很精彩,走在前面的陈兰尚沉浸在电影情节里。"小心,过马路了。"她蓦地抬头,人已在马路中央,海波大步上前,闪到她右边,挡住来车方向,护着她穿过马路。他那里一句话没有多说,她这里心头一热,来电了。

婚后,过上小日子,陈兰才真正了解海波的职业。有时候,她觉得海波像个超人,哪里危险就去往哪里。他要保护百姓的安全,这是他的工作、他的职责。可是,陈兰忧心的是,海波遇到什么危险总是瞒着她。每每海波半夜出去执行任务,她总是守着一盏灯,通宵不眠,等待丈夫平安归来。海波回来,她从不问什么,人平安就好。

一次,陈兰想为海波办份保险,两人一起去签约。到了保险公司,业务员得知海波是与炸弹打交道的,居然连连摇头,谢绝投保。陈兰戏谑地称自己嫁了个连保险公司都害怕的人。戏谑的背后,是一个警嫂对丈夫深深的爱,对公安工作的倾力支持。

"事情过去便过去了,和那些与亡命之徒短兵相接的兄弟比,我这算不了什么。"海波讲了这样一个故事。有个不要命的家伙腰间绑满炸药,闯进一家公司强讨恶要,扬言如不给钱便引爆炸药,大家同归于尽。海波赶到现场,歹徒已被先期出警的民警制服,腰间炸药已拆除。这是一颗由150克炸药、一枚纸雷管、一段导火索制成的炸弹。歹徒一旦引爆,足以将自己和近身的人炸得粉身碎骨。两名处警民警是在歹徒左手指着当事人叫嚣,右手伸进裤袋掏打火机时,分别从左右侧迂回到其身后,一个将其紧紧抱住,一个用力扯断导火索,夺下打火机,真是惊心动魄。讲述过程中,海波满是对战友的钦佩。

世界和平有他的一份贡献

2016年6月1日,儿童节,静谧美好的清晨。谁也没有想到,远在万里之外的非洲,马里加奥,此时爆炸发生。中国维和战士申亮亮,为阻止恐怖分子装满炸弹的汽车闯入营地,英勇牺牲在他的岗位上,成为中国维和史上的英雄。

消息传来,国人震惊。陈兰在哀悼同胞、敬佩英雄的同时,更加担忧丈夫的安危,心飞到了遥远的非洲。她立马给正在南苏丹执行维和任务的海波发去微信,要他时时处处小心谨慎,确保安全。

事隔40天,7月10日,南苏丹政府军与反政府军在首都朱巴交火。当地时间18点39分,我赴南苏丹维和步兵营1辆装甲车在执行难民营警戒任务时,突遭炮弹袭击,造成中国维和人员2人牺牲,5人受伤。

看到这个消息,陈兰一颗心蹦到嗓子眼。公安的领导和战友们无不担忧海波和与他同行的刘柏辰的安全。各种通信手段齐上,千方百计联系上两人,大家才放下心来。海波通过"平安无锡"转告亲友、同事和市民,他们一定不辱使命,完成任务,并会加倍注意自身安全。

"世界那么大,我想做份小贡献。"海波是2015年12月26日去的南苏丹,这是他第二次出国执行维和任务。2007年,公安部挑选维和民事警察,海波动了心思。往小了说,他是个喜欢挑战自我、挑战生活的人;往大里说,世界和平需要他,接受挑选,义不容辞且责无旁贷。再者,拆弹排爆职能移交特警部门,排爆工作已后继有人。2007年6月,他出征南苏丹执行维和任务,这一去就是14个月。

任务期满,海波回归无锡警队,先后担任金匮派出所和高铁商务区派出所所长,性格更加成熟、稳重,经验更加丰富。2015年,江苏省公安厅受公安部派遣,单独组建维和警队,参加联合国南苏丹维和行动,海波毅然报名,再次受命前往。

2016年秋天,海波结束第二次维和任务回到祖国。珍贵的维和经历,永远铭刻在他心底。

噢,忘了告诉大家,海波姓邱。

补记 "给我拍个小视频吧"

真实的排爆和电影《拆弹专家》里演的可不一样，排爆现场更残酷，也更具迷惑性，需要的是勇气、智慧、技能。排爆职能从治安部门转移到巡特警支队后，一代代巡特警人用责任和担当，在刀尖上舔血，在导火线上与死神赛跑。目前，巡特警里资历最深的排爆手叫姜辉。

2007年，姜辉从部队转业到公安，接手这一危险且艰苦的工作，一组数据展示出他的成绩：12年里，成功排除爆炸装置和可疑爆炸物76个；出色完成杭州G20峰会等重大活动防爆安检任务370多次；累计完成人身安检12万人次，车辆安检5000余台次，排除隐患3万余起。

2017年，新年钟声刚敲过，某民房屋顶惊现数个疑似爆炸装置，周边是居民密集的住宅楼。这是一处年久失修的老房子，姜辉趴在一踩就咔咔断裂的砖瓦上一寸寸寻找，检测到10个可疑物，最终确定2个可疑爆炸装置。凭着丰富的实战经验，他30分钟内成功排除险情。

面对未知爆炸物，谁都无法预知下一秒会发生什么，每次执行重大排爆任务，姜辉都会笑着对战友说："给我拍个小视频吧。"寓意不言而喻。看似玩笑，却暴露内心真实想法。100个炸弹有100种不同的构造，哪怕只是一次小失误，失去的可能就是生命。

"面对危险，谁都害怕。一旦发生爆炸警情，作为专业排爆队员，直面危险是不二选择。因为守护平安是我的追求，更是我用生命去捍卫的誓言。"2018年12月，姜辉先后当选"无锡最美警察""无锡最美退役军人"，这是他的获奖感言。

张文林 打不败的"钢铁侠"

丹心兄弟

你见过警察的眼泪吗

第六章

都说男儿有泪不轻弹,警察有泪更不轻弹,他们的泪都流在心里,流在无人处。病魔气势汹汹而来,他,就像打不败的"钢铁侠",既然生命的长度不能拉伸,那就拓展生命的宽度;眼瞅着鲜花般的女儿一天天枯萎,他,把痛苦藏在心底,辗转南北去"清网",只为对百姓的那一份承诺;妻子患绝症弥留之际,他,却在大案现场,最亲爱的人独自远行,心中留下永远的痛。

王峰踩着霜露回家时,星星睡觉去了,连路灯也乏了,懒洋洋地照着形单影孤的他。自从女儿晨晨患上重病,他觉得,每一天都是心惊肉跳的一天,都是他的一道坎儿,他要拼死迈过去。抬头望去,自家窗户还亮着灯,那里有女儿企盼的目光,有妻子哀怨的眼神。他摇了摇头,把烦恼、纠结、焦灼、痛苦抛掉。推开房门,出现在女儿、妻子面前的,是一个乐观的父亲,一个坚强的丈夫。

有人形容,生活是海洋,有时候风平浪静,有时候大浪滔天。警察的生活也是如此,只是因为职责使命不同,他们的浪更多更大,他们的社会、家庭双重角色压力更大。他们或是把辖区治理得井井有条的派出所所长,或是令犯罪分子闻风丧胆的刑警队队长,抑或是老百姓喜爱的社区民警。他们没日没夜,风里来,雨里去,雪里滚爬,暑天伏击……然而,他们也是普通人,也是血肉之躯,也有头疼脑热,也会痛哭流涕,也是上有老,下有小,虽然很少能顾家,但也知道家的重要。

人们只是在电视里、广播里、报纸上领略过警察血染的风采,但未必能知晓警察心底的隐忍和痛楚。为了社会的安定,为了百姓的安居,他们用无悔奉献、铁骨丹心扛起人民警察的使命担当。

张文林：
一个打不败的"钢铁侠"

突发脑梗，他倒在晨会上

事隔十几年，张文林病倒的那一幕，至今仍清晰地印在同事的脑海里。

2004年9月7日，周二，上午9点，戒毒所例会。例会简单，有事说事，无事报平安。戒毒所从城东搬至城西，一切都在磨合中。所长要求大家尽快适应新环境，实时掌控戒毒人员的情况，不能有任何差池。

张文林认真做着记录。这阵子他连续加班，昨晚轮到他值班，子夜才上的床。早晨6点，他沿着山道跑了一圈，精神还好。例会时间，他准时来到会议室。谁知会议结束时，突然天旋地转，晕眩铺天盖地而来，左边身子发麻，连着半边头部、舌、口、唇，很快延伸到手指尖、脚趾端。

"脑梗了?!"张文林是医生，太清楚出现这种症状是怎么回事。其实，此前已有预兆，无端地，左手、左腿会突然不灵活、无力，走路醉汉般走不成直线。他分析，可能是大脑共济失调，平衡感差造成的。因为症状来得快，去得也快，他没有在意，心想这段时间太忙，所里人手少，忙过这段再说吧。他吞下一把把药，把看病的事耽搁了。

在戒毒所上班,没有一天不忙的。2004年6月,戒毒所迎来新址搬迁。戒毒所原坐落于长江北路,新址选在城西舜柯山下,两地相距25公里。这么多人,这么多设备要搬,工程浩大。搬迁工作从6月份开始,张文林受命负责自愿戒毒区的搬迁。面对如此重任,张文林有些睡不着觉了。"我这阵忙,住所里了。"他在电话中与妻子夏琳打了个招呼。白天,他和同事商量方案,落实学员分组、物品归类、装箱打包等事宜;晚上,一个个学员聊天谈心,实时掌握学员动态。一连忙了一个多月,搬迁任务安全有序地完成了。

搬入新址,环境好了,房子敞亮、宽畅了,但就像新车上路有磨缸期一样,学员也有个适应期,吃饭、洗衣、运动等,都有个适应的过程。事都是小事、琐事,但弄不好就会变大事。张文林操碎了心。同事发现他气色变差,步履有些拖沓,便关切地询问:"张医生,是不是哪里不舒服?休个假去医院查查吧。"他感谢同事的关心,"我是医生,有病没病自己清楚,就是血压、血脂有点高,富贵病,没事!"这一拖,拖出大事来了。

"就这样,工作分头落实吧。"上午9点30分,所长宣布例会结束。张文林双手撑着椅把想站起来,双腿一软,跌坐回椅子上,晕了过去。

"老张、老张,你怎么啦?"坐在旁边的女民警小周第一个发现了异常。她一边呼喊、一边察看。只见张文林嘴角歪斜淌着口水,双眼睁着,表情痛苦,意识模糊,喉咙里发出"咕咕"声。所长和同事焦急地围过来。负责医疗的所长第一时间做出判断:"可能是脑梗,快送医院!"

核磁共振、电子计算机断层扫描(CT)……检查结果显示,右侧大脑中动脉梗塞,导致右侧半球大面积梗死,重度中风。医院下达了病危通知书。

医生争分夺秒,把张文林的生命从死神那里夺了回来。昏迷3天后,张文林醒了,但留下左侧偏瘫、口齿不清的后遗症。当他发现自己的左腿重若千斤,怎么使劲也抬不起来,左手无缚鸡之力,拿不住任何东西时,情绪一下子失控了。他无法接受这个可怕的事实,他右手握拳,泪水涟涟,绝望地大吼:"我……才……38岁啊!"想到今后无法像正常人那样走路,甚至可能连生活都难以自理;想到还没有好好孝顺老母亲,好好陪陪妻子女儿,反而让她们担心、照顾;想到或许不能再从事自己热爱的戒毒工作,他内心五味杂陈,泪水浸湿枕头,也打湿了他的心。

"文林,你这是何苦?早知今日,何必当初呢?"看着丈夫如此痛苦,妻子夏琳心疼不已。

什么叫早知今日,何必当初?原来,张文林穿上警服当上戒毒所民警,背后有着非同寻常的故事。

1966年10月,张文林出生在江苏镇江丹徒县(今丹徒区)一个普通家庭,父亲在银行工作,母亲务农,有3个姐姐,1个哥哥,他是家里的"老把子"。他5岁那年,父亲患病去世,家中顶梁柱倒了,生活陷入困境。为供张文林上学,他的哥哥姐姐相继辍学,有的外出打工,有的荷锄种地。张文林没有辜负全家人的希望。小学、初中,他的学习成绩在年级稳居第一。1982年,他以优异的成绩考入江苏省大港中学;3年后,跨进南通医学院(今南通大学)的大门。一直以来,家人含辛茹苦,倾全家之力支持,众乡邻无私援助,学校也为其减免费用。张文林手捧大学录取通知书,感恩的种子在心底生根发芽。他默默对自己说:"学成后一定要回报社会,回报亲人。"

在医学院五年,张文林是学院图书馆的常客。图书管理员说,这么认真、勤劳的学生很少见。他看书废寝忘食,还常常帮着整理书柜、打扫卫生。学院后门外有个福利院,张文林每周去做义工,帮老人擦脸洗澡,陪老人聊天说话,从不间断。大一时,因学英语需要,他想买台收录机,便利用暑假到建筑工地打零工。顶着骄阳搬了一个月砖,领到200元工钱。工友3000元现金失窃,这是工友打工半年多所得。工友儿子还患了白血病，这是救命钱啊！工友哭得伤心欲绝，张文林走过去，默默把刚领到的200元塞进工友的口袋。

大学毕业后，张文林穿上白大褂，成为镇江第四人民医院精神科住院医生。不久，经人介绍，结识无锡一家医院的护士夏琳。1992年，两人牵手走进婚姻。为免除两地奔波的辛苦，1993年4月，张文林调至无锡同仁医院，担任精神科主治医师。凭着正直的人品，娴熟的业务和勤奋的工作态度，张文林很快赢得领导和同事的认可、赞许。30岁那年，张文林破格晋升病区主任，列入医院"人才库"。生活向他绽开笑脸，前途一片光明。

人生的转折，常在一念之间。张文林工作的四病区，时常会收治一些吸毒致幻的病人。有神神叨叨、疑神疑鬼的，也有狂躁不安、亢奋异常的。每当面对病人毒瘾发作，那种万箭穿心、万蚁噬心的惨状时，他万般无奈，却束手无策。这些人中，既有普通上班族，也有曾经腰缠万贯的老板。一旦发病，便行为失控，伤人伤己。世间之悲，莫过于此。他不禁感慨，毒品害人不浅，但为何总有人飞蛾扑火呢？能不能想想法子帮帮他们，摆脱毒瘾的纠缠呢？这个想法一旦形成，便根深蒂固，挥之不去。

天下无毒，就目前的情况看，只是人们美好的愿景，或者也可以说是梦想。但有愿景总比没有好，有梦就有动力，有梦就能期待明天。张文林在等待机会。

机会总是青睐有梦想、有准备的人。1997年底，无锡公安成立戒毒所，在卫生系统优先招录戒毒民警。张文林对照条件，专业对口。他迫不及待地把报名当警察的想法告诉夏琳。谁知夏琳有不同看法："你疯啦？这么好的工作环境，又是病区主任，前面的路宽着呢，为啥要去当个小警察呢？"同学、朋友闻讯，无不吃惊，纷纷劝他："文林，别犯傻。整天跟吸毒的人打交道，你会疯掉的。再者，你大好前途不要啦？"妻子、同学和朋友的话都在理，不怪他们反对。

张文林失眠了,一个个吸毒者或震颤发抖,或拼命撞墙,或满地打滚,走马灯似的闪现在他眼前。勉强入睡,梦里也是这些场景。"不行,我一定要帮帮他们!"他在梦里喊出声。夏琳明白丈夫心意已决,再加阻拦势必发生"战争",不如让他去吧。

"文林,既然你决定了,就去报名吧。警察很苦的,以后别后悔。"夏琳松了口。报名截止的前一天,张文林递交了报名表。

戒毒所初建,专业人才奇缺,张文林科班出身,加上素质好,又有实践经验,戒毒所大门向他敞开。

穿上警服,责任感、使命感油然而生。张文林对着镜子敬了个礼,然后打开笔记本,写下这么一段话:"我既是医生又是警察,我要用自己全部的爱和付出去救赎更多的人脱离毒渊。"

现在,他瘫了,不能动弹了。住院的日日夜夜,吃喝拉撒全在床上。盯着病床上方的天花板,听着窗外传来的汽车喇叭声,张文林感到前所未有的绝望、痛苦。他感到失去的不仅是肢体功能,还有整个人生。他烦躁、焦虑、困惑,原本那么温和的一个人,动辄怒气冲天,要么整天不吭声,要么火药味十足。洗脸水冷了热了,菜淡了咸了,都是他找碴发脾气的理由。夏琳经常暗中流泪,在他面前却总是笑脸盈盈,温言软语。

"难道就这样一直躺着吗?"张文林千万次地自问,"我该怎么办?"

为了那些被荼毒的灵魂,他舍身救赎

看着一天天憔悴的妻子,看着天真活泼的女儿日渐沉默,想到家中焦灼不安的老母亲,更想到朝夕相处、亲如兄弟的战友们,在痛苦和困惑中挣扎徘徊的张文林逐渐恢复理智,陷入沉思。他很快找到答案:"不能自暴自弃,不能让家人担心,我的任务还没完成,一定要像正常人那样去工作、生活。一定要想办法拯救自己,然后继续去拯救那些在毒渊中挣扎的

人们。"

张文林回忆起自己在戒毒所工作7年的点点滴滴,想到那些因自己努力而挽回生命、告别毒品的学员,脸上不禁浮现笑容。

张文林刚进戒毒所,便被组织委以自愿戒毒区医疗组警长的重任。是时,戒毒还是一门新兴的医学边缘科学,他遇到的最大难题是缺乏戒毒的专业知识和临床经验。面对那些被毒品折磨得人不像人、鬼不像鬼、生不如死的学员,他心里如针扎般难受。他夜以继日地技术攻关,尽管掌握所里使用的戒毒药物的生化指标和配方,但因无现成经验可循,他一连8天吃住在学员宿舍,随时观察学员们的服药反应。夜间,他每隔1小时就要观察临床症状。

"当时,那些药都没有药名,只有数字代号。要准确把握用药剂量,对症下药,唯有自己试吃。"为掌握药物反应,张文林多次试吃这些药物。试药不比吃别的,几颗药吞下去,有时口干难耐,有时瞳孔缩小、头昏眼花、站立不稳,有时心跳加快、血压升高。体味这些不同剂量、不同型号药物带来的不同反应,借助大量书本知识,张文林摸索出"莨菪脱毒疗法",填补了无锡药物戒毒史上的空白。那些欲摆脱毒瘾的人不请自来,自愿戒毒人数由1998年的100多人攀升至2004年的600余人。为了将研究成果分享给更多人,张文林利用业余时间撰写医疗戒毒理论和实践研究报告,在《中国临床研究》等医学刊物上发表论文10余篇。他撰写的《对自愿戒毒人员治疗和管理的体会》,在公安部征文竞赛中获二等奖。

毒品对人的神经系统、身体机能的摧残是无法估量的。一些人来戒毒所戒毒时,早已"毒"入膏肓,危在旦夕。张文林凭着一腔热血和高超的医术,成功挽救十几条生命。

常良人到中年,于2000年初染上毒瘾,吸得企业破产,妻离子散。2002年3月初他被强制戒毒。3月18日中午,疗区静悄悄,大家都在午休。突然,张文林被一阵急促的脚步声惊醒。值班护士报告,常良面色发紫,呼吸窘迫。张文林赶去时,常良已陷入昏迷。翻阅其病史,常良患肺结核5年,查体,鼻腔内有鲜血。"肺结核引发支气管扩张咯血,血块阻塞气道引起窒息。"冒着感染的风险,张文林麻利地清除其呼吸通道内的血块,给予吸氧、拍背处理。经过紧急救治,常良恢复自主呼吸。随后,张文林安排车辆将其送到市传染病医院,确诊为浸润性肺结核进展期,传染性极强。病情稳定后,常良自愿返回戒毒所。他说:"我这条命是张警官给的,毒瘾不戒,我对得起谁?"

每一个进所戒毒的学员,都建有台账,吸毒史、疾病史一一记录在案。对学员的这些基本情况,张文林烂熟于心,关键时刻就派上用场。一天深夜,女学员俞亚在睡梦中憋醒,大汗淋漓,胸闷不已。值夜班的张文林一听,便知是心脏病犯了。他带上速效救心丸、氧气包冲到女学员宿舍,俞亚已失去知觉。张文林当机立断,采取人工呼吸、心脏按压等措施。120救护车飞驰而来,把俞亚送到市医院,捡回一条命。医院诊断俞亚患有风湿性心脏病、三尖瓣重度狭窄、中度肺动脉高压,随时有猝死可能。幸亏张文林第一时间实施心肺复苏术,为其赢得3分钟黄金时间。

1967年出生的陆群是个"资深"吸毒者,劳教所、戒毒所几进几出。2003年春节,陆群又因吸毒被抓了现行,再次送进戒毒所。进所第三天上午,他突然浑身乏力,双腿软绵绵,迈不开步,以为毒瘾犯了,便躺上床硬抗。傍晚下班前,张文林例行巡查,发现陆群肢体软瘫,处于嗜睡状态,当即抽血化验,诊断为重度低钾血症。静脉注射,口服补钾,好一阵忙碌,陆群才苏醒过来,经医院救治,得以脱险。

一朝吸毒,终身戒毒。戒毒,难的不是生理脱瘾,难的是心理治疗。生理上的毒瘾或许可以依赖药物戒断,心理上的毒瘾却需要一个长之又长的过程,而且必须生理、心理脱毒双管齐下。张文林深谙这个道理。因此,他既是医生,用药物帮助学员戒除毒瘾,又是管教,像父母对待子女、老师对待学生一样,因地制宜,因人施策,千方百计地帮助学员摆脱毒瘾。

宋奇与"粉友"聚集某酒店客房吸食冰毒时,被派出所民警查获,送进戒毒所。宋奇有数年吸毒史。强制戒毒期间,张文林一边用药物帮助其生理脱毒,一边反复找其谈心,从家庭、社会、身体等多角度讲述毒品的危害,说得宋奇连连点头。宋奇离开戒毒所时,张文林主动与他结成对子。一月一电话,半年一随访,定期书信交流。其间,宋奇有过彷徨、摇摆,也遇到过诱惑,但想到张文林苦口婆心的劝说,语重心长的话语和充满期待的眼神,想到自己的家庭,他坚定了远离毒品的信心和决心。他彻底告别毒品,创办了自己的企业。现在,他生活稳定,家庭幸福。

战胜自我,他坚强地站了起来

"我治疗过许多偏瘫病人,有的悲观抑郁,痛不欲生,有的横竖不好,折腾家人。但是,有一张脸,一张坚毅的脸却一直在我眼前浮现,那就是张文林的脸。我经常用张文林的故事去鼓励那些不敢面对现实的病人,鼓励他们接受现实,重新扬起生活的风帆。"张文林的主治医生孔亮如是说。

在医护人员的精心治疗和亲情的召唤下,在领导、战友的关怀、关心下,张文林度过艰难的治疗期,病情得到有效控制。2004年10月1日,国庆节,张文林出院了,更为艰难的康复训练开始了。

脑梗导致张文林语言功能受损,说话含混不清,左手、左腿功能缺失,肠胃功能受到影响。恢复期漫长,也可能终生与轮椅为伴。即便治疗、康复效果极好,也不可能像健康人一样行动自如。无情的现实,意味着张文林的职业生涯也许就此终结。妻子为他惋惜,同事为他遗憾。但张文林认为,自己大脑功能尚好,他坚信奇迹一定会发生,并且一定会发生在自己身上,命运一定会眷顾有坚定信念的人。

"吃饭……电视……写字……"张文林投入到语言训练和恢复肢体功能的训练。为了训练咬字发音,夏琳常常一边做饭搞卫生,一边像教牙牙学语的孩子一样,百次、千次、万次地帮助张文林重复练习一个词、一个音。女儿阳阳经常把班上的优秀作文拿来读给爸爸听,再"逼"着爸爸念给妈妈、奶奶听。半年后,张文林的语言功能逐渐恢复,虽一字一顿,但正常交流已不成问题。

比起语言恢复,肢体功能恢复更难。张文林先练习站立。由于左腿软绵绵抬不起,他常因无法平衡而摔倒。每次练习站立,夏琳抱着他的腰,他右手搭在妻子肩上,右腿着地,左腿拖着地面……就这样一个简单的动作,对张文林来说,比登天还难。每次都是汗流浃背,牙齿咬得咯咯响。经历无数次重复后,他终于站了起来。接下来,练习走路。他开始在跑步机上走。夏琳先后买回多功能跑步机、电疗仪、健腹仪等设备,张文林每天进行不少于 5 小时的复健练习。5 小时的运动量,对健康人来说都很难,对于张文林来说,更难。哪一天不是累得连话都不想说!

张文林家住 6 楼,没有电梯,88 级台阶,上下共 176 级,常人来回一次三四分钟,他需要四五十分钟。只有过了上楼、下楼这一关,才有可能走出家门,跨进单位门,重返岗位。每天清晨或傍晚,同楼的邻居准能在楼道里看到一个坚强的身影,依托楼梯扶手,一步步吃力地迈上台阶或挪动下楼,哪怕满头大汗,哪怕摔得鼻青脸肿。一次次上下楼,一次次摔倒,张文林上下楼的速度大大提高。他走出楼道,站到了院子里、马路上。拥抱着金灿灿的阳光,他对自己说,生活是多么美好!

经过一年的康复训练,张文林不仅能独立行走,还能独立穿衣、吃饭、单手骑车。他来到医院,找到主治医生孔亮,要求开具复工证明。孔医生惊讶于他的康复速度如此之快,但坚决不肯开具复工证明。类似病症,有 80% 的复发可能,怎敢冒这么大的风险?!

"孔医生,求你啦,帮帮我吧,我丢不下工作,丢不下那些需要我的人啊。"张文林软磨硬泡，再三恳求。

张文林心里装的全是戒毒所的事，还有和他结对的那些人，不能半途而废啊。

有个叫朱强的吸毒者，吸没了家产，吸跑了老婆。2003年11月，朱强第四次进戒毒所，戒毒3个月后解除强戒出所时，张文林找他谈话："朱强啊，可不敢再吸啦，再吸，你就真没救了。这样吧，我们结个对。我呢，不时给你提个醒，你呢，有什么事就找我。"朱强一听，张警官是真为他好。说实在的，他也真不想再沾那鬼玩意儿了。打那时起，张文林与朱强之间没少联系，即使躺在病床上，张文林还让女儿代笔给朱强写信，规劝他要给年幼的儿子做榜样，要有一个父亲的责任、担当，一定不能毁了自己，再毁了儿子。字字真情，句句在理。看到张警官病得那么重还记挂着自己，朱强的内心受到前所未有的触动，"再去碰那东西就猪狗不如了"。在张文林的鼓励、督促下，朱强摆脱毒瘾，回归正常人的生活，还组建了新家庭。

病休期间，因行动不便，张文林甚至让夏琳用电动车载着他到学员家中走访、谈心。每当传来学员远离毒品、走向新生的消息，他别提多高兴了，发自内心地觉得，"工作着是美好的"。

禁不住张文林几次三番恳求，感于他对工作的执着和对事业的热爱，孔医生开具了复工证明。

"我又可以上班啦！"张文林兴奋得像个孩子。

"我看你还是悠着点。"夏琳泼他冷水，但她知道拦不住他，他认定的事，十头牛都拉不回来。再者，他尚年轻，关在家里，真不知会不会憋出其他的病来。

人们称他为"钢铁侠"

2005年9月1日，张文林回到阔别359天的工作岗位。这天，他一早起床,打开笔记本,写下一行字:"能够上班是一种快乐,一种幸福。"

夏琳不放心,把丈夫送到戒毒所门口。站在戒毒所院子里,张文林整了整警容,"一切重新开始了!"

我第一次见到张文林,是2012年9月。张文林的领导给市局领导写信,强烈推荐张文林参评第二届"无锡十大杰出民警"。

戒毒所一楼大厅,首接窗口,这是张文林的工作岗位。电话铃响,他将话筒夹在左颈部,右手持笔记录,放下笔,操作键盘,将电话记录输入电脑。半个小时,他接听了5个电话,办理了2个人的入所手续。他的额头上沁出细密的汗珠。这样的工作量,对健康人来说也是繁重的,何况张文林半边身体行动不便。他硬是靠一只右手,将面前3部电话、2台电脑、1部对讲机操作得得心应手。单手骑车、打字,肩、手配合接听电话,对他来说,已是小事一桩。

重返岗位的这些年,张文林始终以"超人"的状态在工作。

且说2005年9月1日那天,张文林拄着拐杖出现在同事面前,大伙惊讶地迎了上去。"我上班来了!"他兴奋地对所长、教导员说。"好,好,你能回来,我们很高兴,但是……"大伙不免担忧——能行吗?从大家关切的眼神里,张文林读出了担忧和疑虑。他没有吭声,行动才是最好的答案。

考虑张文林的身体状况,所领导没给他安排固定岗位,而让他上"自由班"。但他自己抢事干,查看监控、发药、操作电脑……2007年初,他主动要求到"首接民警"岗位。这个岗位任务不轻,承担着人员出入所、接待咨询、信息台账录入、办理接见手续等工作。为了适应岗位需要,他刻苦练习电脑操作、电话接听等技能。

张文林认真把好入所第一关。浦女因吸毒被强制戒毒。入所时,张文林照例对着身份证询问姓名、家庭地址,发现浦女眼神慌张、闪烁其词。"有情况!"他立即上网核对。怪不得惊慌,原来浦女冒用了他人的身份信息。

网上逃犯同样逃不过他的眼睛。2012年7月,他反复上网比对入所人员张某的信息,发现其涉嫌故意伤害犯罪,被安徽警方网上追缉。张某做梦也没想到,他会在戒毒所现出原形。

因张文林身体原因,领导给张文林以特殊待遇:不必按时上下班,雨雪天可以在家休息。张文林谢绝了这番好意。2008年冬天,南方雪灾,锡城大雪封路,道路难行。星期一,夏琳望着窗外漫天大雪说:"文林,今天就不要去了吧,路上不好走。""那怎么行啊,所里人手紧,一个萝卜一个坑,我不去,岗位上就没人了。"张文林冒雪出了门。

所领导和同事们怎么也没想到,张文林会一身雪水、额头青肿地准时出现在晨会上。路面结冰、奇滑,张文林连车带人摔倒,在好心路人的帮助下,他顽强地爬起来,赶到所里。大家的眼睛湿润了。雪灾期间,张文林吃住在所里,天天坚守岗位,每天一早还到院子里扫雪铲冰。

张文林的家距戒毒所33公里,为免路途奔波劳顿,重新上班之初,张文林是住在所里的。住了一段时间,夏琳不放心,每天用电动车接送。医院工作也忙,她早上7点上班,下午5点30分下班,还要接送上学的女儿,不到半月便累趴下。张文林不忍心,改乘所里的接送车。从家里到接送站点,正常人的10分钟路程,他要走1小时。后来,他买了辆单手制动的残疾人电动三轮车,无论严寒还是酷暑,他雷打不动早上7点从家里出发,8点钟即到单位。

窗口接待事务琐碎、累人,时间久了,张文林的右腿因负荷太重而患上脉管炎,发作起来疼得脚不能沾地,连上厕所都难。他常常一天不喝水,不起身,晚上回家让夏琳输液止痛。多少次,夏琳边流泪边扎针,劝他歇歇。他回答"知道了",却依旧如此。

张文林用坚强毅力抗击病魔,用执着坚守拓展生命的厚度,创造了一个个奇迹。2012年12月8日,第二届无锡"十大杰出民警"评选揭晓现场,当张文林一瘸一拐走上领奖台时,观众席上响起雷鸣般的掌声。这掌声是肯定,是赞誉,更是钦佩。媒体铺天盖地报道,称他为身残志坚的"钢铁侠"。

2015年4月,张文林被公安部授予"全国公安系统二级英模"的荣誉称号。他当之无愧!

如今,张文林依然坚守在他的"首接民警"岗位上。

王　峰：
一个父亲的泣血两年

"我必须对得起那一双双眼睛"

"小刘,明天上午出发！抓不到谢安不收兵！"夜已深,王峰还在办公室里忙碌。明天,他又将踏上追逃路。

2011年11月15日,为期7个月的全国公安机关"清网行动"结束前一个月,江阴市公安局交巡警大队副大队长王峰面临第15次"出征"。大队的任务是抓回16个网上逃犯,达到清网率100%的目标。这16个网上逃犯,都是在江阴留有交通肇事案底的,或致人死亡,或致人重伤。转岗交巡警前,王峰还当过多年刑警,自然而然地担起这一重任。此前5个月,他已14次带队,辗转吉林、贵州等10余个省份,亲手抓获9人,规劝4人投案自首,尚有3人未归案。

3名未归案的逃犯中,有个叫谢安的,逃了2年多。2009年3月的一天凌晨,谢安开货车途经江阴华士镇时,将同向的行人老吴撞倒。谢安不仅不下车救人,反而加速逃逸。街头监控记录下了谢安的可耻行径。江阴警方派出追捕组赴重庆谢安的老家追捕,可狡猾的谢安压根没回家。这次事故,受害人老吴因颈椎骨折而导致瘫痪,治疗费用是个无底洞。老吴如今卧床,一家人的生活陷入困境。肇事者迟迟不归案,医疗费、赔偿金无从谈起,更是雪上加霜。王峰曾多次上门走访,吴家整日愁云笼罩。

"王警官,一定要把那个谢安抓到啊,要不我们一家老小怎么活呀。"卧床的老吴紧紧抓住王峰的手,眼里充满期待。

"老吴,安心养病,我一定会抓到他,决不放弃,决不!"王峰暗下决心,无论千难万险,都要啃下这块硬骨头,把谢安给抓回来。

此刻,王峰正在翻阅案卷。为了寻找谢安的蛛丝马迹,这本案卷快被他翻烂了。"王大,"办公室的门被人推开,进来的是交巡警大队大队长徐明芳,"这么晚了,还不回家?""还记得那个谢安吗?这次非抓到他不可,明天我就出发。"王峰抬起头。

"这次你就不能不去吗?"徐明芳恳求说,"我刚才去医院看晨晨,她问我,这次是不是和你一起出去抓坏人,问我们哪天能回来。我只能骗她说,很快!一抓到坏人就会回来,要不了几天。可我知道,这次去不会只是几天,就算只有几天,对于晨晨来说也很重要。你就留下来陪陪她吧!"

"明芳兄弟,你别说了。晨晨是我女儿,我能不心疼吗?"王峰心中也是千千结。作为父母,最疼爱的,就是自己的至亲骨肉,可是……,王峰停顿一下,问徐明芳:"我当警察18年,你还记得我在哪个岗位上的时间最长吗?"

"刑警队。"徐明芳脱口而出。

"是啊,我当刑警13年。13年里,我见过太多双眼睛,那些眼睛里有泪水,有冤屈,有期盼,有感激……这些都深深印刻在我心里。我曾发誓,只要我当一天警察,我就必须对得起这一双双眼睛。这次,在老吴家,我又看到了那样的眼睛、那样的泪水和期盼,我真的不能不去啊……"

徐明芳沉默了。

时年17岁的晨晨患的是脑胶质瘤,肿瘤位于脑干,恶性程度很高,手术、西药、中药……样样试过,情况却一天不如一天。

都说女儿是爸爸前世的小情人。王峰给女儿起名"怡晨",就是希望女儿每天早晨一睁开眼睛就开开心心、快快乐乐的,没想到病魔如此残忍,竟向一个花季少女伸出魔爪。王峰心里疼啊。

晨晨发病的经过,王峰永远忘不掉,永远!

晨晨1995年出生,属猪。自从有了女儿,王峰的生活多了欢笑和阳光。那时,王峰在刑警队,破案、追逃,一年倒有200来天出差在外。即使没出差,也是早出晚归。清晨,女儿尚在梦中,他已出门;夜里,顶着星星回家,女儿已经入梦。即使这样,晨晨还是跟爸爸亲,偶尔王峰在家,便腻着他讲故事、去公园。他呢,也总是把晨晨逗得咯咯笑。家是幸福的港湾,有了这个港湾,再苦再累,只要一回到港湾他便满血复活。女儿是他生命的延续,是他的希望。自从有了智能手机,他的屏保始终是晨晨那天真烂漫的笑脸。他希望女儿健康成长,将来有份稳定的工作,有个幸福的家庭,然后生儿育女,过平淡安定的生活,这就足矣。女儿没辜负他的期望,活泼开朗、阳光聪明,从小学到高中,一直品学兼优,从不用家长操心。

可是,老天不公!

那是2010年的国庆长假,时值上海世博会,晨晨吵着要去看世博。女儿难得提要求,恰巧外地有个朋友邀他一家三口同去上海,他便答应了晨晨。

他们是10月2日去的上海。当天下午,晨晨玩得好开心,沙特馆、希腊馆……都有她的笑声。可晚上,晨晨蔫了,头晕、想吐,晚饭没吃便睡了。夫妻俩以为是白天玩累了,歇歇就好。第二天,一家人又赶去世博会园区,排很长的队。排着排着,晨晨晕倒了。没心思再玩,一家人当即打道回府。3日晚,王峰值班,妻子兰带女儿去医院,医生配了抗生素。4日无事。5日,王峰又值班,中午正在食堂吃饭,妻子兰来电话,话筒里传来焦急的啜泣声:"晨晨一吃东西就吐,讲话口齿不清,书上的字都看不清了。"王峰吃惊不小,当即告假往家赶。

"脉象不好,容不得耽误,快到医院做脑部CT。"同事把当中医的老父亲接来为晨晨号脉。老先生脸色凝重。

CT报告出来了。看着花儿一般的晨晨,医生惋惜地摇了摇头,不肯吐露实情。王峰心中忐忑,想法支开妻子,对医生说:"您说吧,我挺得住。"

"情况不好,脑部有个肿瘤,左脑靠近脑干处。"医生举起CT片,指着一个鸡蛋大小的东西让王峰看。当晚,核磁共振报告也出来了,左脑肿瘤压迫神经,脑压升高,病情危急。"脑干,肿瘤,危急……"王峰大脑一片空白。怎么可能呢?他冲进盥洗间,拧开水龙头,失声痛哭。流水声掩盖了呜咽声。

"千万不能让晨晨和兰知道。"王峰抹干眼泪,连抽3支烟。走出盥洗间,出现在晨晨和兰面前的王峰一脸平静,轻描淡写地说:"没什么,先回家休息吧。"

兰陪晨晨睡下,已近子夜。王峰再也控制不住情绪,他冲出家门,跑到一处拆迁废墟上对天长啸。他为女儿的不幸而悲伤,为自己的疏忽而自责。自己只顾忙工作,疏忽了女儿的细枝末节。如果自己多关心女儿一些,或许能早些发现症状,早点治疗。他想起,一年多前,晨晨考上高中那会儿,军训时摔了一跤,实际上那时就有了症状,他还以为是孩子不注意。他懊悔得直摇脑袋,泪水怎么也止不住。都说男儿有泪不轻弹,其实只是未到伤心处。

飓风骤降,港湾掀起惊涛骇浪,幸福的小船说翻就要翻。王峰咬着牙决定把痛苦藏在心里,一切由自己扛。他必须有这份担当,这份责任,稳住家庭这艘小船。他向兰、晨晨隐瞒了病情,父母、岳父母年事已高,也不能让他们担惊受怕。

他带着晨晨去了上海的大医院,托辞是那次军训摔跤受伤,脑子里有瘀血,必须手术。

手术很成功,切除了那个万恶的肿块,晨晨又能流利说话,又能看书写作业了。王峰很高兴。但医生的话犹如兜头一盆冷水,不,是冰水。"脑胶质瘤,国内没有治愈病例。这次手术只是切除大部分,肿瘤位置太促狭,周边布满密密麻麻的神经,无法完全切除,以后还会像韭菜一样一茬茬疯长。"

"那我女儿剩多少时间?"这个疑问在王峰脑海里盘桓好久。

"照顾护理得好,一年多吧。"答案残酷无情。

术后,晨晨在家静养,王峰返回工作岗位。领导、同事劝他多陪陪女儿,他这样说:"我没有告诉孩子她到底得的什么病。我不想让她害怕。我照常上班,照常工作,照常去抓坏人,只是想让她觉得自己得的不是什么大病。"他一次次出差追逃,每抓到一个逃犯,他都会眉飞色舞地讲给晨晨听,听得晨晨脸上绽开笑容,连说"爸爸真厉害!"

"王大,你说的我都理解,不过,你也要想想晨晨和嫂子的感受。"晨晨患病以来,王峰的隐忍、坚强、刚毅,徐明芳看在眼里,佩服在心里。他默默关心着王峰,试图为兄弟分担些。

"我是晨晨的亲爸,我也想天天陪在她身边,可我不能。我出去追逃,也是为了更多家庭的健全和幸福。"战友的好意,王峰怎会不知。

"明芳,别说了,就让王峰去吧。"江阴市公安局分管交巡警的赵敏副局长来了。工作上,他与王峰是上下级,生活中,他们既是朋友也是兄弟。这天一早,王峰打电话给他,说那个谢安有线索了,他要去抓。他承诺过老吴,要将谢安绳之以法,不能食言。赵敏左右为难,思忖再三,硬着心肠答应。

"王峰,你去吧,家里有我,我会经常去看晨晨的。"赵敏拍了拍王峰的肩膀。

"谢谢赵局,我没什么豪言壮语。'清网行动'不结束,我是不可能停下来的。"王峰坚定地说。

"坏人抓住没有啊?"

江阴市人民医院的脑科病区,空气里弥漫着消毒水的味道。病房的门虚掩着,王峰轻轻地推开门,床头灯照着兰瘦弱的背影。晨晨患病13个月以来,可苦了兰了,陪伴、抚慰、护理,还要照顾吃喝拉撒。这都不算什么,她虽不知女儿到底得的什么病,但感觉并不像丈夫说的脑子里有一块瘀血那么简单,要不,上海大医院去了,手术也做了,西药和中医都试过,怎么情况一天不如一天呢。丈夫肯定瞒着她什么,但她不敢问,一问,希望便像肥皂泡一样碎了。希望没了,她也就垮了。

"晨晨,张嘴,喝点。"兰在哄晨晨喝果汁,这是她用苹果、猕猴桃精心榨成的。晨晨半睁着眼,在疾病这个魔鬼的摧残下,晨晨的身子薄得犹如一片纸,深陷在白色被子里。可恶的肿瘤一天天变大,压迫神经。她时而清醒,时而糊涂。

又要出差,怎么对晨晨和兰开口?王峰来到病床前,俯下身,轻轻抚摸女儿的脸庞。

"老爸。"晨晨睁开眼,眼中掠过一丝惊喜。她虚弱地伸手抓住爸爸的手。十指相扣,父女情深。

"晨晨,爸爸跟你商量件事……"王峰艰难地开口,"爸爸又要出去抓坏人了。"

"爸,你去吧,早点把坏人抓住,你就可以回来陪我了。"晨晨闭上眼睛好一会儿,下定决心对爸爸说,手却抓得更紧。

"爸,你可要早点回来啊,晨晨等你。"晨晨继承了王峰坚强、乐观的性格。她毕竟已经17岁,对自己的病也有不好的预感。她希望爸妈每天、每时、每刻陪在她的身边。病后,她曾在博客上写道:"只要爸爸在身边,我就感到安全、安心。"她好害怕,害怕一觉睡过去再也醒不来,再也见不到爸爸、妈妈。

忧郁的兰把王峰拉到走廊里:"晨晨的情况好像更不好了,右边身子不会动了,昏睡的时间越来越长,药物好像失去作用了。前几次你出去,偶尔听到电话铃声,就会哭着叫'爸爸、爸爸',都会问,'爸爸什么时候才能回来?'这次,我不知道她还能不能等到你回来。"兰伏在丈夫的肩膀上哭了,哭得很伤心。她不能失去她的独生女儿啊。

"这次我必须去。晨晨的事我安排好了,赵局、徐大还有我弟弟他们会照顾的,辛苦你了。"王峰拥着妻子,拭去妻子眼角的泪水,心里五味杂陈。

2011年11月10日,王峰和2位战友组成的追捕组出发了。第一站是山城重庆,谢安的老家。谢安的家在深山里,崇山峻岭围绕,一条九曲十八弯的蜿蜒小路通向山外。王峰此前已去过好几次,扑空,还是扑空。谢安知道江阴警察正满世界找他,自出事后就不敢在家待了。王峰他们去,是要通过家属敦促其投案自首,当然,也试图寻找蛛丝马迹。

这次"清网行动"要抓的,都是长时间负案在逃人员,且大多不是江阴本地人,哪一个不是费了九牛二虎之力。就说那个李宇吧,数年前,李宇驾驶"鲁"字牌照重型货车在江阴峭岐镇将14岁小学生新新撞死后逃逸。王峰先后3次带队到山东鱼台李宇家中做其家人工作,追捕足迹遍布浙江、上海、广东和江苏苏北等地,最后在徐州丰县观口镇将李宇抓获。

新新是家里的独子,一家从四川来江阴打工。李宇家中家徒四壁,无力偿还。李宇归案后,王峰四处奔波,想方设法解决赔偿问题。王峰联系车主,与保险公司协商,为新新父母争取到22万元赔偿金。虽然不多,但聊胜于无吧。

这次到谢家,"铁将军"把门,连其父母也不见了踪影。村人反映,谢家可能举家去了四川。追捕组根据事先排摸的谢安所有关系人,在四川、重庆间来回奔波20余天,没有任何收获。

晨晨的病情不断恶化。王峰在外不管脚步多匆忙,每天早晚总会电话问候。头几天,晨晨尚能接电话,每次都会问:"爸爸,坏人抓到没有?"偶尔还会问:"那里好玩吗?拍些照片我看看,以后带我去玩。"兰告诉他,每天晚上女儿都不肯入睡,盼望他回去。王峰恨不得插上双翅飞到女儿身边,可谢安未抓到,他不甘心啊。深夜,回到旅馆,他打开手机,久久凝视着女儿的照片。照片上的晨晨穿着红色运动衣,脸上洋溢着灿烂的笑容。"女儿,挺住,等爸爸回来!"

2011年12月7日,谢安的行踪浮出水面——海南三亚。追捕组火速乘飞机赶往海南。

下了飞机,王峰刚打开手机,两个电话就迫不及待地"冲"进来。一个是兰,话未说先哭出声:"不知怎么回事,晨晨不会说话了,整天昏睡,怎么叫都不醒。她这到底是什么病?你快回来吧。"

"我过几天就回去了,这症状可能是有点脑萎缩。"王峰心头一紧,知道肿瘤压迫到语言神经了。他含着泪"骗"兰。

"王峰,快回来吧,我另外安排人过去。"第二个电话是赵敏。王峰不在江阴,赵敏天天去医院。他是看着晨晨长大的,"伯伯,伯伯"叫了他十几年,多好的一个小姑娘。晨晨到上海做手术,也是他帮助联系的医院。但他没能果断阻止王峰出征,没能让爸爸留在女儿身边,心里难过与内疚交织。

"赵局,谢安已露出马脚,我一走,前功尽弃。我得在这儿盯着,快了!"

王峰连忙打电话给弟弟,让他带着晨晨的CT片到上海找医生。他再三叮嘱:"不能让妈和你嫂子看到CT片。"晨晨是奶奶的宝贝,他不想让她受惊吓。百密一疏,晨晨奶奶还是看到了CT片。她哭着给儿子打来电话:"峰啊,你为什么要瞒着我啊。孙女得了这么重的病,你为什么不告诉我,一个人扛着,你是铁人吗?你赶快回来吧!"王峰心如刀绞。

又是一个星期,在人生地不熟的三亚,王峰他们内查外调,甄别线索。2011年12月15日晚,谢安被王峰他们从被窝里揪了出来。

"你们是怎么找到我的?"谢安一脸惊恐。

"就算逃到天涯海角,又有何用?你早晚要为自己犯下的罪行买单的。"王峰的眼睛要喷出火来。

一路风尘,快马加鞭,追捕组押着谢安往回赶。弟弟来电告知,上海的医生说已无手术机会,晨晨的生命进入倒计时。王峰心急如焚。

12月16日凌晨3点,追捕组胜利返回,飞机平稳降落在杭州萧山机场。徐明芳带着兄弟们前来接机。另两名逃犯也已落网,16名网上逃犯全部到案,清网率100%。

"晨晨,坏人抓到了,爸爸回来了,你快睁眼看看爸爸呀!"江阴人民医院病房,晨晨陷入昏迷。王峰千呼万唤,她勉强睁了下眼,泪珠从眼角跌落。兰告诉他,这几天,晨晨一直在"睡觉"。15日晚,她仿佛知道爸爸要回来了,睁了好几次眼,还不时往房门方向看。

"晨晨,爸爸对不起你呀!"王峰再也控制不住情绪,泪水如决堤的洪水。

"晨晨,我们回家!"王峰抱着女儿回了家。在女儿生命的最后时刻,他得分分秒秒陪着她,陪她说话,给她唱歌、讲故事。一家人在一起。

龙年春节快到了。大年夜,王峰把晨晨的真实病情告诉了兰。兰哭得一塌糊涂。她没有责怪丈夫,她知道丈夫这是爱她、爱女儿。知夫莫若妻,嫁给王峰18年,她深知王峰是一个顶天立地的男子汉,爱工作、爱家庭。他是她和晨晨的天,是遮风挡雨的伞。而晨晨,是家庭的希望和未来,是他们夫妻手心里的宝,她不能也不敢想象没有晨晨的日子。

2012年2月6日,农历正月十五元宵节。夜幕降临,在一声高过一声的鞭炮声中,晨晨在爸爸温暖的怀抱里安静地走了。她去了天堂,那里没有疾病,没有痛苦,四季鲜花盛开。

晨晨走了,王峰的心空了,满屋子都是晨晨的影子。黉夜,女儿卧室传来兰啜泣的声音。

生活还要继续,王峰牵着兰的手,住到父母家。

"他天生就是做警察的料"

"清网行动"结束,上级公安机关总结并表彰有功集体和个人,江阴市公安局上报王峰的事迹材料,文字朴实生动,情节感人至深,却令人扼腕叹息。看完材料,我泪流满面,心头似有一块大石头压着。这王峰到底是个怎样的人?怎么如此铁石心肠?我和同事去了江阴。在王峰领导、战友的讲述中,我感悟到他对警察职业的热爱、执着、责任和担当,感受到一个铮铮铁汉的强大内心和侠骨柔情。

王峰,1969年出生,是土生土长的江阴人。1992年,王峰中专毕业进了矿山机械厂。小伙子国字脸、浓眉大眼,好学肯干,能说爱笑,还有一副好嗓子,锡剧唱得那个字正腔圆,工余时间一曲,赢来多少掌声。进厂两年多,他被选拔到巴基斯坦执行援外任务,结束任务后回国,适逢江阴市公安局招警,机会不容错过。1995年8月,王峰成为江阴市公安队伍中的一员。在派出所待了一年,他便被刑警队挑走,在刑警岗位上待了13年,后被提拔到巡特警副大队长的岗位。

王峰天生是块当警察的料,无论在哪个岗位,他都一样用心,一样出色。

最难忘的是当刑警的那段岁月。王峰说,当警察就要干刑警,千辛万苦破获案件,抓获罪犯,有成就感;看到百姓的损失挽回,脸上露出笑脸,有价值感。在刑警队的那些日日夜夜里,王峰真是拼了。他参与了4600余起案件的侦破,足迹遍布全国20余个省(区、市)。

一年春节后,大批进城务工人员返城。江阴是闻名遐迩的百强县,外来人员更多,一些不法分子混迹其中,偷盗骗抢,作案累累。有段时间,该市的周庄、陆桥等地连续发生摩托车被盗案。盗车贼夜间作案,一夜少则一两辆,多则三四辆。盗车案频发,既给群众出行带来困难,又造成经济损失。失主焦急,王峰心里更急。其时他担任周庄刑警中队的中队长,他和战友一个个失主走访,一起起案件分析,根据作案手段、作案时间和规律,串并起39起同类案件。循迹追踪,经过3个月的侦查,摧毁一个由外来人员组成的盗窃团伙,破获盗窃摩托车案204起。赃车被销往各地,王峰动足脑筋,为失主追回61辆车。

有年初夏,河南周口人王五纠集十几名同乡,在上海宝山区"城中村"租房为窝点,白天蒙头大睡,晚上驾车流窜周边城市作案,专门盗窃货车、面包车和轿车,殃及江阴周庄、华士等乡镇。王峰带人逐一查看沿路监控,40 余次到上海、河南等地寻踪觅迹,伏击守候,昼夜苦战 2 个多月,将这个跨省特大盗车团伙一网打尽,破获盗窃汽车案 40 起,追回 31 辆失窃车辆。

发还失车的场面真是感人。仅举一例,河南籍车主李某,倾其积蓄,贷款 15 万,买了辆解放牌卡车搞货运,才跑 2 个月,车被偷了。李某的妻子着急加郁闷,精神一度失常。李某天天到刑警队打探消息。车子追回,李某在发车现场哭得稀里哗啦。不过,这是喜极而泣。望着这场面,王峰心里美滋滋的,总算可以回家睡个安稳觉了。刑警中队驻地离家仅 800 米,2 个多月里,他除了出差就是住在队里,天天工作到凌晨。他说是回家怕打扰妻女,影响她们休息,不如住在队里省心。

2009 年,江阴公安打造立体防控体系,加强卡口建设。这年 8 月,局党委把王峰这个"老刑警"提拔到交巡警大队副大队长的岗位,兼任卡口中队中队长。岗位变了,职责未变,还是"抓坏人"。他不仅在新岗位上大显身手,还带出一批徒弟。

新官上任未满月,12 个治安卡口情况已门儿清。一天傍晚,他巡查来到长山治安卡口。卡口民警带着辅警正低头检查一辆面包车。车旁站着 4 名粗壮汉子,个个手臂刺青,眼露凶光。来者不善,有危险!他冲过去,大喝一声"双手抱头,蹲下!"4 个人一怔,乖乖蹲下。一查,这 4 人是邻市赌场里的马仔,这天,他们是来江阴找赌徒逼债的。在面包车车厢里,查获 3 支自制手枪,400 余发子弹。

乍看王峰,敦厚、少言,其实颇内秀,细心又细致。每办一案,他都记办案笔记,得或失,经验或教训,一一记录在案,积累多了,就成了"宝典"。他将十几年的办案体会,编成一个个生动易懂的小故事,作为守卡民警的培训教材,培养出一批"火眼金睛"的徒弟。

有天凌晨,一辆黑色轿车载着 3 名外地乘客途经偏僻的石庄治安卡口。民警小谢打出停车手势,轿车靠边停下。就着路灯的光线,小谢发现副驾驶座上的人的脸上掠过惊慌。

"请下车接受检查。"

"我们是台胞,到江阴来找人的。"3 人下车,主动掏出证件,其中一人的眼睛不时往车屁股那里瞧。

"请打开后备厢。"大半夜到江阴找人,这理由太勉强。

司机磨磨蹭蹭地掀开后备厢。好家伙,里面躺着一大堆银行卡、手机、手机卡。几人面露尴尬。

"请接受进一步检查。"小谢把 3 人请进卡口值班室,同时电话报告给王峰。

"可能是电信诈骗的。"王峰马上驱车赶到 30 公里外的石庄。途中,他向刑警大队做了报告。

经查,这 3 人确系台胞,不过是一个跨境特大电信诈骗集团的成员。一个月前,该团伙以"电话欠费"手法,骗走北京海淀区一老人 1071 万元巨款。这 3 人是专门在自动取款机上取现的马仔,查获的 84 张银行卡、14 部手机、上百张手机卡,便是证据。

王峰一次次出差追逃,女儿病了仍在外奔波,不是他不顾家,不爱女儿。两难面前,需要做出选择时,他毅然选择了履行一个警察的使命。这绝不能说他没有爱、没有情,只说明他心中有大爱。这爱,是对人民群众的爱,是对警察职业的爱。毫无疑问,这中间,也蕴含着他对家庭的爱。

病榻上的老吴听闻王峰把谢安抓了回来,为他讨回了公道,激动地说:"好人呐、亲人呐。"

人有悲欢离合,月有阴晴圆缺,此事古难全。

"其实我也是脆弱的"

在一些人眼里,王峰无情无义,铁石心肠。可谁知道他的苦,他的难呢?他也是为人夫,为人父,也是血肉之躯,也有七情六欲。

战友老李讲了这么一件事。晨晨在上海手术住院时,他利用周日前去探望。王峰在病房里与女儿玩游戏，父女俩笑声朗朗。见到老李，王峰很惊讶："工作那么忙，你怎么来了？"当着晨晨的面，他告诉老李，手术非常成功，晨晨很坚强，不久就可以出院回家了。就在老李与晨晨交谈的时候，王峰不见了。老李直至离开病房，都没再见其人影。老李有些纳闷。当他走出医院大门，只见王峰蹲在马路牙子上，茫然地望着车来人往。老李的眼窝湿了。

2012年5月20日，晨晨离去3个多月后，我前去采访王峰。面对这个伤心的父亲，我不忍多问。在那些风雨如磐的日子里，他到底经历了怎样的内心煎熬？他曾一口气奔到长江边，望着波涛翻滚的长江水，真想眼一闭跳下去，一了百了，逃避这一切。然而，父母苍老的脸庞、妻子无助的神情浮现在眼前，晨晨的呻吟声在耳边响起，他瞬间清醒，决不能当逃兵！晨晨需要他，这个家需要他，他要守护好这个家。

"为什么晨晨病那么重，你还是不管不顾出去追逃？"我艰难地问。

他沉默良久，说出以下一番话："肇事者不抓回来，受害人就得不到赔偿。我对老吴做过承诺，不能食言啊。"的确，当群众把信任交给警察，警察的心中就有了一份责任；当群众把安危交给警察，警察的生命就多了一份承诺。这我理解。

"再者，晨晨直至离开这个世界，都不知道自己患的是什么病。我不能让她绝望，明知这样没什么用，我还是想给她希望。晨晨是个聪明敏感的孩子。如果我和她妈都寸步不离地陪在她身边，她会胡思乱想的。我不想这样，真的。"

"其实我也是脆弱的，鲜花般的女儿一天天枯萎，死神一天天逼近，我不忍心、也不敢面对啊。"好久好久，他补充一句。

"在我最难、最痛苦的时候，组织上和我的战友、同事给了我最大的安慰和关怀，时时温暖、支撑着我，陪伴我走过了最艰难的日子。"王峰充满感激。

公安是个大家庭，兄弟姐妹一家人。自从晨晨患病，大队尽力安排时间让王峰照顾女儿。王峰外出追逃期间,江阴市公安局领导和政治处领导都经常到医院看望、慰问晨晨和兰。

赵敏与王峰是发小,他们既是上下级,又是好兄弟。他把晨晨当作自己的女儿,联系上海的医院,商量治疗方案,到处寻医问药。王峰外出追逃期间,他天天抽时间到医院安抚晨晨。

交巡警队、刑警队的兄弟们也隔三岔五去看望、鼓励晨晨。卡口民警小王看到晨晨一头秀发掉得精光,心里好难受,却强扮笑脸,连称"酷、酷……"出了病房,他直奔理发店。下次再去,他也顶了个大光头。

……

桩桩件件,点点滴滴,犹如一缕缕阳光照进王峰心房。

2012年12月,无锡公安举行向群众报告工作主题晚会《警徽告诉我》,王峰的事迹被改编成情景剧《天堂的祝福》搬上舞台。

编剧、导演反复磋商、斟酌,体谅一个父亲的心情,考虑警察兄弟们的感受,在尊重事实的基础上,玩了一把穿越,安排了"晨晨在天堂看着爸爸,祝福爸爸"的时空对话。这是我们,也是所有人的美好愿望。事先,我们没有告诉王峰。

"都说女儿是爸爸的贴心小棉袄,当看着晨晨牙牙学语、蹒跚学步,看着她大笑、疯跑、撒娇、哭闹,我才真实感受到女儿带给我的那种温暖和幸福。可是,对于女儿,我却有太多的愧疚。晨晨,你能原谅爸爸吗?我错过你的生日,我很少带你去旅游,我没时间去开家长会,我一次次让你空等,我甚至没能给你最后的陪伴……晨晨,我亲爱的女儿,我爱警察这个职业,但我更爱晨晨……爸爸对不起你!"演员"王峰"情真意切。

"爸爸,爸爸",现场大屏幕上出现晨晨的画面,健康活泼、笑靥如花,天使般沐浴在天堂之光中。满座重闻皆掩泣,座中泣下谁最多?王峰瞬间泪奔。

"爸爸,我不怪您,真的。因为您是我心目中的超级神探,超级大英雄。您知道吗？您穿上警服的样子真的帅呆了。好想再看一眼啊。爸爸，我想你们了，想您和妈妈，爷爷奶奶，外公外婆……你们也想我吧？晨晨祝福所有人都快乐幸福，祝福爸爸和您的每一位战友都平平安安。你们一定要多抓坏人哦！爸爸，答应晨晨，不要再内疚了，好吗？晨晨理解您，女儿永远爱您。"晨晨空灵的画外音回荡在体育馆上空，3000余人的观众席鸦雀无声。王峰冲上舞台，伸出双手，他要抓住挥手告别的晨晨。晨晨微笑着慢慢隐进鲜花丛中。悲喜交加、百感交集的王峰一时语噎，抬起右手敬了个礼。此时无声胜有声！

现场爆发出雷鸣般的掌声，热泪盈眶的观众把最热烈的掌声送给这位钢铁警察，这位坚强父亲。

勇：
一个刑警队长的泪

漫长的警察生涯,把我从柔弱女子磨砺成"女汉子"。可是,我还是见不得眼泪,尤其是男警察的眼泪。以下是我目睹一个警察兄弟在庆功宴上流泪的场景后,写下的一个刑警故事。

都说男儿有泪不轻弹。警察,是刚毅坚强的化身,有泪更不轻弹。然而,谁说警察没有眼泪呢?

勇流泪的情景,我今生今世难忘。我与勇是校友,我们都毕业于江苏公安专科学校(现江苏警官学院),我是他的师姐。他当时在一个县级市当刑警大队长。每当破获大要案件,他总第一时间告诉我,和我分享破案后的喜悦、兴奋。记得那是1998年10月下旬,经过8个月的奔波、博弈,勇与同事终于将一起血案的3名元凶抓获归案。采访结束,勇邀我留下参加他们的庆功宴。我欣然从命。

对刑警来说,有什么比得上破大案的喜悦啊。酒正酣,突然,欢声笑语戛然而止,刑警们的目光齐刷刷地转向他们的"头儿"。坐我旁边的勇此时紧握酒杯,默默无言,不知何时已泪流满面。刑警小杨悄悄捅了捅我:"我们大队长毛病又犯啦。""哪根神经搭错啦,这么痛快的时候,流什么泪?"面对我的追问,勇蓦然回过神来,抹去泪水,不好意思地摇摇头:"想老婆了。""有这么想老婆的吗?"接着,我知道了一个凄婉动人的爱情故事。

在人们眼里,勇与红的婚姻不是很合适。红这样一个女孩,需要的是一个时时呵护她的男人。勇是一个刑警,刑警忙起来没日没夜,更别说节假日,根本顾不了家。可缘分还是让勇与红走到一起。勇长得五大三粗,说话大嗓门,办事干脆利落,有时还有点大大咧咧。红呢,娇小美丽,温柔贤惠,安静得像只猫,谁见了都忍不住想保护她。红在工厂当统计员,因为一本《刑警队长》,她不可救药地爱上了勇。尽管红怕鲜血、怕罪犯,而勇不得不经常与尸体、坏人打交道,她还是义无反顾地披上洁白的婚纱,嫁给了勇。

刑警的妻子有多苦,多寂寞,唯有自己知道。新婚燕尔,红就尝到了孤独、无助的滋味。漫漫长夜,月光清冷,形单影只,她难以入眠,想象着丈夫奔波在血淋淋的现场,尸体、歹徒……想着想着,她常常恐惧得叫起来。然而,她把这一切深深藏在心里。勇回家,迎接他的是可口的饭菜和温柔的笑脸。

红患有先天性心脏病,不能太劳累。勇爱红,爱得很深很深,难得在家时,勇什么活都不让红干。可一年365天,勇在家的日子数得过来,买米、换煤气、收拾屋子,所有的家务都是红一个人在扛。连家中分了新房,装修、搬家这样的大事,也是红承包了。

红怀孕的时候,是炎热的夏天。一天,她晕倒在车间,闺蜜先把她送进医院,然后,打电话满世界找勇。缓过劲来的红连忙制止。她说,勇正忙着侦破一起杀人案,不要影响他。事后,勇真是心疼得不得了。

勇升任刑警大队长那年,红冒着生命危险为他生了个大胖小子。勇高兴得合不拢嘴巴。他的部下说,那段时间,他们队长的笑声特别响亮。他爱妻子、爱儿子、爱这个家,但当了大队长的他更忙了,爱成了一张张空头支票。他想,他总会有补偿的一天,到那时,他要陪着红,手牵着手一刻也不分开,一直到老。

苍天无情,厄运突降,勇永远失去了补偿的机会。

儿子5岁那年,红时常感到头晕、乏力、不可遏止的疲劳。本来就瘦弱的她更如风中芦苇。不久,红发起低烧,咳嗽不止,脸苍白得犹如一张白纸。开始,红不以为然,她料想是心脏病又犯了。勇着急了,硬把她"押"到医院。一纸诊断残酷无情——肺癌晚期。勇欲哭无泪。

红住进医院。勇对她隐瞒了病情,强忍着痛苦安慰红:老毛病犯了,有点棘手,要治一段时间呢。红没有起疑,但接下来的状况让红有点担忧。她的心脏病多次发作,从没有像这次这样凶猛,症状也有点不一样,前所未有的难受,呼吸窘迫,有一种末日来临般的感觉。她恐惧夜晚,怕一睡着再也看不到第二天早晨的太阳,看不到勇和儿子。一拨拨工友、闺蜜、勇的同事纷纷前来探视,红觉得凶多吉少。而勇那笑脸一看就是装的。红不怕死,她怕离开丈夫、儿子,他们的生活刚开始,她还没有活够,她不舍啊。她从未问过勇自己得的是什么病,直至生命离她而去。勇也始终没有勇气告诉她。

勇更忙了。医院、单位、现场……红的病撕裂着他的心,可一桩桩案子离不开他。他说,我是一个刑警队长啊。刑警就得破案,每次出现场,我都感到肩上沉甸甸的责任。案件不破,何以面对受害人,面对父老乡亲。他多么想分分秒秒守在红的病床前,喂她吃饭,给她端水,擦身,按摩,减轻一点她的痛苦。然而,他做不到。常常是刚踏进病房,手机、呼机的铃声此起彼伏,案子脚跟脚催着他。红呢,总是善解人意地、柔柔地、弱弱地催他:去吧,快去吧!勇背影尚未消失,红的眼泪就如决了堤的洪水倾泻而出。

红身体渐渐衰竭,癌细胞疯狂地侵蚀着她的各个脏器,肝、肠……还有血液。医院竭尽全力,多次找专家会诊,各种医疗措施用过,遗憾的是回天乏术。住院两个月,红陷入半昏迷状态,医院下了病危通知书。眼看死神就要夺去与他相亲相爱7年的妻子,勇心如刀绞。他想,红离开的时候,他一定要守着她,紧紧抱着她,决不能让她孤独地走。他陪在红的病床前,握着红的手,静静地守护她。

红时睡时醒,昏睡的时候多,偶尔醒来,看到勇在身边,她感到幸福极了。这种幸福未能持续,手机响了,手机话筒里传来局长指令:"张泾发生绑架杀人案,速去现场!"勇的角色顿时从丈夫转换到刑警队长。看着红留恋的目光,他无奈地俯下身,贴着红的耳朵说:"等我,我去去就来。"红用尽全身力气点了点头。

勇不能原谅自己的是,他这一去就是 24 小时,整整一天一夜。当他接到红"快不行了"的消息,十万火急地赶到医院时,红没有等到他,独自"远行"了。勇使劲揪着自己的头发:"红,你怎么不等我来就走了呢。"用世界末日来形容勇当时的心情,一点儿不为过。

回忆是痛苦的。讲到这里,勇早已泣不成声。我问他:"你恨你们局长吗?"他说:"恨啊,当时恨得牙痒痒的,后来就不恨了。局长不知道红快不行了,我没告诉他。局长很关心我们的,专门到医院看过红,队里的事也关照几个副职多顶着点。"

送别红的那天,阴沉沉,雨蒙蒙。灵堂里来了一批又一批"橄榄绿",局长来了,局领导都来了,战友来了。勇的兄弟们把一束束菊花献给嫂子。红在照片上笑眯眯的,看着勇和儿子,看着大家。

送走红,勇伴着红的遗像坐了一夜,说了一夜话。红的父母告诉勇,红走之前,有过短暂的清醒,回光返照吧。她在送别的人群中寻觅勇,死神在招手,她等不及了,她要父母转告勇:"嫁给他,不后悔。"对着红的遗像,勇说:"红,我爱你,一生一世。"

打那时起,勇养成了记日记的习惯,日记的扉页上写着 7 个字:写给天堂里的红。破不了案的急躁、烦恼,抓获疑犯的高兴、快乐,他都要对红倾诉。他相信人是有灵魂的,红会与他共享这些酸甜苦辣。我想看看这些日记,勇不肯。他说,这是他和红之间的隐私,别人不能看。

勇的部下说,红走后,勇落下一个毛病,爱哭,平时不会,但每次破大案、喝庆功酒,必流泪。

勇与红的故事盘桓在我心头好久,每每想到,我就禁不住掉泪。我早想写出来,只怕自己笔拙,亵渎了他们的爱情。不写,又觉得对不起我的警察兄弟。于是,我含泪写下《一个刑警队长的泪》。

补记　从未后悔当警察

再见王峰，是 2018 年 8 月 8 日上午，地点是江阴市高新区综合执法局。他现在的身份是高新区综合执法局副局长，履新一年。一落座，他便迫不及待让我看他小女儿的照片。这个叫禾禾的小女孩出生于 2015 年 10 月，活泼可爱，天真烂漫，那大眼、浓眉，活脱脱晨晨的翻版。王峰告诉我，自从晨晨离开，他拼命工作，强压心底的悲伤。2013 年 1 月，他调任华西派出所所长，更是没日没夜"沉"在辖区。但只要稍有空闲，晨晨便不由自主占据脑海，他实在无法忘记她。兰更是走不出痛苦的泥淖，出现了抑郁症状。听从亲朋、同事的劝导，夫妻俩决定再要一个孩子。上天眷顾，终于如愿。王峰说，他要感谢晨晨，是晨晨给爸爸妈妈送来美丽的小公主。

"警察这个职业让你得到很多，也让你失去不少，你后悔过吗？"我改不掉刨根问底的毛病。

"从来没有后悔过，特别是在离开这个职业后，我更为自己当过警察而光荣、自豪！"王峰充满留恋。2017 年 7 月，江阴高新区设综合执法局，组织部门看上王峰。共产党员是块砖，哪里需要哪里搬。王峰把警服叠得整整齐齐压进箱底，上任新岗位。

"你永远都幸福，是我最大的心愿。"话别时，孙悦那首《祝你平安》萦绕在我耳边。

峰子　斑斑烛泪寄哀思

英烈兄弟

说再见为何不再见

第七章

当战争的背影渐渐远去,人民警察成为和平年代流血牺牲最多的职业群体。每年的公安英烈墙上,都会镌刻上新的看似平凡却又绝不平凡的名字。2020年1月,公安部公布,2019年全国有280名公安民警因公牺牲。这意味着280个家庭从此失去子女、爱人、父母。平安从来都不会从天而降,岁月静好,是因为有人为你负重前行。

这里是位于南京雨花台的江苏公安英烈纪念园。太阳升起,英烈墙上一个个英雄的名字沐浴着金色阳光,熠熠生辉。每年清明节,一张张年轻的面孔集合在英烈墙前,缅怀英烈,重温入警誓词。

这也是一张年轻的面孔,他叫袁永康,江阴市公安局一位普通民警。1981年5月12日,他的生命永远定格在38岁的这一天。

袁永康系安徽当涂县人,1960年应征入伍,1968年8月退伍后被选调到江阴市公安局水上派出所,负责黄田港口的巡逻执勤。在港口执勤13年,袁永康摸索出一套识别嫌犯的硬功夫,赢得"港口哨兵"之美称。那天上午,袁永康发现并扭送一名盗窃嫌疑人去派出所值班室的途中,嫌疑人狗急跳墙,拔出尖刀就对袁永康乱捅。身负重伤的袁永康与歹徒展开殊死搏斗,在全身被刺20余刀、3次昏厥倒地的情况下,凭着顽强的毅力,一次次站起来,死死揪住歹徒不放。一个流窜多省(区、市)的作案大盗落网了,袁永康却永远地离开了我们。公安部后追授他为全国公安系统一级英模,永垂青史。

有人说,袁永康如果不死死抱住歹徒,也许还有生的可能。没有人不知道生命的可贵,为了社会平安,关键时刻,他舍弃了自己。

一年里总有一天,去安顿思念和悲伤。写这个章节的时候,又是一年清明。袁永康、刘伟、钱红海、王建峰、王峰、倪军……一张张鲜活的面孔浮现在眼前。他们的背影渐行渐远,说再见,却不再见。

刘 伟：
车轮无情碾过血肉之躯

旻旻："爸爸，我跟你说再见的呀！"

无锡荷叶新村某幢 6 楼的两居室，仅 50 余平米。穿过狭窄的客厅，便是主人的卧室。墙上挂着结婚照，夫妻相依相偎，脸上荡漾着幸福、甜蜜的笑容。旁边，是儿子的大头彩照。好一个温馨的三口之家。床、柜子略显陈旧。那套曾经风靡的组合音响，早已过时，但音质还好。按下开关键，"长江、长城，黄山、黄河，在我心中重千斤，无论何时，无论何地，心中一样亲……" 个浑厚的男中音充盈房间。

这个房间的男主人叫刘伟，他是一名交警。18 年过去，房间保持着原来的模样，刘伟却早已"远行"，去了天堂。

忘不了那一天，2002 年 5 月 24 日，星期五。那天，刘伟上两头班，上午 4 小时，晚上 4 小时。他的执勤岗位在无锡太湖大道长江北路口。那年春节刚过，太湖大道启动扩建工程。为赶工期，工地彻夜施工，交警的执勤时间跟着调整。

24 日清早，妻子爱萍、儿子旻旻尚在梦中，他轻手轻脚起床，在厨房忙活开了，煮稀饭、蒸鸡蛋、热牛奶。爱萍身子骨单薄，每天上班还要照顾儿子，太辛苦了，让她多睡一会。上二年级的儿子正是长身体的时候，得加强营养。忙完这一切，他上岗去了。在尘土飞扬的马路中央站了 4 小时,唇干舌燥,喉咙发痒。午休,刘伟赶回家喝了碗早上剩下的稀饭,抓紧时间躺了一会儿。警察队伍中,交警似乎是最为平凡的一个警种。晴天一身土,雨天一身泥,夏天烈日烤,冬天寒风吹,越是节假日,越像个陀螺似的停不下来。尽管苦、累,刘伟发自内心地热爱交警工作。

下午,刘伟去看望父母亲。两位老人早年在同一家工厂工作,现双双退休在家。这几天,父亲嘴角溃疡,却不肯上医院,怕花钱,拖着。他送去200元,让母亲买些柑橘、苹果之类的水果,补充维生素。

"小伟,我们挺好,别老往这儿跑,自己好好的。"父亲早年当过兵,对刘伟要求甚严。母亲倚在窗口,望着儿子的背影消失在巷口。每次,她都是这样目送儿子。不管子女多大年龄,在父母眼里,始终是孩子,永远牵肠挂肚的孩子。

刘伟去了菜场,然后回家把晚饭拾掇好。该去学校接儿子了。

"旻旻,今天在学校怎样?"旻旻坐上摩托车,被爸爸搂在怀里,好开心。

"上了写作课,题目是《我最喜欢的人》。我写的是爸爸,长大我也要当警察。"旻旻大多时候自己回家,或妈妈来接,难得今天爸爸骑车来接,他特兴奋。

"好呀,那你得好好学习。先把今天的作业做完,爸爸上班去了。"刘伟把旻旻安顿好。

"爸爸再见,早点回家。"

"再见!在家乖乖等妈妈回家。"刘伟发动摩托车离开荷叶新村。这一走,他再没有回来。

下午5点15分,刘伟提前15分钟出现在岗位上。太湖大道是机动车辆进出无锡市区的主干道,正遇下班高峰,道路半幅施工,半幅通行,交通十分拥挤。谁不想着早点回家与家人团聚呢?刘伟和他的搭档陈大伟一上岗,便忙得不可开交。两人背靠背指挥着来去车辆有序通过,又是打手势,又是吹哨子,额头上的汗水都顾不上擦。

晚8点多,一辆外地货车径直闯入禁行道。"同志,此路段禁止货车通行,请出示两证。"刘伟打出手势,请司机靠边停车,上前一个敬礼。货车司机递上驾驶证、行驶证。又一辆货车驶进禁行道,见前方有警察执勤,司机猛打方向调头欲逃。

"为什么见了警察就逃?有鬼!"刘伟礼貌地请违章司机稍等,拔腿追过去。

"请停车,出示两证。"刘伟冲到货车左侧驾驶室旁,要求司机停车接受检查。货车司机视若不见,充耳不闻,踩油门加快了车速。刘伟眼疾手快拉住车门把手,登上货车踏板,责令司机立即停车接受检查。货车司机铁了心抗拒检查,竟然在坑坑洼洼的路面上呈"S"形高速行驶,企图甩脱刘伟。

"绝不让可疑车辆逃逸!"刘伟只有一个念头。他咬紧牙关,不顾强烈颠簸,双手牢牢抓住车门把手。车子摇摇晃晃行驶近200米,"砰"地撞上泊在路边的一辆施工车。强烈的撞击把货车踏板上的刘伟震落在地。无良司机无视躺在路中央的警察,竟然倒车,踩油门。车轮无情地从刘伟的血肉之躯上碾过。货车消失在夜幕中。

这一切,发生在两三分钟时间里,在另一个路口执勤的大伟尚未来得及反应。

"不好,那车撞上交警了。快打120!"耳边传来目击者的呼喊声,大伟百米冲刺奔向现场。

"刘伟,醒醒,兄弟,你千万不能睡啊!"大伟把刘伟抱在怀里,带着哭腔声声呼喊。一辆辆警车急赴现场,战友们小心翼翼地抬起血肉模糊的兄弟。120救护车鸣笛而来,载着刘伟飞驰去医院。

"刘伟,挺住!"那晚,接到电话,我十万火急赶去医院。市局领导、交警支队的兄弟们焦急地守候在抢救室外,默默为刘伟加油。

"活生生一个人哪,他怎么就狠心碾上去了呢?"大伟双手抱头蹲在墙角。

医院组织了最强大的抢救班子,可是回天乏力。想象一下,载重几吨的车轮从肉身上轧过,是个什么结果?颅脑粉碎性骨折,全身多处骨折,心、肺、肝……五脏六腑严重受损。

当晚8点58分,刘伟那颗跳动了33年的心脏停止了搏动。

抢救室外一片恸哭声。我感觉我的心被尖刀刺穿,有一种掉入黑洞般的感觉,泪水夺眶而出。

那晚,爱萍把夜宵热了又热,没能等到丈夫归来,等来的是"以身殉职"的噩耗,她怎么也无法接受。那首《我的中国心》是刘伟牺牲前两周录的,没想到竟成绝唱。她一遍遍听着丈夫的声音,眼泪大滴大滴滑落,"不,刘伟,你不会走的,你怎么忍心离开我和旻旻呢?"

"爸爸,明天带我去动物园吧。"梦中,旻旻还在向爸爸撒娇,一睁眼,他成了没爹的孩子。"爸爸,我要爸爸!爸爸,我跟你说再见的呀,你怎么不回来了呢?"旻旻的哭声在夜空中回荡,肝肠寸断。

"小伟不会有什么事吧?"母子连心,那晚,刘伟的母亲莫名心慌,胸口堵得难受。天明,市局政工部门和支队领导蓦然登门,个个神情肃穆。老夫妻俩知道不好,"儿子出事了!"

"小伟,你好狠心哪!你这么年轻就抛下爸妈走了,你忍心让我们白发人送黑发人吗?"慈母声声呼唤震撼着人们的心灵。母亲晕了过去。父亲红着眼沉默良久,一拳砸在桌子上,"儿子,你走得英勇!"

刘伟走了,带着未竟的事业,带着对家人、对战友的留恋,匆匆走完他33岁的人生。他的名字,永远存留在他生前工作、生活过的地方,存留在锡城的青山绿水间。

妻子:"我盼着,等你回来……"

太湖之滨,惠山脚下,梅花丛中,到处留有刘伟的身影。他与爱萍甜蜜的依偎,与旻旻耍酷的神态,与战友兄弟般的情谊。他对山水花草的留恋,让我们深切感受到他对生活的无比热爱,他的心中装满柔情。

刘伟不在了,相册成了最好的回忆。多少个夜晚,爱萍抚着相册,流泪到天明。

刘伟与爱萍是自由恋爱。有人对爱萍说,警察忙,交警更苦,顾不上家里,她却偏偏爱上当交警的刘伟。凭感觉,她感到这个男人靠得住。事实证明,她的选择没有错。她说,人啊,是跟自己爱的人过一生,不是跟金钱、权力过日子。两人恋爱5年,1992年结的婚,来年有了儿子旻旻。跟普通人家一样,婚后也是柴米油盐,一地鸡毛。夫妻相濡以沫,相互理解,生活平淡、平凡。

爱萍身子骨虽弱,但她抢着干家务活,为的是让刘伟安心、放心。刘伟是个顾家的男人,只要在家,家里的事一点不让爱萍沾手。有天深夜,爱萍受凉高烧,他一会儿端水给药,一会儿削个苹果。爱萍心疼他,让他歇歇,他说睡不着,可不一会儿,便趴在床沿打起呼噜。

因长期辛劳,刘伟患上混合型痔疮。这病一累就发,发作时疼得坐卧不安。怕爱萍担心,他常常忍着。医生建议他手术,他一拖再拖。牺牲前几天,痔疮又犯了,他把药悄悄揣在口袋里,被爱萍发现,"勒令"他去医院。他笑着答应"知道了"。一转身,又上了岗。想起这些,爱萍心痛不已。

旻旻一落地,就受到刘伟无微不至的呵护。他跟旻旻是父子,但更像是朋友,常常"没大没小"。爱萍在一旁静静地看着父子俩,心里灌满了蜜。

刘伟爱家,爱他身边的每一个亲人。他的外婆90岁了,老人喜欢清静,一人独居。每周,刘伟都要去看外婆,送去蛋糕、香蕉这些外婆爱吃的东西,拉着外婆的手说说话。刘伟没了,家人编了个美丽的谎言:"小伟调外地工作了。"直至老人去世,都不知挚爱她的外孙已先她而去了。刘伟的妹妹、妹夫双双下岗,当哥哥的每月都挤出200元贴补他们。父母那儿,他更是倾其所有。

刘伟离开 18 年了,他与爱萍的卧室依然保持着原样。这么多年来,爱萍抚养儿子,侍奉公婆。在她心里,刘伟是她的唯一。

"我想,你是出远门了,我盼着,等你回来,你一定会回来的……"爱萍手抚相册,轻声说道。

但愿他俩来生还能遇到。

战友:"从没见他与群众红过脸"

我承担了收集、整理刘伟事迹和申报评烈表彰的任务。怀着对战友的深情,对英雄的崇敬,我走近刘伟的战友,走近他的亲人和服务对象。

"刘伟乐观、开朗,工作讲究方法、艺术,从没见他与群众红过脸。"朝夕相处的战友流着热泪,追忆刘伟那既平凡又感人的点点滴滴。

教导员顾先进回忆起这样一件事。一次,刘伟在 312 国道广益段执勤,一中年男子驾着摩托车歪歪扭扭驶来。刘伟上前示意停车,摩托车倒是停了,骑车人却拿不出驾驶证,一会儿说丢了,一会儿说忘家了。一查,此人压根没领过驾驶证。眼看混不过去,腰圆膀粗的骑车人脱下外套,左手往腰里一叉,右手指着刘伟耍起横来:"你一个小警察有什么了不起,敢不敢跟我干一仗,单挑,如果我输了,认罚!"

"我是依法履职,不会跟你打架。车一定要扣,这是对你的生命负责。"面对挑衅,刘伟不卑不亢。

"不敢了吧,多管闲事。"那人骂骂咧咧,发动车子欲走人。

"你不能走,必须接受处罚。"刘伟拦在前面。

"警察欺负人了!"那人大喊。

"你这人怎么蛮不讲理,明明是自己违法,还怪警察。"群众看不过去了,纷纷仗义执言,把那人团团围住。

"来,消消火。"刘伟把那人拉到路边,大道理、小道理讲得对方面红耳赤,心服口服地接受了处罚。

类似的小插曲很多,挨骂、委屈、受窝囊气更是家常便饭。刘伟在日记中写道:"为了他人的生命安全,我受点气算什么。"这样想了,他心平了,气也和了,成天乐呵呵、笑眯眯的。有时,战友在马路上受了委屈回队生闷气,他会变着法儿逗大家开心,或来一段幽默,或唱一首歌。此情此景,犹在眼前。同伴潸然泪下。

一名交警,手中也有些小权力,别看是站马路的,也有人送这送那的。当然,礼不会白送,目的只有一个——逃避处罚。刘伟是怎样面对这些送礼者的呢?一次,有人驾摩托车在广益立交桥下非法载客。查纠过程中,对方突然跑进路边小店,买来2包高档香烟塞给刘伟,说是交个朋友,日后相互照应。刘伟不高兴了:"我难道只值2包烟吗?我不会为了蝇头小利让身上的警服沾上哪怕一点点灰尘。"对方羞愧地收起香烟,接受了处罚。这样的事,何止一两件。

刘伟牺牲后,生前战友邵松连夜写下《走好,刘伟》一文,这里摘录片断:

你,那么一个高大鲜活的人,真的走了?我不相信!昨日,你还在岗上。太湖大道长江北路口仍有你的身影。日复一日,车水马龙可以作证,熙攘人群可以作证,你的战友可以作证。而你竟然走了。你走得安然么,可有未了心愿?你静静躺着,鲜花绿草簇拥,清风明月相伴,想你的英灵不会寂寞。虽阴阳殊途,让你我互相祝福;虽日月如梭,你我常问候,好吗?当生命像璀璨的礼花在夜空消逝,瞬间的光辉已深深印入我们心底。你永远和我们在一起。好兄弟,一路走好!

市民:"他待我们像兄弟姐妹"

她叫倪丽娜,312国道广益段一家工厂的门卫。5月24日那天,她突然非常想见刘伟。上午刚上班,她就给刘伟泡了杯茶,特意放了颗胖大海。她拨通刘伟电话,说给他泡胖大海了。刘伟说这阵太忙,走不开,忙过"七一"一定去看她。胖大海像花儿一样在杯中慢慢绽开,升腾起带着香味的水汽。倪丽娜怔怔的,有些没着没落。

刘伟尊称倪丽娜为"大姐"。倪丽娜患有小儿麻痹症,腿脚不便,干不了重活。为了生计,她的丈夫常年在外打工,四处奔波,无暇顾及家庭,过年过节才回趟家,家里买米、换煤气之类的力气活常让倪丽娜犯难。自从刘伟调到工厂旁的路口执勤,这些重活全让他包了。有年夏天,倪丽娜上吐下泻,高烧不退。刘伟闻讯赶到,把她送到医院,又是挂号,又是取药,还付了医药费。有人问:这是你弟弟吗,这么贴心?倪丽娜含着泪使劲点头。无以回报,倪丽娜特地准备了一个茶杯,每天上班头件事,就是给刘伟泡杯茶。调岗太湖大道前,刘伟关照倪丽娜,有什么事,随时找他。刘伟的手机号和家里电话,她都存着。不仅她有,周围群众也都有。

倪丽娜忐忑不安了一天。晚上,惊闻"刘伟走了",她懵了,刘伟不来了,永远不来了。"好兄弟,你太年轻了啊。"茶杯犹在,人已远去。睹物思人,她哭得昏天黑地。

尽管收入不高,家庭负担重,但凡遇到他人有难,刘伟总是慷慨解囊,帮一点是一点。辖区有个敬老院,他和战友经常凑钱买水果、牛奶送去,跟老人拉拉家常、聊聊天。老人们说:子女又能如何呢?

大家:"我们永远怀念你"

龙山悲泣,太湖呜咽。花圈、挽联、泪水……2002年5月30日上午,刘伟同志的遗体告别仪式在无锡市殡仪馆举行。公安部、省公安厅送来花圈。市公安局领导、全市民警代表、社会各界群众肃立灵堂。大厅正中悬挂的相框里,刘伟一脸阳光,英气逼人。

一座城市送别一名警察,人们从四面八方赶来送刘伟最后一程。

"刘伟,我们永远怀念你!"25名出租车司机放下生意前来送行,他们中大多因违章被刘伟处罚过。

"兄弟,在那边多保重啊!"倪丽娜哭成泪人。

"我们会替你站好岗,照顾好你的家人。好战友、好兄弟,一路走好!"陈大伟难抑内心情感。没有人比同行兄弟更能体会那种心情。

那辆货车的无良司机唐某和黑心货车车主尹某自知罪孽深重,连夜逃回丹阳老家,将车子改头换面,妄图掩盖罪证。5月27日,无锡警方寻踪而至,将尹某抓获。唐某则逃之夭夭,亡命天涯。无锡警方组织了强有力的追捕组,不惜一切代价抓捕凶手。追捕民警踏遍千山万水,在一个多月时间里,辗转南京、上海、合肥、运城等29个城市。2002年7月17日深夜,唐某在宁夏青铜峡市被缉拿归案。

英灵可以安息了!

那段日子里,我内心的难受与感动交织,生命的故事如此短暂,短暂的生命如此精彩。我含泪写就长篇通讯《热血铸警魂》,发表在各大媒体上。接着,忙着为刘伟申报全国公安系统二级英模、革命烈士的事奔波。一切尘埃落定后,我心里稍稍好受一些。

进入21世纪以来,无锡市道路交通发达,主干道年均增长100公里。交警兄弟常年风吹日淋保畅通、查违法,职业风险太高。

2003年7月20日晚,钱红海在查处一辆农用车违章时,司机驾车将他撞飞,夺路而逃。尚未来得及看一眼还有2个月就要出世的儿子,他便走了,年仅29岁。

2004年3月16日,陈建忠在治安卡口检查一辆超载货车时,司机强行闯关,将他撞倒。陈建忠献出了47岁的宝贵生命。

2007年9月11日,时年50岁的徐德生在查处一辆超载车辆时,驾驶员抗拒执法,将徐德生撞倒并碾压至重伤。徐德生因伤势过重抢救无效,于当日光荣牺牲。

2013年4月19日,许克新在长深宁杭高速公路2144公里处处置一起交通事故时,横遭车祸,伤重不治。

……

一个个交警倒在岗位上,一条条鲜活的生命骤然离去,每一句"一路走好"的背后,是多少撕心裂肺的痛苦和分离。

兄弟,但愿天堂里没有车来车往!

王建峰：
危急时刻,他牢牢钳住歹徒手腕

"不好,大家快闪开!"

他,在 32 岁那年化作啼鹃而去,从此,"烈士"的称号与他相连。

2007 年 10 月 22 日,一个令人难忘的日子。那天上午 9 点 45 分,无锡河埒口派出所 110 值班室接到指令:有人在河埒新村寻衅滋事,速出警!

河埒口地处城乡接合部,治安情况复杂,派出所平均每天警情 40 余起。这天承担接处警任务的正是王建峰。他早上 8 点上岗,已连着出了 2 起警。溪北新村一民宅失窃,刚看完现场,电台里报休闲广场有人斗殴,他马不停蹄地赶去,好说歹说刚把双方劝开,又传来有人寻衅滋事的警情。他带着辅警风风火火赶往河埒新村。

一踏进小区,大老远传来吵闹声。一间办公室模样的屋子,窗玻璃全被敲碎,留下一地玻璃碴。一个 40 多岁的中年男子与几人扭打成一团。该男子满脸横肉,胡子拉碴,嘴里骂骂咧咧,手持一个挂满金属鱼钩的杯状物不时往人身上砸。

"有话好好讲,不能砸东西,更不能打人。"王建峰上前一把扯开该男子。男子暴跳如雷,满嘴脏话。王建峰好言相劝,耐心地询问缘由。面对民警,男子有所收敛,情绪稍稍缓和。他自报家门姓徐,是小区居民。这天早饭时家中突然停电,他臆断有人使坏,便带着3个杯状物怒气冲冲出门,四处寻找假想敌,并到相关部门寻衅滋事。事后查明,那3个杯状物系自制爆炸物,里面装的是火药、刀片、螺帽。

在那一带,徐某是出了名的泼皮无赖。他年轻时无所事事,天天打街骂巷,现在四五十岁了,仍是孤身一人,脾气愈发暴躁,性格更加孤僻,动不动便打啊杀的,周围邻居唯恐避之不及。

相关部门当然不可能做出无故断电的事。可徐某哪听得进人家解释,一言不合便乱打乱砸,砸碎窗玻璃不说,还对劝阻人员大打出手,恶狠狠扬言要"炸死你们"。扭打中,他手中的杯状物被人夺走。

"火气不要太大,有事可以好好讲,我们到派出所坐下来仔细谈。"现场围观居民越来越多,七嘴八舌说什么的都有。王建峰虽不知那杯状物是什么,但看上面挂满鱼钩,断定不是好物件。职业敏感使他觉得如在现场处置,局面难以把控不说,万一发生突发状况,必将伤及无辜。

"去就去。"徐某同意去派出所调解。王建峰让人把那个杯状物给他。就在他接手之际,徐某情绪骤然失控,冲上前拼命抢夺。

"不好,大家快闪开!"争夺中,杯状物突然开始冒烟,一股火药味弥漫开来。王建峰紧贴徐某,双手牢牢钳住其手腕拼命往下按。他顾不得想这想那,唯一的念头就是不能殃及现场30多名群众。一声闷响,杯状物爆炸了,纷纷扬扬的刀片、螺帽、鱼钩"飞"进王建峰的腹部。只见王建峰捂住肚子,踉踉跄跄摇晃几下,慢慢倒了下去。鲜血从他的腹部溢出,染红了警服。

"不好,炸到警察了,快报警!"人们回过神来。徐某欲逃,被群众团团围住。

"建峰,你醒醒,你要挺住啊!"救护车里,所长紧紧攥着建峰的手,一路呼喊着。

江苏省公安厅、无锡市委、市政府领导第一时间批示:不惜一切代价全力抢救!无锡市第四人民医院倾全院之力。市委、市政府、市公安局领导在抢救室外现场办公,指挥抢救。闻讯赶来献血的战友排成长队。

腹腔打开,手术医生惊愕。刀片刺进动脉,鱼钩挂在肠上,胃里塞满螺帽,鲜血从数不清的窟窿里往外涌。组织没有放弃,医院没有放弃。战友撸起袖子献血,殷红的鲜血流进建峰的身体。手术医生含着泪小心翼翼清除鱼钩、刀片,仔细缝合伤口。可惜伤得实在太重了,血肉之躯怎禁得起如此重创?! 5小时后,心电图拉出一条直线。死神无情地带走了建峰。

在徐某的随身挎包里,警方查获另两个杯状物,经检查系自制爆炸物。徐某交代,他是害怕制造爆炸物的罪行败露,于是不顾一切拼命抢夺,导致了爆炸事件。

王建峰用年轻的生命护佑了人民群众的平安。人们钦佩他、敬仰他。王建峰后被追认为革命烈士。无锡革命烈士事迹陈列馆里,照片上的他音容笑貌依旧。王建峰的名字被镌刻在南京雨花台公安英烈墙上。

"危险时刻,警察不上谁上?"

"建峰是个铁骨柔情的真汉子。"认识王建峰的人都这样评价他。

偶然常常存在于必然之中。王建峰的英勇行为绝非偶然。1997年12月,王建峰通过社会招警进入公安机关,当过交警、社区民警。牺牲前半年,他调入河埒口派出所。从入警那天起,他就把150多斤的自己交给了公安。

一次,他管辖的地区上发生一起厂地纠纷,几百个村民手持铁锹、铁棍、砍刀,与工厂员工对峙,流血事件一触即发。

"双方各自往后退,请配合我的执法行为!"眼看劝说无效,王建峰用身体堵住工厂大门的通道,阻止村民冲入厂内。拉扯中,他的衣服袖子被拉坏,颈部、手臂多处被挠伤。他在寒风中纹丝不动挺立10余个小时,从中午到深夜,硬是用情、理、法打动了村民。子夜,村民终于听从他的劝导,慢慢散去。他一屁股坐在地上,半个多小时才缓过气来。十几个小时里,他没喝一口水,没吃一口饭,容易吗?!

2005年7月,有家化工厂发生爆炸事故,烈火熊熊,波及方圆几公里。危险品气体泄露,空气中弥漫着刺鼻的味道。王建峰第一个冲到爆炸现场,及时向所领导报告情况,联系消防队,并冒着再次爆炸的危险,两次冲进滚烫的废墟搜救幸存人员,协助将伤员送往医院。大火扑灭时,他的双眼已被氯气熏得红肿发炎,浑身皮肤都火辣辣地痛。

"危险时刻,警察不上,谁上?"王建峰这样说。

派出所同事在整理王建峰遗物时,在他的上衣口袋里掏出一叠警民联系卡,上面沾满鲜血。他的心中时刻装着百姓,社区每家每户,都有他的联系卡。不管大事小事,白天黑夜,他随喊随到。时至今日,被他帮助过的群众说起他时,依然泪水涟涟。

一对外地来锡打工的夫妻为琐事吵架,丈夫一时冲动丢下妻儿失联了。家庭失去经济来源,孩子突发疾病无法送医,孩子妈急得嚎啕大哭。王建峰来了,送来医疗费,联系村委会将孩子送往医院。

青岛市民姜梅来锡寻找生父母。26年前,因家庭困难,父母将其送了人。望着姜梅期盼的眼神,王建峰会同内勤查阅档案资料,认认真真查了几十本老档案,查明姜梅生父母的居住地址在20世纪80年代中期已更名。费尽周折,王建峰终于为姜梅找到家人。两位老人与阔别26年的女儿重拾亲情,场面感人。

2007年10月19日,王建峰牺牲前三天,孙蒋新村的一独居老人去世,后事处理遇到难题。王建峰想尽办法,联系上死者在河南的哥哥,逝者得以入土为安。

"建峰,你怎么说走就走了呢?"闻听王建峰牺牲的噩耗,户口协管员老管失声痛哭。他生病在家休养时,王建峰多次上门探望,每次不是送钱就是买营养品,嘱咐他好好补补身子。这样的好人走了,老管怎能不伤心。

"建峰,我会常来看你的。"

"建峰,你走了,永远不回来了。"

"窗外又飘起秋雨,一如我凄苦的心情。往后漫长的孤寂岁月里,我到哪里去等待今生相约的你?我那带给我幸福、令人骄傲的丈夫,怎么会倒在一个平平常常的上午,永无归期?曾经美满、甜蜜的生活,现今永成梦境。"

"10月22日,一个普普通通的日子,也是一个痛彻心扉的日子。那一天,你一早出了门,说是今天110值班。下午,派出所的领导到家里来了,告诉我,你在处警中出了点事,被送到了医院。我嘴里问严重吗,心一下子空了,有点发虚。到了医院,看到公安局的领导来了,你的爸妈、我的爸妈都来了,个个神情悲戚,见到我都不说话。我恐惧,手脚冰凉,身子不由自主发抖。我爸紧紧抱住我,哽咽着告诉我,建峰没了。我希望是我听错了。分局政委拉着我的手说,'建峰牺牲了,建峰是好样的……'我希望是我听错了。抬眼望去,满屋子人都是泪流满面。这是真的?!不可能,不可能的,建峰不会死的!我晕了过去。"

"在那间阴森森、冷冰冰的小屋里,我一把扯开蒙着你身子的白床单,早上还生龙活虎的你,此刻已与我阴阳两隔,你让我怎么活呀。"

"永诀的时刻在我万般不愿的痛楚中来临。你静静地躺在鲜花丛中,一身崭新的藏蓝色警服,显得威武、神气。想必,你是最愿意穿着这身警服走的。"

在王建峰的送别仪式上,梅梅悲痛欲绝,数度晕厥。

建峰,你还没把女儿培养成人,还没能为父母养老送终,留给妻子梅梅的,更是无尽的哀思。你可知道,多少个漫漫长夜,梅梅辗转难眠,遥望着星空,在心里与你对话。

当夜,她抚着你的遗照说了一夜话。最后,她说:建峰,你走得英勇,我为你自豪。你放心,我会抚养好女儿,侍奉好父母、公婆的。

2017年清明节,梅梅来到坐落在南京雨花台的江苏公安英烈纪念园。10年过去,一切恍如昨天。梅梅献上鲜花,双手轻轻抚过英烈墙上"王建峰"的名字,犹如轻拂丈夫的脸庞。她轻声告诉建峰,女儿已经长大,进了初中。孩子聪明、懂事,她为自己有一个英雄爸爸而骄傲。

"建峰,我会常来看你的。你在那边多保重!"梅梅泪水满面。

峰　子：
生命定格在追逃路上

"大队长,我去呀!"

峰子大名王峰,此王峰非彼王峰,他生前系无锡北塘公安分局(后并入梁溪公安分局)的一名刑警中队长。2017年3月19日,一个春寒料峭的深夜,他倒在了追逃路上。

王峰牺牲时,我已退休两年多。在媒体上看到这个不想看到的消息,我的心为之一颤。我是2008年冬天在采访一起入室抢劫杀人案时认识王峰的。那时,他还是一个不起眼的小刑警,第一次参与侦办命案。

国字脸,浓眉大眼,身材魁梧,一个爱说爱笑、人见人爱的"开心果",说没就没了。峰子属鸡,这一年他36岁,本命年。

夜,渐深,风,很冷。冀中平原腹地,河北保定定兴县紧邻107国道,一家门口亮着昏黄灯光的小旅馆,两位无锡警察住进其简陋的客房。他们便衣在身,店主只知来了江南客。

"老毛,你我第一次来定兴,东南西北都搞不清。我想出去看看线路。"这两位警察正是峰子和他的搭档老毛。夜至定兴,他们是为了一个叫王清的网上逃犯而来。

"峰子,10点出头了,别去了吧。要不我陪你一起去?"老毛靠在床头,眼皮耷拉,一脸倦容。

"不用,我一个人去吧。你 50 多岁的人,跟我跑了八九天了,先休息吧。"峰子披上外套。尽管他也觉得累,但任务在身,不敢懈怠。

"小心点啊!"老毛关照。

"知道!"峰子给老毛留下一个背影。

"真是个'峰子'!"老毛打心眼里佩服这个年轻的中队长。他们俩来河北追逃已八天,天天在路上,觉睡不全,饭吃不好,铁人也要累的呀。峰子倒好,精神头还那么足。要知道,这次外出追逃之前,他已连续加班 13 天,破了一串案件,抓了 17 个嫌疑人。案件要核查,证据要固定,犯罪情况要坐实,工作量可想而知。

"派谁去河北呢?"凌晨,案件办结,峰子找大队长汇报工作,大队长正在犯愁。2016 年 12 月,公安部部署开展为期 4 个月的打击"盗抢骗"犯罪专项行动,其中一项重要目标就是抓回一批侵害群众财产、社会影响大的负案在逃人员。转眼 3 个多月过去,17 名此类逃犯已到案大半,剩下的都是难啃的硬骨头。大队准备派出数路追捕组各个击破。队里人手紧张,涉及河北的追捕组人员一时难以落实。

"大队长,我去呀!"峰子胸一挺。

"你去?"大队长眼睛一亮,随即摇头,"不行,你忙了十几天了,快回家看看去吧。"峰子去河北,再合适不过,但大队长不忍心。

"这有什么,习惯了,就这样吧。"

"好,那让派出所老毛跟你去吧。"大队长别无选择。

"丫头,我要去河北出差,一个多星期才能回,照顾好自己啊。"3 月 12 日清晨,刑警中队办公室,峰子收起睡袋,从柜子里拖出出差包直奔火车站。为应对突如其来的出差任务,细心的峰子准备了一个专用包,里面装有洗漱用品和换洗衣物,随时拎上就可以出发。登上开往北京的高铁,峰子才想起给妻子丹丹发微信。

"哥哥,又要出差?你算算几天没回来了! 一路小心,等你回来啊。"丹丹已习惯常常见不到丈夫,担心却是难免的。

"OK！"

五六个小时后，高铁抵达北京，峰子和老毛顾不上一睹首都的风采，在长途客车上颠簸 10 个多小时，当晚 7 点来到河北廊坊市下属的固安县，这次追捕的第一个目标王大海的家乡。王大海多年前在无锡北塘地区盗窃犯罪，作案后一逃了之。民警数次到固安县追捕未果。这次，他们在当地派出所民警的配合下，悄悄进村暗访排摸，仍未发现王大海回家的迹象。于是，他们索性来到王家，做王大海父母的工作，敦促规劝王大海投案自首。这一劝从白天到深夜，再到东方发白，无奈对方死咬三个字——"不知道"。

此行的最大收获是摸清了王大海所有的社会关系，布下了眼线。

接着，两人马不停蹄辗转沧州、献县、河间等地，追捕第二个目标赵荣。他们不停歇地调查走访，蹲点守候，规劝家属。

"峰子，先撤回吧，大队另行派人过去。"大队长心疼峰子，电话让他回锡休整。

"谢谢领导关心，没事，我想去看看那个王清有没有动静。"峰子婉拒了大队长的好意。连天的奔波，他确实累了，但他想，来趟河北不容易。王清老家就在离河间百余公里的定兴县，拐过去看看，说不定能撞上。王清是一起入室盗窃案件的始作俑者，负案在逃两年多。

"哥哥，你什么时候回来呀？都出去 8 天了。"丹丹在微信上问。

"快了，这一两天就回去了。怎么，想我啦?!"峰子正在去定兴的长途客车上，他给丹丹发去一串"拥抱"表情。

北方的春总是来得迟缓蹒跚。2017 年 3 月 19 日晚 10 点 35 分，冀中平原的夜风吹来，冰冷刺骨。峰子竖起衣领，裹紧身子。路上行人稀少，在时有时无的昏黄路灯下，峰子一脚高一脚低摸索前行。他想找出一条最便捷的道路，天明能以最快速度抵达目的地。兵贵神速，抓捕逃犯讲究的是迅雷不及掩耳之势。

5 分钟后，他来到 107 国道旁。107 国道始起北京，终至香港，全程

2698千米。白天客车、货车川流不息的国道此刻昏暗安静，偶尔有车子驶过。峰子瞧左右没车，加快步伐穿越国道，他想到对面瞧瞧路况。不料意外突至，一辆厢式货车呼啸而来，将行至马路中央的峰子撞倒在地。货车司机用颤抖的手拨通了120。

120救护车把昏迷的峰子紧急送往定兴县人民医院。因颅脑严重损伤，2017年3月20日零点15分，峰子走了。

天幕低垂，大地哀歌。

"他总是冲在最前面"

刑警大队办公室，桌上，菊花怒放，烛光跳动，照亮峰子前往天堂的道路，斑斑烛泪，寄托着战友们的哀思。

照片上，峰子年轻的脸庞上盈满笑意，警帽陪伴着他，帽徽在烛光映照下熠熠生辉。

"兄弟，再忙，你也不能不回来啊！"朝夕相处的兄弟无法接受峰子离去的事实，每天看到那张办公桌，音容犹在，仿佛他还在身边。这张办公桌一直保留到2个月后城区3个分局合并，刑警大队办公场所易址。

"一年中，他至少有三分之二的时间在办案途中。"峰子走后，大队长袁波哽咽着说。"兄弟们叫他'峰子'，其实还有层意思，喻他是个疯子，干起活来拼命、忘我。"

在峰子36年的人生岁月中，他和许多人一样生活得简单而平凡，是警察这个神圣的职业将他的人生变得不平凡。

峰子出生在江苏镇江的一个普通人家，大学毕业后到无锡工作，2006年9月1日招警到公安机关。2008年12月14日，他从派出所刑侦民警如愿成为分局刑警大队的侦查员。从这一天开始，他的生活充满了紧张辛苦和无比的快乐。他喜欢刑警工作，为此他愿意付出更多，辛苦并快乐着。

"每当发生大案或有抓捕任务,他总是冲在最前面。"峰子的战友,一中队指导员唐伟忠说。

战友忘不了 2008 年 12 月 14 日,峰子从派出所调到刑警大队上班的第一天。这天中午,大队接报,辖区刘潭村黄岸头发生血案,一对老夫妻在家中遇害。峰子和战友冲到现场。

报案人是遇害老夫妻的儿子袁永。案发前,在河南出差的袁永两三天里连着给父母打了无数个电话,始终无人接听。他慌忙中断工作返锡,未料父母已与他阴阳两隔。经现场勘查,这是一起有预谋的入室抢劫杀人案,被劫物品中有被害女主人的银行卡,卡上有存款 95 万元。

"爸妈死得太惨了!"袁永悲痛欲绝。峰子攥紧拳头:"一定要尽快抓住歹徒!"

按照专案组安排,峰子投入紧张的调查走访工作。线索在银行卡上取得突破。有人用被劫银行卡先后在无锡、苏州、河北保定、山西阳泉等地的自动取款机上取现。峰子一组负责循线查证犯罪嫌疑人,三昼夜奔波于江苏、河北、山西三省,确定取款者为同一人。接下来,又是五天五夜的追踪,锁定河南安阳的杨书武、罗明,鹤壁的张文有重大作案嫌疑。这三人在大牢里结识,刑满释放后相继迷上赌博,欠下巨额赌债。

"兵分三路,实施抓捕!"接到专案组指令。21 日深夜,峰子随侦查小组从山西阳泉赶到河南安阳。他们这一组的任务是围捕罗明,收网时间定在 22 日清晨 6 点 30 分。

夜深人静,峰子他们悄悄潜入罗明居住的小村,埋伏在屋前屋后的树丛。时值北方遭遇冷空气,气温骤然降至零下 15 度。他们身上衣裤单薄,脑袋顶着寒月,个个冻得脸颊通红,清涕直流,脚趾生痛。矿泉水结成冰坨,因渴得不行,峰子当冰棍来啃。

凛冽寒风中,抓捕组迎来北方的晨曦。指针指向 6 点 30 分,峰子活动身子,翻墙而过,引导同组的特警直扑目标。梦中惊醒的罗明尚未回过神来,手脚已失去自由。另两组也大获全胜。

疑凶押至无锡,峰子忙前忙后审问、做笔录。大队领导看在眼里,喜在心里:"这人选得不错,是块刑警的料。"

峰子的刑警生涯就这样开启。在当警察的11年里,峰子不知参与了多少案件的侦破,抓捕了多少犯罪嫌疑人。

峰子心中有大爱,凡事想着百姓,不管大案小案,只要涉及民生,无不认真对待。

2012年夏天,惠龙地区一居民区发生入室盗窃案,案额2000余元。按无锡的经济水平,这样的案子算不得什么。可峰子不这样想,他说:"老百姓的钱又不是风刮来的,那是养家钱。"他盯着小区及周边地区的监控录像熬了个通宵,凭2秒钟的视频成功揪出作案者,为失主挽回了损失。

同年3月,几个染着黄毛、刺着文身的社会混混"捞油水"捞到学生头上。每天下午放学时,他们尾随某中学学生至偏僻处,恐吓敲诈、勒索钱财,大到手机,小到一两元现金。学生惶恐,有的竟吓得不敢上学了。峰子着急了,每天下午3点至6点,带人到校园周边便衣守候,整整守了1个月,终于将3个敲诈疑犯抓获,保护了学生安全,还了校园安宁。

"他太爱刑警这个职业了。"这是了解峰子的人说得最多的一句话。不了解他的人可能无法想象,一个热爱职业超过一切、甚至生命的人会有怎样一种敬业态度和奉献精神。

有人说峰子是一个急性子的人,他的战友们说他是却又不是。2017年春节前,他和队友张磊出差去浙江抓捕一名盗窃疑犯,查明此人藏身一家旅馆客房。峰子当机立断,全身发力,硬是用血肉之躯撞开房门。疑犯猝不及防,束手就擒。"你说他连开门都等不及,可如果等,也许就延误战机了。"张磊这样说。

有人说峰子是一个心细如发的人,他的战友们说他是却又不是。

有人说峰子是一个爱工作如命的人,他的战友们异口同声说:"是!"

"常常在夜深人静时,从一个个追捕的梦中惊醒,猛然坐起,却身在值班室,已然睡意全无。在侦的案件,在审的疑犯,一一在脑海闪过……"峰子牺牲后,战友找出他4年前写的《从警感悟》,摘录片断发到朋友圈,读之无不泪目。

"峰子,前些天,路过我们共同战斗过的那个院子,大楼前的海棠含苞待放,院子外的小河春水初生,办公楼里热火朝天。峰子,你从不曾离开,对吗?"2018年清明前夕,战友撰文缅怀峰子,情切切,意浓浓。

2020年5月14日,那个叫王清的逃犯终于被锲而不舍的梁溪警方抓获归案。峰子生前的战友在微博上留言:"兄弟,你留下的任务已完成。"

"哥哥,丫头带你回家"

夜很深,汽车行驶在京沪高速上。司机双手紧握方向盘,眼睛注视前方,车子开得又快又稳。司机唯恐惊动车厢里"熟睡"的峰子,他已经多少日子没睡上囫囵觉了。

丹丹紧搂着峰子,双手与峰子十指相扣,仿佛这样可以减轻一点儿车辆的颠簸,仿佛这样可以让峰子"睡"得更安稳一些。

冷,彻骨的冷,丹丹娇小的身子缩在宽大的藏蓝色警服里瑟瑟发抖。这是一件制式常服,上面充满峰子的味道,丹丹怎么也闻不够。20多个小时未曾合眼的丹丹多想打个盹啊!她想,只要能睡着哪怕10分钟,她一定会做梦,她多么希望一睁开眼睛,面前的一切都是个梦,她的峰子依然是那个英俊帅气的哥哥。

一瞬间的恍惚,时光仿佛倒流。她与峰子置身黑龙江雪乡森林公园。她与峰子结婚7年,小夫妻聚少离多,但不等于没有浪漫情怀。她结婚时有个愿望,就是与心爱的人一起去感受北国风光、千里冰封、万里雪飘。可是,峰子总是忙,不是在办案,就是在追逃路上。2017年2月,经不住她再三恳求,峰子咬咬牙休了5天假,陪她去了东北,看了雪乡。那5天,他们打雪仗、坐雪橇、大碗喝酒、大块吃肉,留下一组组幸福美好的照片。

此刻,丹丹好像又站在一望无垠的皑皑白雪中。雪,厚厚地铺在屋顶上,仿佛变成童话小屋;雪,厚厚地铺在树丛上,仿佛一朵朵蘑菇,长在院子里。突然,她看到峰子从童话小屋走出来,穿过蘑菇丛,向她慢慢走来。她非常惊喜,丈夫的身板还是那么挺拔,笑容还是那么灿烂。她高兴得差点跳起来。呵呵,刚刚只不过是做了个噩梦,那痛彻心扉的悲伤只不过是一场虚幻!她雀跃着向峰子奔去,眼看她的手快要够到峰子伸过来的大手了,可是,无论她怎样着急、努力,却怎么都无法拉住峰子的手,峰子仿佛正在渐渐向远处飘去。她急坏了,拼命地追赶峰子越来越模糊的身影。可无济于事,峰子的身影越来越模糊,最终完全融入那看不到边际的白雪中。

"哥哥,别走,别抛下我啊!"一个激灵,丹丹被自己凄厉的呼喊声惊醒。呆呆望着怀中长眠不醒、再也听不到她声声"哥哥"、再也听不到他喊"丫头"的峰子,原来这一切都是真的。悲伤铺天盖地而来,她失声痛哭,哀恸至极。

从20日凌晨接到噩耗,到驱车千余公里来"接"峰子,看着公安局的战友给峰子换上崭新的警服,再到20日深夜坐进汽车,搂着她的峰子回家,她麻木得像个木偶,她多么希望这只是个梦,一个噩梦。

峰子,她的哥哥真的走了。她的心刀割似的疼,他们还没有爱够,甚至还没要孩子呀。

"我不在乎你的外貌,有没有好工作,只要能支持我的工作就行。我的工作非常忙,没日没夜,你要多理解,多支持。但有一条,我会对你好的,一生一世。"峰子与丹丹是经人介绍认识的。一见面,双方都有来电的感觉,丹丹喜欢峰子的憨厚、大气、幽默,丹丹的秀气、善良、懂事则令峰子心动。两人牵手走进婚姻。新婚第一天,峰子对丹丹说了上述一番话。很难想象,这就是峰子对爱情和婚姻的宣誓。丹丹沉浸在甜蜜的喜悦中,新婚限制了她的想象力。婚后一段时间,她真正体味到了峰子这番话的含义和当警嫂的甜酸苦辣。

2014 年,出差 23 趟计 109 天;2015 年,出差 27 趟计 119 天;2016 年,出差 26 趟计 112 天。出差地点涉及广东、海南、新疆、河南、山西等 17 个省(区、市)。这是刑警大队内勤根据峰子的差旅单统计出来的。一年 365 天,峰子有三分之一的时间奔波在大江南北。可对丹丹来说,何止这三分之一,即使峰子人在无锡,三天两头不见人,也是家常便饭。

2016 年 12 月初,一天深夜,肾结石发作,峰子疼得大汗淋漓,缩成一团。丹丹连忙把他送到医院。这次,峰子在医院住了 5 天,丹丹在病床前守了 5 昼夜。这是婚后夫妻厮守最长的一次。出院第二天,峰子的身影就出现在办案现场。

丹丹和许许多多的妻子一样,也希望丈夫能够每天守在自己身边,能够在节假日里一起外出旅游,看看祖国的大好河山。但她知道,这对一个警察的妻子,尤其是对一个刑警的妻子来说,是一件奢侈的事。她所能做的就是为丈夫守好后方。因为工作,峰子经常回不了家,但不管多晚回家,她都会将一碗热腾腾的夜宵端到他面前。公婆生活在镇江,峰子难得回去,倒是父母想儿子、儿媳了,常往无锡赶,也都是丹丹陪着老人。爱一个人,就会不计得失地付出。

峰子也爱丹丹,爱得很深很深,正如丹丹爱他一样。因为峰子稍年长,自然成了"哥哥","丫头"则是峰子对丹丹的昵称。从这个昵称,就可以看出峰子对丹丹的宠爱。但凡出差在外,细心的峰子总会在微信上给丹丹发一些当地的美图,并承诺以后有时间一定陪丫头去欣赏。时不时,还会带些小礼物哄哄丫头。丹丹脖子上的黄纱巾,就是峰子有次出差特意买来送给她的。他说,黄纱巾代表平安。可如今,他自己不平安了。

太阳渐渐升到高,3月21日中午,经过16个小时的行驶,汽车终于抵达无锡。

"哥哥,到家了,你安心睡吧,我一定会照顾好你的父母的。来生我还做你的妻!"丹丹抹去眼泪,坚强地对峰子表态。她仿佛看到哥哥的脸上浮现笑容。

倪　军：
走得悄无声息

"劳累过度",这四个沉甸甸的字,频繁出现在悼文中,也频繁出现在牺牲民警的统计数据中。据公安部数据,近几年因劳累过度、积劳成疾而英年早逝的民警,占因公牺牲民警总数的一半。

事实的确如此,忙碌、奔波、劳累已成为基层一线民警的常态。在我国人均寿命已达到 76 岁的今天,这些因公牺牲的民警平均年龄仅 43.5 岁。

倪军走的时候,距他 41 岁生日还有 41 天。他是在南京青奥会安保工作中因劳累过度倒下的,生前是一名普通的巡防警。

倪军 1995 年 8 月跨进警营,在派出所一干就是 14 年。2009 年 7 月,分局组建巡防大队,他成为一名巡防警。

倪军正值壮年,但常年超负荷的运转,使他的身体严重透支,刚迈进 40 岁门槛就显得有点力不从心。2014 年夏天,不知怎的,他感到特别疲劳,眼皮发沉,老想睡觉,脚踝肿胀,走路像踩在棉花上。"大概前段时间太忙,高血压犯了。"他想。高血压是"祖传"的,爷爷是,父亲也是。

要说这一年真够忙的,先是春节安保,紧接着是南京青奥会安保。2014 年 8 月 16 日晚 8 点,青奥会在南京开幕。这是继北京奥运会后在中国举办的又一重大奥运赛事。早在 4 月份,青奥安保便紧锣密鼓拉开帷幕。无锡的安保工作可马虎不得。倪军作为安保大军中的一员,昼夜巡视在大街小巷。责任重于泰山啊!

进入 8 月份,社会面一级巡防启动,四班三运转连轴转。8 月 17 日,倪军值夜班。白天,孩子上学,妻子上班,倪军迷迷糊糊躺了一天,午饭都免了。傍晚,他强撑着起床做了晚饭,头晕得不行,仅吃两三口便搁下碗筷。

"怎么了?"妻子关切地询问。

"有点累。"他摇了摇手。

"挺不住就请假吧。"妻子有些担忧。

"一个萝卜一个坑,我歇了谁顶?"晚上 10 点,倪军出了门。

到了队里,换警服、佩戴装备,动作明显不如往常利落。同班搭档见倪军脸色发青,嘴唇发紫,步履不稳,关切地问他身体是否不舒服,他回了声"不碍事",便上了巡防车。

一夜硬抗。第二天早上 8 点,倪军从巡防车上下来,神情有些恍惚,走路摇摇晃晃。搭档劝他调个班,他还是说不碍事,回去休息休息就缓过来了。

是晚 10 点 30 分,倪军提前半小时到达大队部,状态更不如前一天。但他仍仔细检查装备,翻阅巡防记录,查看当日警情。

"兄弟,不要硬撑,请假到医院瞧瞧吧。"搭档再次劝他。

"队里人手这么紧,我开不了口呀。也许天热的缘故吧,这几天没有胃口,吃不下饭。"倪军轻声回答。老天爷发威,那几天锡城最高气温都在三十六七度。他坐进巡防车驾驶座,磨磨蹭蹭好长时间才开到巡防路段。搭档有些疑惑,这车开得也太慢了吧,平时半个小时的车程,竟开了 1 个多小时。

19 日凌晨 2 点,车载电台通报抢劫警情。倪军一踩油门,赶往指定路段巡察、守候。2 小时后,警情解除。倪军趴在方向盘上,无力地对搭档说:"胸闷、疼。"搭档说:"送你去医院吧?"他说:"不行,我们走了,万一发生案件呢。"

早上休班,倪军在大队值班床上躺下,中午勉强起床回了家。怕家人担心,他什么都没说。

胸口闷得厉害,还伴有绞痛。速效救心丸吞下去,不顶用。傍晚,一阵压榨性疼痛袭来,倪军顿时大汗淋漓,脸色苍白,趴在沙发上奄奄一息。下班回家的妻子紧急送他上医院。检查、化验,结果不妙。医院专家会诊,确诊为心脏主动脉破裂。

"公安民警大病救治绿色通道"迅速开启。20日凌晨,救护车载着倪军飞驰上海中山医院。无奈疾不可为,即使是国内顶级专家亦回天乏力。8月28日晚,在南京青奥会闭幕式的绚丽烟火中,倪军停止了呼吸。

"他是累死的呀!"与倪军搭档5年的老单痛惜地说,"在巡防车上生活作息没有规律。倪军患有高血压、哮喘病,季节变换或劳累过度时便要发病,他常常是默默抗着。那么大的工作量,又摊上这么个身体,谁吃得消啊。偏偏他又是个不会叫苦叫累的老实人,唉……"

"他呀,责任心强,"大队领导有些内疚,"审查犯罪嫌疑人、守卡、处理突发事件,总是主动要求参加,经常加班加点。"大队领导出示了一份统计数据:倪军干巡防工作5年多,盘查可疑人员1.3万余人次,抓获疑犯136名,其中负案在逃人员6名,查获涉案违禁物品300余件,毒品60余克。

"那么好的人,太可惜了。"台胞惠畅从媒体上得知倪军去世的消息,红了双眼。惠畅90多岁的父亲独居溪南社区,倪军在溪南派出所工作时,时常上门嘘寒问暖,送水买米。惠畅回乡探父,见老父亲生活得很好,专程跑到派出所致谢,回到台湾后到处宣传无锡警察。

奉献者的路很平凡,倒下时不一定惊天动地。

倪军很简单,活着时,平平常常,离开时,无声无息。然而,当我听到一个又一个有关他的平常故事时,内心时时为之震撼。谁说平凡不孕育伟大?!

弥留之际,倪军泪水成行。这泪不是懦弱的泪,是对生命执着的泪,对人世留恋的泪,对家人不舍的泪。

倪军的儿子悄悄告诉我,他非常想爸爸,想得厉害的时候,他会拨打爸爸的手机,可是,爸爸的手机已变成空号。尽管这样,他还是忍不住会打,他太想听到爸爸的声音了。他告诉我,有一阵子连上课时也想,学习成绩都下降了。他说:"我要坚强,要照顾好妈妈。学习要好,不让妈妈和爷爷奶奶担心。"这个年仅 14 岁的男孩,言语间已相当懂事,有了男子汉的味道。只是看着他那张稚嫩的脸,心里既酸楚又心疼。

补记　天堂里的兄弟，我想对你说

> 你瞬间就化作了一个山脉
>
> 你瞬间就变成了天边的那道彩虹
>
> 随着滚烫的浓烟
>
> 你的灵魂在迅速飞升
>
> 如果，真的是有天堂
>
> 那么，天堂就会隆重地给你铺成一道长长的红地毯
>
> 列队，把你欢迎
>
> （摘自艾明波《血写的忠诚——献给全国公安英烈》）

怀念，镌刻在心灵深处。最亲爱的战友，你们用生命守望平安，你们永远活在人们心中，人们永远不会忘记你们。

天堂里的兄弟，我想对你说：如今，公安事业蒸蒸日上，你们的精神在公安队伍发扬光大。清明祭英烈，倾杯敬警魂。冬去春来，又是一年清明时，战友、新警、亲人纷纷来到你们墓前，送上鲜花，低首哀悼，思念浓浓，致意满满。2017年清明节前夕，局里工会的同志还深入每个公安英烈的家庭，采用独特的摄影手法，再现你们的身影，摄下一幅幅特殊的"全家福"！你们的照片，陈列在局里的荣誉室，你们的精神，教育滋润着一代代警察。

天堂里的兄弟，我想对你说：当你们在天堂门口频频回眸，对家人牵肠挂肚时，你们的担忧是各级党政领导和组织、同事时刻放在心上的事。对每位牺牲民警，组织上都是政治上给荣誉、经济上给补助。你们或为人子，或为人夫，或为人父，都是家庭的顶梁柱。你们一去不回头，党和政府、战友、同事把你们的责任扛了起来。因公牺牲的民警除了享受公务员抚恤待遇，2009年以来，局里实行特别救助金和特别慰问金制度，你们的家人都受到了应有的优抚。永康兄

弟,你走后不久,你的妻子罗美珍继承你的事业,成了一名光荣的人民警察,她2008年退休,如今在上海女儿、女婿身边颐养天年。刘伟兄弟,爱萍原在的工厂不景气,破产了,组织上把她安排在车管部门,现收入稳定。每逢年节,各级公安机关都会登门探望你们的家人,送去关怀和慰问金。还有一个好消息要告诉你们,2014年4月30日,公安部等九部门联合出台了《人民警察抚恤优待办法》,大幅提高了优抚标准。同年年底,公安部、财政部还为全国公安民警办理了人身意外伤害保险。

天堂里的兄弟,我想对你说:你们的离去,都是在骤然之间,因为猝不及防,你们心中必然有太多的不舍,不舍未竟的事业,不舍生死与共的战友,不舍年迈的父母和柔弱的妻儿。你们的亲人将长久地生活在无尽的怀念和悲痛之中。今天,在英烈精神的激励下,在组织温暖的关怀下,在战友同事的关心下,你们的亲人更加坚毅、坚强、坚韧。你们的妻子用柔弱的肩膀担起了家庭的重任,含辛茹苦,任劳任怨。红海兄弟,2003年7月20日你走的时候,儿子尚未出世,安徽的老父亲沉疴在身。你的妻子罗美凤含泪送别你后,毅然决然生下你们的儿子。这是你俩爱情的结晶啊。虽然组织上给她安排了稳定的工作,但孑然一身抚养儿子,吃了多少苦,受了多少累,流了多少泪,只有她自己知道。现在,你的儿子上了初中,长得跟你一个模子里刻出来似的,聪明懂事,成绩优异,家里墙上贴满了他的奖状。哦,还要告诉你,你家换新房了。美凤把你们原来那个30多平米的蜗居卖了,加上牙缝里省下来的钱,换了个两室一厅。这样,你儿子就有了单独的房间和安静的学习环境。虽然贷了款,但美凤说,再苦十来年,就该出头了,儿子大学毕业了,贷款也还清了。只是苦了你,没有享到福。说到你,美凤的眼泪珍珠般往下滚。还有你的父亲,美凤也照顾得很好,经常带着孩子去安徽探望他,还时不时还接到城里来住一阵。美凤不容易啊!刘伟兄弟,爱萍也不容易啊!那年,旻旻刚刚

9 岁，正是男孩最顽皮的时候，爱萍每天接送他上下学，精心辅导功课。到了高中，旻旻出现青春期叛逆，她自学心理学，耐心引导、疏导，和孩子一起度过那不寻常的日子。爱萍工作上也要强，十几年来，她一直在窗口从事办牌、办证工作，很忙，很充实。每年经她手办理的牌证上万，从无差错，真是不可思议啊。告诉你一个喜讯，2016年三八妇女节那天，市公安局授予爱萍"好警嫂特别奖"。你高兴吧?!

天堂里的兄弟，我想对你说：由于你们的离去，孩子的天空从此倾斜，成长道路上父爱的缺失，让他们经受了其他孩子无法想象的痛楚和伤悲，但他们沐浴在公安大家庭的阳光里，心智和身体都很健康。永康兄弟，你去世时，女儿燕子年仅3岁。当她上了幼儿园，发现小朋友们都有爸爸，她却没有爸爸，回去哇哇大哭，妈妈才告诉她，爸爸在与坏人搏斗时牺牲了。孩子从此明白自己的家庭与别人不一样，一直乖巧懂事，努力学习。夜深人静的时候，她会与桌上穿着警服的爸爸对话：爸爸，您放心，我会好好学习，照顾妈妈，长大做一个像您一样对国家有用的人。燕子以优异的成绩考入复旦大学，读到研究生。毕业后她进了一家外企，现已结婚，有了自己的小家庭和女儿。刘伟兄弟，你的儿子现在叫刘益承，是在你牺牲后改的名字，寓意是继承你的事业，做有益于国家和人民的人。2012年，他考上江苏警官学院。2016年9月，他正式成为无锡公安队伍中的一员。现在，他是滨湖公安分局溪南派出所的民警。他虚心好学，聪明能干。2018年下半年，他参与侦办一起网络赌博案，在网上盯了4个月，硬是从几千条资金流中发现线索，一下抓了十几名犯罪嫌疑人。有成就感吧！他的血液里有着与你同样的激情。

天堂的兄弟，安息吧！

邵伟民　海地维和警民情

维和兄弟

蓝盔出征为了谁

第八章

邵伟民是无锡公安系统第一个走出国门的维和警察。2001年10月赴东帝汶维和时，他的儿子洋洋刚过周岁，但他还是义无反顾地踏上维和征程。之后，他数度出征执行维和任务。他的维和路上，有付出也有回报，有荣誉更有牺牲。在东帝汶，他差点被登革热要了命；在印尼，他亲历"巴厘岛爆炸"；在海地，子弹从头顶飞过。使命在身，责任在肩，他注定属于世界和平。

早春二月，万物复苏。在无锡这座灵动秀丽的城市，我和伟民沐浴着柔和的阳光，品着绿茶，天南海北聊着，尽情享受着平安、祥和、宁静。

突然，他对我说："其实，在海地，也是可以饮茶喝咖啡的。天气晴朗、微风吹拂、枪声稀落的时候，在海地宽阔的沙滩上，在狭窄拥挤的太阳城里，也有不少居民边晒太阳边喝咖啡。他们虽然身处险境，生活动荡，但他们同样热爱生命，热爱生活。正是这一幅幅画面，让我置身国外，更加懂得祖国的含义，更加深切地体会到和平的可贵。"

金色的阳光照在他脸上，灿烂、坚毅。我静静地、久久地看着他，感动、钦佩。

在无锡，邵伟民是个名人，他曾3次出国执行维和任务，两次被授予联合国和平勋章。他让世界了解了中国警察，知道了无锡警察。

鹰 巢：
雄鹰从这里起飞

2000年1月12日，中国警察第一次走出国门，奔赴东帝汶执行维和任务。如今，中国已成为联合国安理会常任理事国中外派维和警察最多的国家。

2000年8月，中国维和警察培训中心在河北廊坊武警学院成立，承担维和警察、维和警察防暴队、警察联络官和外籍警察的培训任务，成为维和警察的摇篮，被称为"鹰巢"。邵伟民就是在鹰巢里成长、起飞，成为翱翔于蓝天的一只雄鹰。

邵伟民与维和结缘，颇有戏剧性。2000年8月，冀中平原，鹰巢初筑，选拔、培训热火朝天；太湖之滨，新任分局办公室副主任邵伟民基层调研、撰写文稿……样样费神伤脑。一天，市局来了个口头通知，让他立马出发去河北廊坊参加选拔考试。考什么试？为什么选上他？他云里雾里，不清楚。其实，公安部对维和警察的选拔非常严格，遴选条件相当苛刻。进门槛起码要过"五关"，首先是英语关，非大学英语六级或专业英语四级以上不可，其次是政审关，再有是业务关、形象关、年龄关。此外还要求年富力强，家庭和睦，已婚（有孩子更好）。无锡公安万里挑一，才挑出他这个"宝贝疙瘩"。

服从是警察的天职。是晚，他拎着简单的行李登上开往北京方向的火车。那时还没有高铁，无锡至廊坊的绿皮火车要开约12个小时。车至南京，上来两名同行，其中一位是南京公安的。毕竟是省城的，获取的信息量大些。他说公安部发了通知,是去考维和警察,江苏仅选上3人。邵伟民——对照遴选条件,样样符合。"难怪选上我!"他恍悟。

"考点啥呢?"伟民问。

"听说要考国际法。"南京同行也是一头雾水。他手里拿着厚厚一本书:"上火车前冲进书店随便买了一本。"

"看比不看好,权当安慰自己。兄弟,上半夜你看,下半夜我看。"

"行!"

"咣当、咣当",在车轮与铁轨的撞击声中,一向倒头就着的伟民似梦似醒。凌晨1点多,他一个激灵醒来,南京同行歪在一旁睡了。他轻轻拿过书……晨曦照进车厢,火车缓缓驶进廊坊站。

培训中心的接站车载着各地赶考的人们驶进武警学院。挨到下午4点,谜底终于揭晓。考3个项目:一是英语,主要考听力、写作、口语;二是驾驶技能,驾驶越野车、倒库;三是射击。国际法白看了,不搭边。伟民找来本英语词典,囫囵吞枣看了些常用单词。

考试一天结束。考毕,伟民自我感觉,驾车、射击还好,英语不行,虽然大一时就考过了四级,但参加工作后没有语言环境,早忘得差不多了。"没戏!"伟民倒是没什么顾虑,打道回锡。

伟民做梦也没想到竟考上了。2000年12月底,公安部通知,让他2001年2月8日到维和警察培训中心参加为期2个月的集中训练。一打听,那次参加初选考试的500人,只有80人入围。集中培训后,40人派往东帝汶,15人派往波黑执行维和任务。换而言之,还要再淘汰25人。

家庭问题严峻地摆在面前,伟民兴奋与压力并存。其时,儿子洋洋刚过周岁,妻子雪青搞财会工作,上班不轻松,父亲尚未退休,母亲倒是退休了,但身体羸弱。虽然在无锡当警察照顾家庭也不多,但家里有个什么事还是多少照应得到的。一旦去了东帝汶或波黑,万水千山的,如何是好?他期期艾艾把事情告诉了雪青。之前,他觉得此事太遥远,在家里没有多说。

"选上就去呗,万里挑一,不容易,人家想去还去不成呢。"雪青是个大度爽气的女子,她外表文静温柔,内心却强大,有主见。

"儿子这么小,你要上班,还要管孩子,忙得过来吗?"伟民心疼妻子。

"我们可以帮忙,你放心出去,不能误了大事。"岳父、岳母发话了。

"儿子,那么多人,就选中你,去吧。"伟民的母亲不知维和是怎么回事,更不知东帝汶、波黑其时战火连天,处处险境。后来在电视上看到,担心得不知流了多少泪。

家人的支持是最坚强的后盾。2001年2月8日,农历蛇年春节爆竹声余音犹在耳畔,伟民再次踏进维和警察培训中心的大门。这一次,他目标明确,信心满满:一定要以优异成绩跻身维和警察队伍,为世界和平做贡献。

伟民忠厚、坚韧、向上的性格特征,以及他自喻的心态好、运气好、想得开,无不得益于他的成长环境。

伟民的父母都是知青。母亲是无锡人,父亲家在上海,他们从不同的城市奔向共同的插队落户地:江苏建湖县草埝公社第七生产大队。建湖地处黄海之滨,位于苏北里下河腹部。一对有情人在里下河畔相遇、相知、相爱,将他们人生中最宝贵的青春芳华献给了苏北大地。1973年3月15日,伟民在简陋的茅草屋出生。知青靠挣工分吃饭,插秧、收割、挖沟、挑泥,父母忙于生计,伟民一断奶就被送到同样下放苏北的姥姥家。捏泥巴、躲猫猫、捉鱼虾、逮麻雀,童趣满满。他记忆中最深刻的,就是最寒冷、最凛冽的,在每个冬季无所顾忌、夜以继日肆虐大地的西北风。而姥姥热乎乎的玉米粥、金黄色的炖鸡蛋、香喷喷的烤山芋,给他平添多少温暖。以至后来弟弟出生,要选择一个送到上海爷爷奶奶家,伟民强烈要求留在苏北。童年的磨砺给了他之后在工作和生活中从容应对各种考验的底气。

随着上山下乡返城潮,1979年,伟民随父母回到无锡,弟弟也被从上海接回来,一家人团聚,比什么都重要。转年,伟民上学了。因为成绩好,组织能力强,从小学到初中,班长非他莫属。父母对兄弟俩很宽松,没有过高期望,健康、平安就好。1989年,伟民以高分考进无锡市第一中学。一中高手如林,他选择了自己的强项:文科。他天天苦读到深夜,台灯烤焦头发都不知。困了喝浓茶、灌咖啡,再不行就做俯卧撑。电视机搬到父母屋里,武侠书束之高阁,真是现代版的悬梁刺股啊。天道酬勤,他的学习成绩保持在年级前10名。

"对任何事,除了认真,关键还要有平静、平和、平淡的心态。"伟民说。以前,他每逢考试心里便七上八下,高考那年的第一次模拟考,走进教室,他突然心如止水,一下进入状态,那种状态一直延续到高考。他说,那真是一种奇妙而美好的感觉。

1992年高考,伟民放了颗卫星,摘得无锡市文科状元的桂冠。中间还有个小插曲,发榜那天,伟民不敢去看榜。父亲老邵骑自行车去了,刚进校门,就遇到伟民的老师、同学道贺,说是伟民考了全市第一。老邵一乐,连分数都忘了问,便急着回家报喜。

北大、复旦伸出橄榄枝,出人意料的是,伟民选择了中国人民公安大学。他从小就崇拜军人、警察,机会在眼前,不能失去。再者,家里经济不宽裕,父母不容易,上公安大学可以穿免费制服。就这样,公安大学警察管理系多了个"状元",4年后,无锡市公安局多了个优秀警察。

再回到2001年2月8日,伟民一进培训中心,便投入到高强度、高难度的训练中。

时令虽已初春,北方依然天寒地冻,到处堆着厚厚的积雪。每天都要练体能、拳术、散打、射击、驾驶,伟民1.82米的个头,腰圆膀粗,长期坐办公室,把人坐懒了,也坐虚了。开始晨练跑步5公里,他刚跑出培训中心大门便气喘吁吁。不过,仅两个星期,他已能跑完全程,一个月后就习以为常了。

熟练的驾驶技术是每个维和警察的必备技能,他们各种地理环境都可能碰到,沙漠、沼泽、丛林、悬崖。为了掌握过硬的驾驶技术,伟民不知吃了不少苦。射击训练也不轻松,好在他天生对机械敏感,加上公安大学时的基础训练为他打下了坚实的基础。

最难对付的是英语。英语是任务区的"普通话"。这英语不是课堂英语,而是战地英语,无论以前英语水平多高,都必须从零开始。由于任务区通信条件的限制,加上各国警察说的英语都带口音,在紧急情况下沟通很困难。因此,联合国警察总部给各任务区的维和机构设置了统一术语和暗语。培训教材是一线维和警察录制的,既有各种杂音,又有各国口音。伟民拿到磁带,一播放,脑袋"嗡"一下就炸了。

从此,伟民与英语较上了劲。他拿出比高考不知强多少倍的拧劲,买来随身听,戴上耳机,跑步听,吃饭听,睡觉也在听。

两个月培训结束,伟民手里多了一张证——联合国维和警察资格证书。

2001年7月中旬,伟民参加联合国警察总部的甄选考试。英语、驾驶、射击三大项目结束,79人参加考试,仅44人合格。伟民顺利通过,且成绩优异。

2001年国庆节前夕,伟民接到公安部关于赴东帝汶执行维和任务的命令。这次派往东帝汶的中国警察共40名,维和任务历时一年。警队出发前,他们来到天安门广场观看升旗仪式。

清晨,长空澄澈,朝阳和煦,广场上金色铺地。一队身着蓝色维和制服的警察,整齐划一,精神抖擞。鲜艳的五星红旗徐徐升起,誓言在心中激荡:"誓为五星红旗增光添彩,哪怕流血牺牲。"

东帝汶：
每天都在经受考验

2001年10月13日深夜,赴东帝汶维和的中国第四批警队40名队员抵达澳大利亚北部城市达尔文市,联合国办事处设在达尔文。警队将在这里转机,飞往东帝汶。

东帝汶是位于太平洋努沙登加拉群岛东端的一个岛国,面积约1.49万平方公里,人口约132万,曾被葡萄牙殖民统治。1975年爆发内战,之后被印度尼西亚吞并,1999年8月公民投票决定脱离印尼独立。由于多年来备受战争创伤,东帝汶的经济发展十分缓慢,是世界最不发达的国家之一,大部分物资靠外国援助,民不聊生,社会动荡。

伟民和同伴到超市买了方便面、香肠、饼干等易储藏的食品,以及蜡烛、肥皂之类的一大堆生活用品。10月15日,联合国一架军用运输机载着他们飞往东帝汶。

经2个小时飞行,飞机抵达东帝汶首府帝力。东帝汶属热带雨林气候和热带草原气候。一下飞机,热浪扑面而来,太阳刺得人睁不开眼睛。从温和湿润的江南乍到炎热干燥的赤道岛国,还真有点不适应。

道路坑坑洼洼,大巴颠簸起伏,车窗外不时掠过断壁残垣,路边的小树、野花顽强地开着红的、白的花朵,偶见裸露着上身的孩子在扔泥巴嬉戏。伟民不由感慨,虽然战争的创伤随处可见,但这片土地仍充满生机。

旅馆到了。房间由集装箱改装而成,空调声音大得像轰炸机。舟车劳顿,太乏了,伟民的头沾到枕头就睡过去了。以后如何,兵来将挡,水来土掩吧。

第二天上午，伟民他们来到帝力总部培训部，填写了内容不一的十几张表格，还写了遗书。任务区情况复杂，危机四伏，意外颇多，每个维和警察，无论是防暴警，还是民事警，都要留遗嘱。既然来了，这180多斤就交给世界和平了。伟民坦然地写下遗书。只是这么多年过去，他从未把此事告诉家人。

联合国东帝汶维和任务区，在联合国维和行动历史上有着特殊的地位。东帝汶是第一个完全由联合国接管，并扶持其完全独立的国家。其警察组织是在联合国帮助下建立的，尚处在建设阶段，不能独立行使社会治安管理职能。伟民所在的警队是民事警察，主要职责是巡逻执勤，治安管理，受理并调查刑事、治安案件，协助联合国其他组织的调查和行动，领导和组织当地警察熟悉并掌握警务技能。为体现"联合国作用"，各地区警局由不同国家的警察组成。这些警察来自42个国家，分布在民警警察总部及包括帝力在内的13个地区警局，总部设在帝力。

正式上岗前是为期一周的岗前培训。各国选派到任务区的维和民警必须重新过英语、射击、驾驶三关。驾驶是重头戏。多亏培训中心的魔鬼式训练，中国警队满堂红，40人全部领到联合国颁发的ID卡（内含身份证、驾驶证等内容）。

伟民和辽宁的许大勇、广东的骆斌被派往东帝汶南部山区埃耐罗中心分局。警局派皮卡来接他们。东帝汶既无高速公路，也无铁路，境内多山，公路不是废弃就是年久失修，车技如何，性命攸关。进山的路不好走。开车的是个埃及警察，来任务区一年了，显然是个老手，车子开得飞快。山路崎岖，蜿蜒曲折，时而穿越茂密丛林，时而贴着悬崖峭壁绕行。气候十里不同天，一会儿艳阳高照，一会儿大雨滂沱。一路上可谓心惊肉跳，提心吊胆。到后来，随着车子的上下左右摇晃，他们连害怕也顾不上了，只觉得耳膜胀痛，骨头散架，思维停滞。

汽车在夜幕中驶进埃耐罗警局的院子。所谓中心分局，也就几间破旧平房。

中心分局局长是位约旦警察,第二天就给伟民安排任务。这天,有一批难民从苏艾返回埃耐罗地区。难民到达埃耐罗境内,由分局担负护送、警戒任务。任务结束,伟民、大勇到中心分局下属的哈突图分局工作,骆斌留在中心分局。

刚到岗就遇上行动,伟民既激动又兴奋。他和新西兰警察迈克及4个当地警察驱车赶往苏艾、埃耐罗的交界处——卡萨,会同葡萄牙维和部队执行任务。8辆运兵车一长溜停靠在路边,一架直升机停在附近草地上。

中午11点,1辆标有联合国难民署标志的白色"陆地巡洋舰"驶来,紧随其后的是由44辆敞篷车组成的难民车队。车队向目的地——埃耐罗哈士图地区的贝卡拉村进发。直升机低空盘旋巡逻。

车队抵达贝卡拉村,村长和村民们已等候在村头。维和士兵列队,在难民与村民间形成一道隔离带。伟民协助难民署官员核对难民情况。牛刀初试,英语交流还算顺利。村长致辞欢迎同胞返家。交接工作结束,维和部队离开,伟民和同伴留下维护秩序。

东帝汶战乱时,居民纷纷逃离,有的举家而逃,有的老人留守,年轻人走了。20余年过去,昔日的村庄早已面目全非。有的亲人幸存,此刻相拥而泣。大多数房屋已受损,可谓一无所有。

下午5点,人群陆续散去。肚子"咕咕"直叫,伟民想起还是早晨吃了包方便面。回到分局,他找出一听罐头打发肚子。

第一次警务顺利、圆满完成,伟民对未来充满信心。

2001年10月29日,伟民和大勇赴埃耐罗地区最偏僻的山区哈突图。

在哈突图,首先遇到的是住房和吃饭问题。联合国不承担任务区维和警察的食宿。在当地警察的帮助下,他们在离分局不远的村里租到一处屋子,搬进行李,两张行军床一支,顿显逼仄,但胜在租金便宜。从房东那借来张桌子,摆上什物,墙上挂上世界地图、中国地图和家人的照片,便有了家的味道。

租住地没水电。伟民找来个塑料桶,每天上班带去分局,下班装上水拎回租住地。大勇从国内带来个电饭锅,分局有台柴油发电机,每天煮上锅米饭应付一天。胡乱打发了一个多月,2名澳大利亚警察任务期满回国,腾出租住地,那儿距分局更近,有电线和水管连接到分局,生活一下方便许多。伟民说,在国内,身在福中不知福,总有这样那样的不满足,在东帝汶,能喝上开水、吃上热饭就是最大的幸福。

山区土地贫瘠,物资奇缺,可吃的东西不多。哈突图没有商店,只在每周二、六有集市。集市设在山坡上,伟民去逛过几次。山民肩挑手提,把自家地里种的农作物拿到集市上换些钱。东西少得可怜,小得离奇,都是迷你型的。土豆不如乒乓球大,西红柿则更小。国内常见的青菜、茄子、黄瓜,在这里根本觅不到影踪。大都是从未见过的蔬菜,他们不敢买来吃。"前辈"告诫,不要轻易尝试,非本地土著,吃了那些菜会拉肚子。

榨菜、咸菜、罐头,一个多月吃下来,见着就反胃。

"大勇,睡了吗?我肚子胀得难过。"一天晚上,伟民翻来覆去睡不着,肚胀气饱,他已经几天没大便了。

"我也是,怎么办?"大勇这个东北汉子也顶不住了。

"明天有集市,要不去买些蔬菜、水果?"日子还长着呢,这样下去不行,总得试试吧。大勇完全赞同。

第二天,伟民去集市上瞧着模样好看的菜、水果买了几样,小心翼翼吃下去。国产肚还真不适应外国货,上吐下泻好几天。这一折腾,倒也入乡随俗,肠胃渐渐适应,不再"动乱"。

吃住算是过关,疾病的威胁无处不在。东帝汶日最高气温常年在30度以上,卫生环境恶劣,医疗条件差,各种热带病肆虐,村里几乎每天都有人死亡。

热带病中,数日本脑炎、登革热、疟疾最为骇人。日本脑炎感染上就是死,没药治。登革热也无特效药,唯一的办法是物理降温,全凭抵抗力,死亡率很高。在伟民他们到达任务区之前,一名加纳警察刚被登革热夺去生命。

伟民和大勇住的平房破旧漏雨,阴暗潮湿,屋后长满杂草和小树,晚上蚊虫成群,一抓一把。他们用窗纱把窗户严严实实封上。还好,从国内带去几瓶"雷达",早晚喷洒。天气再热,他们外出也全副武装,穿长衫长裤、高帮军靴,手、背、面部等裸露部位抹上防蚊膏。蜈蚣、蝎子也是小屋的"常客",不知消灭多少。各种毒蛇也有出没,蛇很小,但超级毒。

百密一疏,该来的还是来了。2002年3月的一天,伟民早上起床时就感觉不舒服,鼻塞流涕,喷嚏连连,头疼欲裂。巡逻一天,傍晚回到住地,他浑身发冷,盖上被子仍止不住发抖,额头滚烫。他吞下一把治疟疾的药片,不管用。

"大勇,我头疼、骨头疼、关节疼,还发烧,不会得登革热了吧?"一声门响,大勇回来了。大勇赶紧找出体温表,乖乖,40度。大勇扶着他去分局卫生所,医生说症状像登革热,配了退烧药。

这登革热果真厉害,把伟民整得犹如鬼门关走了一遭。退烧药吃下去半小时,大汗淋漓,人像水里捞出来的一样,随即,又不管不顾烧起来。"可不能倒下,任务还没完成,同事、父母、妻儿等着自己回去呢。"他让大勇找来电扇,日夜不停对着吹,搞物理降温。为了增强抵抗力,在退烧的半个小时里,他使劲往肚里塞东西、喝开水,然后不分昼夜昏天黑地地睡。一连烧了12天。第13天早晨,伟民醒来,睁开眼,房子不晃了,头不晕了,身上不疼了,一摸额头,烧退了。

"我胜利啦!"伟民高兴得从床上蹦起来。到底还是年轻,抵抗力强啊!大勇一把抱住他。两人笑着、笑着,笑出了泪花。活着真好!

登革热事件,伟民没敢告诉家里。哈突图没有电视,没有手机信号,与外界联系唯有固定电话。打国际长途不方便,通话质量差,发个电子邮件也要开一个多小时山路。因此,他一个多月没与家里联系,也属正常。后来,雪青知道了,后怕极了。

回忆起那艰苦的生存环境,伟民淡淡地说:"人只有享不了的福,没有受不了的罪。经历了这些,没有什么苦吃不了的。"

任务区最挑战的还是语言和驾驶。考试是一回事,具体实践完全是另一回事。维和警察来自世界各国,发音五花八门,南腔北调,沟通交流得有点真本事。伟民所在的哈突图分局还算简单,就他和大勇,还有2名约旦警察。埃耐罗中心分局就不同了,有美国、新西兰、埃及等10余个国家的同行,免不了要打交道。对讲机不离身,随时接听指令,沟通信息,电台的杂音加上不规范的英语发音,他们只能连猜带蒙,一段时间后才渐渐适应。当地警察及山民主要讲德语和葡萄牙语,日常交流靠手势,工作时要带上翻译。

伟民主要负责治安巡逻、护送返家难民、调解纠纷、调处案件。山区巡逻区域大,必须有一流的驾车技术。当地警察不会开车,只能由维和警察开。东帝汶分干湿两季,每年的10月至次年5月是雨季。雨季,每天必定有一场大暴雨,铺天盖地,倾盆而下,一下就是三四个小时,道路泥泞不堪,处处险象环生。巡逻车后备厢里常备大剪刀、大力钳等工具。

一次,伟民冒雨驾车和两名同行绕道塞美地区到莫比西,护送一支难民队伍返家。途中暴雨肆虐,有段山路远看仿佛挂在峭壁上,仅容一辆轻型卡车通过。车队冒雨行进,行至该路段时,伟民下车指挥车队一寸寸朝前挪。那天的雨特别大,山谷里腾起团团浓雾,能见度仅六七米,旱季个把小时的车程,这天跑了6个多小时。把难民送进村已是晚上8点多。返回时,雨是停了,漆黑一片,微弱的车灯照射在山路上,车子歪歪扭扭,一打滑,冲下路基,陷进泥潭。崇山峻岭屏蔽了所有电路。求援无门,伟民从后备厢找出大剪刀,当地警察摸黑去村里借来大砍刀。剪的剪、砍的砍,在树丛中另辟一条道,才得以脱离困境。

旱季开车也不省心。山路上时常有猪、羊、鸡、狗悠闲地散步或睡觉,怎么鸣喇叭也没用,一旦轧上,可惨了。它们的主人精明着呢。鸡可以生蛋,蛋可以孵鸡,轧死只鸡要价12美金。一头猪或一条狗则要价300美金，真是天价啊。一次，有个维和警察为避让在路上"漫步"的小狗，将车开进沟里，所幸沟不深。

处理纠纷同样棘手。东帝汶尚未建立自己的立法机构，基本无法可依，处理民间矛盾和纠纷往往依照风俗习惯，国内经验在这里"水土不服"。事在人为。伟民边摸索边实践，一有空就研究档案，掌握了不少案件调查、纠纷处理的方法。

哈突图地区主要是返乡难民和村民之间的矛盾。有个难民曾在村里搞打、砸、抢，这次返乡接受安置时，冷不防遭乱石袭击，被石块砸中头部受伤。将人送回村里时，村民们站在村头坚决阻拦其进村。伟民只得与过渡政府工作人员商量，暂时将其安置到另一个村的村长家，不久该难民又遭村民围殴。打人者虽受到训诫，但这样的矛盾短期内是难以化解的。

与世界上任何国家一样，东帝汶也有夫妻矛盾、邻里纠纷。2002年2月11日，中国农历除夕。晚上，伟民和大勇做了几个家常菜，开启一瓶红酒，邀请2名约旦警察"守岁"。正当大家举杯祝福时，门被撞开了，闯进几名妇女，其中一个鼻青脸肿，嘴角流血。来者情绪激愤，又是嚷嚷又是比划，伟民他们好半天才弄明白她们是来报案的，受伤妇女遭丈夫殴打。根据联合国定义，此类案件属于家庭暴力案件，必须受理。年夜饭是吃不成了，随即出警处置。报案妇女家住大山深处，汽车行驶1个多小时抵达。据查，受伤妇女经常与丈夫拌嘴打架。这天下午，两人为琐事大打出手，丈夫来了牛脾气，出手重了点，将妻子打伤。清官难断家务事。伟民他们劝说一番，按照当地风俗，请来村长。村长的威信毋庸置疑，没几句话，双方便偃旗息鼓。

回到住地，已是第二天凌晨，桌上的年夜饭成了大年初一的早餐。

印 尼：
亲历"巴厘岛爆炸"

2002年10月12日，结束为期一年的维和任务，伟民和战友胸前佩戴联合国授予的"和平勋章"启程回国，途经巴厘岛。在那里，他们将搭乘14日飞往北京的航班。短暂的逗留，他们居然经历了震惊世界的"巴厘岛爆炸"。所幸苍天有眼，死神与他们擦肩而过。

在巴厘岛，伟民他们入住位于库塔区来根街上的普里拉马宾馆。

巴厘岛地处印度尼西亚巴厘省南部，是世界著名的旅游岛。湛蓝的海水，金色的沙滩，唯美的落日，素来以安静平和的民风著称。伟民他们抵达巴厘岛时，正值秋季，天高云淡，凉风习习，岛上到处是不同肤色的游客。来根街紧邻海滩，沿街宾馆、酒吧、迪厅、商店鳞次栉比，热闹繁华。来巴厘岛旅游的外国游客大多食宿于此。

深夜，来根街热闹非凡，白天在沙滩上晒太阳的游人，此刻聚集在酒吧或迪厅，喝酒聊天、蹦迪放松。与普里拉马宾馆相邻的是莎丽俱乐部和帕迪酒吧。

12日晚，伟民和队友到登巴萨区购物，在临海一家餐厅吃过晚饭，已是深夜10点50分。莎丽俱乐部金碧辉煌，音乐震天，人声鼎沸。舞池里，人们随着震耳的迪斯科音乐晃动着身躯。帕迪酒吧灯光色彩炫目，温和的服务生、帅气的调酒师是酒吧的点缀。人们尽情地享受着生活。

同行中有人提议到帕迪酒吧坐坐，轻松轻松，也有人说乏了，早点睡吧。于是，一行人回了宾馆。

伟民和大勇同住一室。维和一年，两人结下兄弟情谊，此刻正靠在床头闲聊。突然，床一颤，好似有人猛力推门。

"谁？"没有人回答。伟民和大勇不约而同从床上跃起。一声巨响，房门撞开，灯熄了。整幢大楼剧烈晃动。伟民小心翼翼摸到窗口，探头一看，大地在抖动，周围的房子都在晃动，天空被火光映得通红。

"地震了？"伟民疑惑，大勇摇摇头：不像。窗户玻璃被震得粉碎，一地玻璃碴。两人猜测，可能是宾馆煤气管道爆炸了。

伟民和大勇跑到宾馆院子里察看情况。惊慌失措的人们在院子里挤成一团，有的赤着脚，有的光着上身，有人被玻璃碴扎伤，身上鲜血淋漓，有几个外国姑娘哭成一团。

帕迪酒吧火光冲天，火焰蹿起五六层楼高，裸露的皮肤感受到火的炽热。"会不会是酒吧发生火灾引发爆炸？"人们猜测。

爆炸发生后，中国警队集中在院子里清点人数，有6人外出购物尚未回宾馆。临时党支部关键时刻发挥出作用，指挥队伍撤到相对安全的游泳池旁，派出几组人马外出寻找队友。当时，谁也没想到这是恐怖分子制造的爆炸事件。伟民和队友们焦急地等待着外出的兄弟平安归来。

不一会儿，队员沈与辛从街上回来，带来点信息。爆炸地点在莎丽俱乐部和帕迪酒吧，死伤不少人。可能是汽车炸弹爆炸，一辆汽车被炸飞。沈与辛还说，他与史浩约定在莎丽俱乐部门口碰头，爆炸发生时，沈与辛还未到达约定地点，史浩可能已到那里。沈与辛两次冲入火海寻找，未果。沈与辛眼中盈满泪水，大伙同样担心、焦急。生死与共的战友，可不能有任何差池啊。

眼看大火就要烧进普里拉马宾馆，中国警队撤到旁边一家宾馆。外出寻找队友的小组陆续返回。印尼军警已严密封锁所有街道，任何人不得出入。这阵势，看来是发生了天大的事。

宾馆的电视尚能收看。13日凌晨2点多，终于等来英国BBC新闻。

报道称,巴厘岛发生汽车炸弹恐怖袭击,爆炸时间为12日晚11点零5分,爆炸地点共3处,来根街的莎丽俱乐部、帕迪酒吧,还有库塔广场。库塔广场无人伤亡,来根街伤亡者众,一时无法统计。

史浩等人仍未回宾馆,生死未卜。

凌晨4点,普里拉马宾馆电路恢复,伟民和队友刚返回宾馆,史浩回来了,手上缠满纱布,身上斑斑血迹。伟民紧紧抱住他:"回来就好,回来就好!"

惊魂甫定的史浩讲述了那恐怖的一幕。他刚行至莎丽俱乐部门口,耳畔传来异常的响声,好似引爆声,毕竟是受过专业训练的,他一个激灵,猛地向后转,拼命跑出五六十米,然后卧倒,双手护住脑袋。震耳欲聋的爆炸声传来,他瞬间昏了过去。不知过了多久醒来,那场面真是惨烈。街道上横七竖八躺满了人,大都缺胳膊少腿,有的没了生命体征,有的呼救哀号。史浩挣扎着站起来,挥挥手,抬抬腿,都在。救护车急驰而来,史浩被送到医院。经检查,手指骨折,身上几处划伤。真是万幸啊!

天蒙蒙亮,另4名队友亦安全归来。大家喜极而泣。

天明,伟民去了爆炸现场。来根街满目疮痍,空气里弥漫着硝烟味,家家店铺大门紧闭。不同肤色的人们在寻找、呼唤亲人、同伴,脸上充满惶恐、绝望。莎丽俱乐部、帕迪酒吧被夷为平地,抢救人员在废墟中努力搜寻幸存者。路边的钢质电杆扭成"麻花",街道两旁的汽车烧毁变形。荷枪实弹的印尼军警封锁了中心现场,红十字会的工作人员从废墟里抬出一具具遇难者的遗体。悲哀、惶恐笼罩着这个曾经平和的小岛。爆炸中心现场距中国警队住宿的普里拉马宾馆直线距离不到30米。

事后了解到,这起汽车炸弹爆炸事件系有组织的恐怖活动,最终导致202人死亡,300余人受伤。恐怖袭击活动受到包括中国在内的世界各国的强烈谴责。

14日上午,中国警队乘上归国航班。机场人头攒动,心有余悸的各国游客争相离开巴厘岛。

飞机平稳降落首都国际机场。踏上祖国坚实的土地,伟民更加珍惜眼前的一切,包括和平、阳光、空气,也更加感到肩上担子的沉重:维护世界和平,反对恐怖主义,是每一个人的责任。

海 地：
子弹从头顶飞过

2002年深秋,伟民从秩序混乱、贫穷落后的东帝汶回到平安有序、富饶美丽的太湖之滨。江苏省公安厅给他荣记个人一等功,组织上对他委以重任,让他出任东绛派出所所长。

归来后的伟民潜心守护辖区平安,尽心弥补对家庭,尤其是对儿子洋洋的亏欠。但仅仅两年,2004年9月,他再次踏上联合国维和之旅,奔赴海地。这次是到海地当防暴警。

海地位于加勒比海北部,印第安语意为"多山的地方",是拉丁美洲加勒比地区的一个岛国。首都是太子港,面积2.78万平方公里,人口约1200万,黑人占总人口的95%。1804年1月1日,海地宣告独立,建立了世界上第一个黑人共和国。但200多年来,海地政局动荡,政变频繁,秩序混乱,是世界最不发达的国家之一。

2004年9月,海地政治危机导致全国范围内的武装冲突、太子港及其他城市的暴力事件不断升级,致使这个岛国陷入水深火热的战乱之中,暗杀、暴乱、恐怖活动时有发生。正是从这年起,中国根据联合国要求,成建制向海地派出防暴警察队伍。这是我国历史上首次派出武装性质的维和警察队伍。

话说2004年5月底,正在派出所开晨会的伟民接到市局政治部通知:立即交接工作,一周后去维和警察培训中心报到。原来是组建防暴队去海地,部里直接点的名。6月4日,他出现在廊坊培训中心集训队伍里。这次培训除了"老三样"，还增加了处置非法集会、游行、示威等群体性事件的防暴战术和特警技能等训练。"老三样"也增加了训练内容和难度，仅车辆驾驶就有装甲车、冷藏车、水罐车、油罐车等几十个种类。3个月后集训结束，参加集训的185人仅125人通过联合国甄选评估。

伟民被任命为防暴大队副大队长，并担任先遣队队长，先期抵海地与联合国有关方面沟通联系，建设防暴队临时营地。

"爸爸，你早点回来啊，我会想你的。"上次去东帝汶时，儿子洋洋正牙牙学语，现已上幼儿园中班。吻别妻儿，伟民揣着全家福踏上新的征程。

2004年9月17日上午，大雨滂沱，伟民带领29名先遣队员登上航班。雄鹰穿过密集雨帘，冲破团团浓雾，直冲云霄。

经过18个小时1.6万公里的飞行，18日，海地时间下午2点，太子港机场，伟民一行还来不及看清机场的概貌，便被阵阵热浪包围。海地长年平均温度40℃，地表最高温度超过50℃。虽然经过东帝汶的"烤验"，与海地比，真可谓小巫见大巫。

临时营地设在联合国租用的旧仓库里。入夜，队员们席地而卧。初来乍到，情况不明，伟民夜里多次起身查岗。

第二天，装有物资、装备的集装箱陆续运到宿营区，拆卸的拆卸，安装的安装，临时营地迅速进入有序运转。

经过1个月的紧张工作，先遣队如期完成临时营地初建、物资装备接收和对外联络等任务，准备迎接大部队的到来。

2004年10月17日，大部队抵达。

2004年11月3日，任务区警察总监命令，从这天起，中国防暴队接替约旦防暴队驻守布莱尔地区。布莱尔意为"美妙的空气"，可这里的一切并不"美妙"。布莱尔和太阳城是太子港治安最混乱、最危险同时也是最贫穷的地区。这里是当地非法武装分子的大本营，地形复杂，小巷纵横交错,枪战不断,常有非法武装分子躲在暗处放冷枪。流散在民间的枪支也很多,常常是人在街上走,身后突然响起枪声,行人"训练有素"地四下散开或原地趴下,枪声响过,该干吗干吗,司空见惯。

中国防暴队进驻前,联海团(联合国海地稳定特派团)在布莱尔地区开展过整治行动,建立了1个执勤点,占领了2处制高点。中国防暴队的任务是每天派2辆防弹装甲车和12名队员到执勤点警戒守护,保障民事警察和当地警察的安全。执勤点昼夜警戒守护,中国防暴队与巴西维和部队对班,负责中午12点至子夜时段。

中国防暴队组织2个小分队分两班值守。第一分队由赵晓迅大队长带领,伟民则负责第二分队。中午12点,第一分队准时到达执勤点,迅速进入警戒状态。傍晚,伟民穿上防弹背心,戴上钢盔,穿上防刺靴,带上武器。全部装备加起来超过15公斤。每个队员都是这样。晚6点,伟民率第二分队12名战斗队员、卫生员、法语翻译,分乘2辆装甲车赴执勤点换岗。

夜幕降临,布莱尔地区陷入黑暗。海地缺电少水,贫民区更是如此。周围传来零星枪声,时远时近。夜渐深,枪声更加密集,有的听声音距执勤点仅二三十米远,可以看到子弹射在石头上溅起的火星,开枪人隐身建筑物背后。据分析,这是"火龙"组织故意骚乱,试图赶走防暴队。小分队严阵以待,一旦发现目标,即开枪回击,这是联合国规定的原则。

上岗第二天,中午,伟民带领战斗队员一到执勤点,便接到通知有大行动。"火龙"组织在布莱尔活动猖獗,联海团决定突袭,给予其重创。小分队迅速进入战斗状态。几分钟后,维和部队包围了执勤点附近街区。海地警察挨家挨户搜捕"火龙"组织成员,伟民他们配合搜捕行动。行动持续10个多小时,共抓获13名"火龙"组织成员,搜获一大堆刀具。

随着维和警务的展开,防暴队的足迹遍布布莱尔的大街小巷,与当地居民的关系也越来越融洽。初到海地时,维和警察并不受欢迎,一些居民受非法武装分子挑唆,或躲在暗处打冷枪,或是扔石块。为打破这种局面,拉近与当地居民的距离,伟民把在国内派出所工作时的和谐警民关系理念应用到海地。他和队员们从了解社情民意入手,开展走访活动。

海地贫民大多住在歪歪斜斜的铁皮屋子里,门框上挂块破布便是门。五六平米的小屋,住一家六七口,极其闷热。食品奇缺,老人、孩子饿得皮包骨头。每次上岗执勤,都有当地孩子围着他们的车要吃的,伟民感到很心酸。防暴队员从口粮中省下饼干、糖果、饮用水,送给老人、孩子。他们向居民学说当地的克里奥尔语,教孩子们说中国话,还到救助站去看望、慰问孤寡老人,送去生活用品。老人们用歌声和拥抱来表达感激之情。

随着时间的推移,海地居民对中国警察的好感与日俱增。孩子们一见伟民他们就高兴地喊"China,China"。联海团维和警察总部新闻发言人说:"中国警队为任务区开展社区警务活动树立了榜样。"

在执行布莱尔地区驻守任务的同时,中国防暴队还多次参与太阳城行动。

太阳城,多么响亮、灿烂的名字,这个让人有无限遐想的地方,居住着30余万生活极度贫困的居民。来海地那天,飞机在海地上空盘旋时,伟民看到海岸线上布满密密麻麻的棚户区,后来知道,这便是拉丁美洲最大的贫民窟——太阳城。

海地人称太阳城为"死亡城",这里枪杀、绑架、强奸、抢劫等恶性大案频发。在联海团维和警察总部的卫星航拍图上,太阳城地区被标为"红色",意味着"高危"。中国防暴队在这里的警务多为清障、安保、搜捕。

2004年12月14日,总部部署各国警队联合行动,清除太阳城路障。防暴队的任务是凌晨5点控制太阳城内2个当地警察局。

中国防暴队由伟民担任太阳城行动现场指挥。敌我博弈,讲的是知己知彼。经警察总监同意,伟民事先带领分队长实地察看。车辆沿着坑坑洼洼的街道,驶入太阳城腹地。高高矮矮的铁皮屋,迷宫般的巷道,纵横交叉,狭窄拥挤。有的小巷仅能容一人侧身通过。"火龙"组织就是凭借这复杂的地形打巷道战、游击战。不少巷口设有石块、沙袋等路障。

14日凌晨3点半,伟民准时醒来,以最快速度洗漱完毕。

4点20分,中国防暴队装甲车向太阳城驶去,与约旦防暴队会合,集结待命。太阳城枪声密集,先期行动的维和部队已与"火龙"组织成员交上火。4点45分,命令传来:向太阳城推进并占领第一警察局。中、约两国防暴队发动装甲车,浩浩荡荡驶进太阳城。

太阳城居民对枪战习以为常,这个不平静的黎明,他们似乎没有受到太大惊扰。街道两边屋门紧闭,人们照样呼呼大睡。在维和部队强烈的攻势下,"火龙"组织成员作鸟兽散,藏的藏、逃的逃。装甲车顺利抵达太阳城第一警察局。

第一警察局紧靠主要街道,是一幢面积小得可怜的平房。伟民指挥队员在警局前设置警戒带,形成封锁线。零星枪声不时传来,联合行动正向太阳城纵深推进。行动结束,有消息称,一批"火龙"组织成员仓皇撤离太阳城,窜到海边乘渔船逃了。

15日,伟民带领小分队在太阳城第一警察局执行警戒任务。小巷深处,断断续续时有枪声,那是零星"火龙"组织成员在做最后挣扎。上午10点,接到通知,维和警察总监将亲临太阳城视察。10点40分,身穿防弹背心的总警监在海地特警司令的陪同下,乘装甲车进入太阳城街巷视察。总警监一行来到中国防暴队值守的第一警察局,下车与中国防暴队员一一握手慰问。突然,装甲车后方一幢建筑里枪声大作。伟民一个箭步上前,敏捷地将总警监推入装甲车内,随后隐蔽车旁,枪口瞄准那幢建筑。海地特警立即包围了那幢建筑,从里面抬出2名受伤的海地平民。开枪的匪徒见势不妙,溜之大吉了。总警监安全离开太阳城。

海地的政局如同六月天,说变就变。太阳城的整治也是反反复复,

"火龙"组织随时可能卷土重来。2005年2月19日,警察局执勤点附近发生激烈枪战。队员们严密防守,保障了警局安全。当天下午,几十名匪徒袭击海地监狱,放走48名在押犯人。有犯人窜入太阳城躲藏,维和部队和海地特警展开大规模搜捕。太阳城里到处燃起熊熊大火,黑烟滚滚。枪战持续36个小时,中国防暴队驻守的警局也遭到袭击,子弹不时从屋顶、车顶飞过。队员们以牙还牙,驱散匪徒。

在海地,空气里都能感觉到动荡、动乱。天气燥热,人们同样躁动不安。不论遇什么节日,人们往往都会走上街头、广场,通过各种形式来宣泄。

所有节日中,最热闹、最盛大的要数狂欢节。节日庆典为期3天,通常在2月份。届时街头路面到处是大大小小的游行队伍和涂满油彩画的观光巴士。节庆活动通宵达旦,狂热异常。伟民说,第一次在海地看到这样的场面,几万人或聚集海滩,或集结广场,欢歌狂舞,场面壮观、恢宏。在贫困中挣扎的海地人能如此乐观,真是难得。不过,伴随狂欢节而来的各种治安问题令人头疼。居民倾巢而出,节庆狂欢,"火龙"组织成员混迹其间,鱼龙混杂,趁机搞破坏。防暴队随时处于高度戒备状态。

联海团命令所有防暴队集中警力,确保狂欢节安全。中国防暴队负责体育场的守护,24小时武装巡逻、定点查缉。

2005年2月6日,海地狂欢节第一天,伟民率队员上岗执勤。这天,整个太子港戒备森严,街头随处可见执勤军警,装甲车流动巡逻,直升机低空盘旋。体育场灯火通明,人山人海,人们载歌载舞,尽情宣泄、狂欢。荷枪实弹的警察、威武的装甲车、狂欢的人潮,伟民用相机摄下这道独特的风景。

第二天黎明,人群渐渐散去。中国防暴队撤回营地补觉。尽管戒备如此森严,头天晚上,还是有一辆海地警察的巡逻车遭"火龙"组织袭击,4名海地警察殉职。伟民马上召集队员通报情况,再三提醒大家保持高度警惕。

7日晚,人们狂欢的热情丝毫没有减退,又是一个通宵,幸好没出大乱子。回到营地,海地时间8日早上7点,正是北京时间除夕晚上7点。过年啦!队员们顾不上睡觉,兴奋地聚集到电视机前收看中央电视台春节联欢晚会。

每逢佳节倍思亲。伟民给父母、妻儿和国内的警察兄弟一一短信拜年。为了世界和平,他已是第二次在任务区过年。

新年钟声尚未敲响,中国防暴队又接到新的任务。直到午夜,伟民他们才得以在装甲车上吃碗方便面。

"快看,种子发芽了。"

"哎哟,长俩瓣了。"

"丝瓜开花啦,金黄的花瓣,好漂亮啊!"

……

在收拾去海地的物品时,伟民把几包蔬菜种子塞进行囊。在东帝汶,他尝够了没蔬菜吃的苦。这回到海地,营地建起来后,他把丝瓜、辣椒、黄瓜的种子撒进营地一角的泥土中。一天、两天……一个多星期过去,其他种子毫无动静,只有两颗丝瓜苗顽强地破土而出。这可是轰动营地的大事件。队员们小心翼翼呵护着这两棵小苗,无论多忙、多累,执勤归来第一件事就是去看小苗,浇水、除草。丝瓜苗慢慢长大,藤蔓爬上围墙,一片片叶子舒展开,金黄色的花骨朵在异国的阳光下特别娇艳。在海地,吃新鲜蔬菜是奢望。这两株丝瓜藤带给伟民和队友精神上的安慰是难以言表的。乡思乡愁尽在其中。

出国在外,最牵肠挂肚的是国内的亲人。伟民天天忙巡逻、安保、行动,还要担忧队员们的安危,少有时间想家。倒是雪青,隔三岔五给他发封邮件,谈谈家长里短和儿子、父母的近况,从来是报喜不报忧。其实,伟民第二次出征去海地,雪青内心还是有点想法的。但丈夫选择了的事,她选择尊重,守好后方,不让丈夫担心。伟民常常挤时间回信,聊些家常事。至于海地的局势,面临的危险,生存环境的恶劣,那都是缄口不言的。

"伟民,生日快乐!"2005年3月14日晚,伟民从海地国家监狱执勤回到营地,意外接到雪青的电话。平时夫妻间联系都是邮件,打电话一是话费太贵,二是线路不好,杂音大。伟民一拍脑袋,今天是自己的生日,都忘了。

"爸爸,今天收到两个大蛋糕,我和妈妈、爷爷奶奶吃不完,放冰箱了,等你回家一起吃。"话筒里传来儿子洋洋的声音。

"好,好……"伟民忙不迭地答应,别样滋味涌上心头。雪青自与他结婚,就未过上安逸日子。在国内时,派出所太忙,几天不回家是常事。雪青长得娇小,却不娇气。两次出国维和期间,她默默照顾儿子和双方父母,从未让他操心、担心。伟民感到有些愧疚,他默默对自己说:"这次完成任务回国,一定要多陪陪雪青和儿子。"

2005年4月,伟民结束海地维和任务,再次获得联合国授予的"和平勋章"。

我曾问伟民两次执行维和任务的心情和感受。他说:"第一次去东帝汶,感到特别兴奋、自豪,还有些好奇。到了任务区,看到那种与国内迥然不同的工作环境,又有压力,怕自己干不好,影响国家形象。第二次去海地,这对我是一个严峻的挑战,人始终处于高度戒备状态,每次任务不能有任何闪失,每个队员不能有任何闪失。飞机在北京落地的时候,我才松了一口气,人,一个不落安全回来了。"

2010年1月12日,海地遭遇了200年来最强烈的地震,8名中国维和警察被埋废墟。伟民的心悬着,从不迷信的他跑到灵山大佛脚下,虔诚地祈祷他们能逃过这一劫。16日,8人遇难的噩耗传来,他痛哭失声。遇难的8人是中国向海外7个任务区派遣的维和警察中,在执行任务时倒下的第一批烈士,其中有伟民曾经朝夕相处的战友。李晓明是伟民东帝汶维和时的战友,在闷热、潮湿的热带雨林里,他们一起执勤巡逻,护送难民,调解纠纷。回国时,共同经历"巴厘岛爆炸"。赵化宇是伟民在海地维和时的队友,他们在太子港并肩战斗,一起建设营地、到太阳城执行任务。

没想到这么好的人,没能躲过地震。音容犹在,人已远去。伟民的心刀割一样疼。

2010年1月20日,伟民和100余名维和警察从全国各地赶到北京八宝山,送战友最后一程。

使命重于生命。生命是宝贵的,生命对每个人只有一次,但只要祖国需要,世界和平需要,定当义无反顾,不辱使命。伟民是这样想的,也是这样做的。

补记　他注定属于世界和平

这些年来,伟民步履匆匆,一直奔波在维护世界和平的征途上。

2008年,伟民接联合国维和警察总部指令,担任维和防暴队考核评估专家,赴科特迪瓦,对8支维和防暴队进行考核评估。射击考核中,有防暴队员不服,"热情邀请"专家示范示范,伟民二话没说,拔枪连开10枪,枪枪命中靶心,不由人不服。考核评估结束,伟民提出不少好的建议和意见,被联合国警察司采纳。

2016年5月,伟民的身影出现在巴西里约热内卢奥运会上。这次,他的身份是中国驻里约临时警务联络官,任务是与巴西警方沟通协作,维护前去参赛、观赛的中国奥运代表团、记者、游客的人身财产安全。

2018年9月1日,伟民受命派驻中国驻沙特阿拉伯大使馆,出任警务联络官,任期4年,主要任务是巩固和发展中沙执法安全合作。沙特属热带沙漠性气候,夏天白天的最高气温在55℃。沙特与也门胡赛武装的战事也已连续4年。前路漫漫,艰难险阻可想而知。但使命在身,责任在肩,忠诚无悔。他的人生充满挑战、考验,更充满耀眼的光芒。

遥祝我的好兄弟在外一切安好!

后 记

完成女警手记系列,是我退休后的第一个小目标。历经六个春秋,小目标顺利实现。继《致命邂逅》《诈骗档案》正式出版,《警察兄弟》书稿付梓。心想事成之际,我最要感谢的是南京师范大学出版社和徐蕾总编辑、海燕主任、雅琼编辑,谢谢你们真诚相扶,悉心指导,相伴六载。

我以敬畏之心、虔诚之心,全身心投入《警察兄弟》的写作,写下我对警察这个职业的热爱与执着,对警察兄弟的敬重和深情,同时希望更多的人理解、关心、支持我的警察兄弟们。其实,他们都是穿着警服的普通人,既不"高大上",也不尽善尽美。但我所写,都源自我的耳闻目睹、日积月累,也源自我真实的内心感受。《警察兄弟》所涉人和事,均为真人真事,出于纪实文学需要,有的在文字上稍有加工。出于保护当事人隐私等需要,书中所涉部分人员姓名为化名。书中难免有疏漏或不到之处,敬请读者谅解。

如果说《致命邂逅》是对无锡公安刑侦史的一种记录,《诈骗档案》是对人民群众的一个警示,那么,《警察兄弟》就是我对警察同行的一份心意。

花开花落,更有明年的静待;人来人往,更有来日的方长。人生的旅途,谁也不可能从开始陪你走到最后的。但我的感受是我和警察兄弟们血浓于水的感情一直都在。女警手记系列的顺利出版,蕴含着无锡公安系统各级领导的全力支持,蕴含着警察兄弟们的一路相伴、真诚相助。应该说这是集体创作、集体智慧的结晶。所有感谢的话此刻都显得苍白,纵有千言万语,汇集成一句话:"有你们真好!"

电子信息时代,我这个"老古董"仍习惯握笔书写,是我的警中小妹钱学芳利用业余时间帮我录入修改。六年里,七八十万文字呐!"小妹,辛苦了!"同时,感谢夏震宇为本书提供图片。

感谢、感恩所有关心支持我的人!

40多岁时,我觉得60岁是那么遥远,现在,我66岁了,觉得70岁、80岁是那么触手可及。我还有许多个小目标要去实现。时不我待,就此打住。

边宪华
2020年初秋